臺灣報業史話

曹立新 著

崧燁文化

目　　錄

第一章　引言：回到解禁元年
「我的小革命」
邁向新時代
每兩天增加 1 家新報
「曇花一現的繁榮虛像」
從威權時代到競爭時代
新聞商業化
「拜託，把警總恢復一下好不好？」

第二章　報禁政策及其新聞管制
第一節　從戒嚴到報禁
報禁之前的臺灣報業
光復初期「短暫的自由」
二二八事件中的臺灣報業
走向戒嚴
限證
限張
限印
報禁的理由
第二節　大棒子加胡蘿蔔
三民主義報刊制度
威權——侍從體制的建立
「槍桿子」加「筆桿子」
從第四組到文工會
「太上編輯部」
新聞工作會談
掌控新聞從業人員
宰制媒體的法令
「文化清潔運動」
白色恐怖
人人心中都有一個警總

文字獄
　　逮捕、判刑、失蹤
　　停刊、停刊
　　第三節　新聞自由與自律
　　修改「出版法」
　　報業評議會
　　新聞自律
　　第四節　潮流變了
　　質疑報禁政策
　　奔向自由

第三章　威權統治的侍從與對手
　　第一節　黨報的榮與悲
　　《中央日報》遷臺
　　「代表蔣先生說話」
　　「中央」VS「日報」
　　《中央日報》的消逝
　　第二節　兩大報系的崛起
　　侍從報業
　　「立場明確的文教人士」
　　從民營報到「民營黨報」
　　「把握時代與社會的兩重脈動」
　　「邊緣帶動中心，社會帶動政治」
　　從社會到政治
　　迎接開放時代
　　第三節　「小媒體」的反抗
　　「大媒體」、「小媒體」
　　《公論報》與《自立晚報》
　　《自由中國》
　　《文星》《大學雜誌》《美麗島》
　　大江東流擋不住

第四章　巨靈的控制與無權者的權力
　　第一節　大者恆大　贏家通吃

財團主宰報業
報業的黃昏
壹傳媒進駐臺灣
第二節　世界變了　何以立報
精神分裂的新聞界
誰在收買媒體
與巨魔共舞
第三節　獨立媒體　另類突圍
為弱勢發聲
走向公民新聞
參考書目

曹立新

江西省鄱陽縣人，1967年生。復旦大學歷史學學士、碩士，中國人民大學新聞學博士，曾任《廈門晚報》記者，《戰略與管理》編輯，現為廈門大學新聞與傳播學院副教授。個人學術興趣為二十世紀中國新聞史、鄉村建設史。主要學術論著：《世界變了，何以立報：新聞史中的「成舍我方案」之研究》，《中華傳播學刊》（臺北）2012年6月號；《抗戰時期新聞管制與報人言說》，《二十一世紀》（香港）2010年8月號；《新聞歸新聞，政治歸政治——〈大公報〉的歷史形象》，《二十一世紀》（香港），2007年10月號；《走向政治解決的鄉村建設》，《二十一世紀》（香港），2005年10月號；《媒介與社會變遷——定縣實驗中的傳媒實驗》，《新聞與傳播研究》2005年第3期；《化農民與農民化：鄉村建設運動中大眾傳媒的策略與效果分析》，《新聞與傳播研究》2004年第2期；《梁漱溟的新聞理論與實踐》，《新聞記者》2004年3月第3期；《在統制與自由之間：戰時重慶新聞史研究（1937-1945）》，廣西師範大學出版社2012年版。

第一章　引言：回到解禁元年

這故事一言難盡，我們就從明天開始——黃哲斌

「我的小革命」

2010年，對於《中國時報》調查採訪室的工作團隊而言，是異常忙碌也頗值得紀念的一年。這一年，他們相繼推出了「我的小革命」、「民國九九，臺灣久久」、「不景氣不低頭」等系列報導，引起了讀者的強烈關注。「民國九九，臺灣久久——臺灣百年文化內涵與集體記憶」，獲得吳舜文新聞獎文化專題報導獎。《我的小革命》專版集結成書後，也獲得「開捲好書獎」中的「美好生活書獎」。

然而，該團隊當年最為引人注目的事件，卻不是這些報導本身，而是團隊成員、記者黃哲斌年底向報社辭職。對於臺灣新聞界而言，上述所有報導引起的反響，加起來都不如黃哲斌一篇談自己辭職事件的部落格——《乘著噴射機，我離開中國時報》。這篇部落格寫道：

> 是的，我借用了John Denver的經典老歌歌名，「Leaving on a Jet Plane」，我最近常哼唱這首歌。順帶一提，此曲於1966年發表時，原名為「Oh Babe I Hate To Go（喔，寶貝我不想走）」，好吧，兩者都能代表我的心境。
>
> 因為從昨天起，我離開了工作十六年又五個月的《中國時報》。
>
> 離開的原因很單純，不是跳槽、不是資遣，不是優離優退，而是「我再也無法說服自己，這是個值得託付的行業」。
>
> 說來矛盾，兩年前，我調回報社擔任調查採訪室記者，期間沾了一群優秀同事的光，陸續參與「我的小革命」、「民國九九，臺灣久久」、「名人家族故事」、「不景氣不低頭」等系列報導，兩任總編輯給予極大的尊重與空間，一方面，這差事是值得賣命的、這報社是值得賣命的。
>
> 另一方面，我越來越難獨善其身、越來越難假裝沒看到，其它版面被「業配新聞」吞噬侵蝕的肥大事實，新聞變成論字計價的商品，價值低落的芭樂公關稿一篇篇送到編輯桌上，「這是業

配，一個字都不能刪」。

然後，它們像是外星來的異形，盤據了正常新聞版面，記者努力採訪的稿件被擠壓、被丟棄。記者與主管被賦予業績壓力，不得不厚著面皮向採訪對象討預算、要業配，否則就是「不食人間煙火」、「不配合報社政策」。

一家親愛的報紙同業，甚至採取浮動薪資，廣告拉得多，業績達成率高，才能享受較好的待遇。另一家報紙主管開會時，公然指責不配合的女性同仁說，「大家都在賣屁股，你不要自命清高」。

於是，記者變成廣告業務員，公關公司與廣告主變成新聞撰稿人，政府與大企業的手，直接伸進編輯臺指定內容，這是一場狂歡敗德的假面舞會；花錢買報紙的讀者，卻不知道自己買了一份超商DM與政府文宣。

所以我遞了辭呈，辭職理由填寫很翔實：「臺灣報紙業配新聞領先國際潮流，自認觀念落伍告老還鄉」，我希望留下紀錄，或可作為一種溫柔的抗議，一種委婉的提醒。

……

我的人格並不清高，我也不是吃齋唸佛，難道我不想點頭如搗蒜說「好好好好好」？我當然想，想得要命；只不過，我更相信，「人生總有非賣品」，並非世間萬物身上，都有一個標價牌。

例如，讀者的信任；例如，專業判斷與良知；例如，自己的人格與報社的信譽；例如，寫或不寫的自由權利。

業配新聞破壞了這一切，奪走了這一切，它以每字一、兩百元的代價，將新聞變成廉售的開架商品、「集成營銷」名目下的一項配件、政府標案的簡報甜蜜點。抗拒業配的主管或記者，反而變成害群之馬，變成昧於現實的唱高調者，變成觀念落伍的侏儸紀恐龍。

所以，我承認自己老了，笨了，落伍了……

我最近重讀五年前，前輩記者林照真在《天下》的深度報導：《誰在收買媒體？》，感觸益發深刻；五年來，臺灣媒體的怪狀不但沒變少，而且業配手段越發「狗日新日日新又日新」（我沒筆誤），從業者的痛苦掙扎尤甚於前。

幾年前，我仍任職於中時電子報，當時目睹業配新聞「和平崛起」，廣告主試圖介入新聞產制流程、試圖讓記者與編輯成為企業公關部門的附庸。然而，編輯部至少還肩負守土之責，換句

話說,「吵完一架大多還挺得住」;而今,零星戰役早已結束,專業倫理的防線一路潰退,除非你抱定「不幹最大」的決心,否則只能眼看新聞版面逐步被廣告侵蝕、瓜分,更可怖的是,你無法望見未來的底線。

這故事一言難盡,我們就從明天開始。[1]

「我的小革命」最富戲劇性的影響,無疑在於它影響了報導者自身。黃哲斌說,每一個小革命故事的主角,都讓他相信,「勇敢去做,絕不會孤單」。他由此加入到顛覆主流的行列,以實際行動對抗臺灣媒體業已深入到新聞產制每個環節的「置入式行銷」。調查採訪室負責人何榮幸評論說:「就這樣,我們辛苦耕耘、鍥而不捨的小革命專版,在兩年後開出了哲斌的大革命燦爛花朵。」

黃哲斌辭職之後,前中視新聞主播、新聞企劃室主管劉蕙苓也以黃哲斌的方式「響應黃哲斌」,留下一聲嘆息——「原來我這麼不專業?!就這樣離開了電視新聞界」。[2]無獨有偶。此前一年,《聯合報》記者朱淑娟同樣因為不滿「置入式營銷」對臺灣新聞業的扭曲,離開了「不再報導真相」的媒體;再之前,《中國時報》記者林照真有感於在媒體的商品化大潮下,記者由「看門狗」變成了「哈巴狗」,大喝一聲「記者,你為什麼不反叛」,離開媒體,轉身成為大學教師;更早些,因為不堪忍受臺灣媒體充斥著侵害人權的報導和置入性營銷,新聞淪為另類公害,記者關魚毅然離開服務多年的報社,創辦了獨立媒體《臺灣好生活電子報》,試圖以新的方式滿足受眾真正需求,為臺灣媒體留下未來的希望。豬小草、彭瑞祥、馮小非……近10年來,臺灣不知有多少優秀媒體人離開了這個行業,就連何榮幸那樣虔誠的新聞聖徒,以「廢墟開出一朵花,亂世守護一畝田」的精神,和「做多少、算多少」的務實態度,不斷尋找媒體突圍的方向,卻也在長期的焦慮掙扎中,「幾度疲憊無力到想要離去」。

追求媒體獨立,不畏強權與金錢,從來都是新聞史上的主題故事,也是歷經臺灣報禁時代的英雄記者們引為自豪的傳奇。當年,因為受到報禁開放的啟蒙,林照真、何榮幸、黃哲斌等新世代相繼投身報業,決心從前輩手中接過新聞自由的旗幟,為臺灣的政治民主社會進步再立新功。可是,誰能想到,短短十數年間,新聞理想在臺灣居然變成可笑的侏儸紀恐龍,忠於專業操守的記者,也被視同與風車搏

鬥的唐吉訶德。與經歷報禁的老一代記者相比，如今的新聞人，再不必害怕老大哥的監視，也不必擔憂莫名的文字獄，沒有挺身而出的風險，也沒有曲筆為文的委屈。然而，他們萬萬沒有想到，在多元異質、政黨撕裂、利潤掛帥、娛樂至死的新媒體環境下，受眾的不信任，內外壓力下的無助，都讓他們感覺到，雖然剛剛走出報禁的鐵幕，卻彷彿又陷入另一個漫長的黑夜之中，煎熬與嘆息，奮起與突圍，依然難以找到指路的星星：

> 一黨獨大的政治威權雖已走入歷史，取而代之的卻是媒體老闆的鮮明立場，以及廣告主無孔不入地強勢入侵，新聞專業依舊飽受媒體意識形態與政商力量的干預侵蝕；新聞工作者雖有更大發揮空間，但媒體政治立場分明、收視率掛帥、膻色腥當道、侵犯基本人權卻讓新聞專業尊嚴蕩然無存，新聞工作權在不景氣聲中更是風雨飄搖。也就是說，過去箝制新聞自由的敵人雖然恐怖巨大，卻可能透過挑戰威權體制的途徑看見幽微亮光；現在「敵人」已不時化身為媒體老闆、高層主管、各類廣告主、收視率競爭、閱報率調查、自由市場機制、經濟不景氣、記者自我設限、工作權飽受威脅，密密麻麻包圍我們這一代新聞工作者，卻還看不出整體脫困的有效途徑。[3]

老大哥剛剛離去，孔方兄粉墨登場；威權魔掌才收起，市場巨靈又降臨；原以為迎來了光明，卻不料步入另一種黑暗。

黃哲斌的辭職，雖然引發臺灣傳播學界與公民團體的積極串聯，迫使「總統」、「行政院長」親自出面，宣示今後不再做政治置入營銷。當局「用人民的錢洗人民的腦」的荒謬現象，或許可望告一段落。可是，「賣新聞賺錢」，買家豈止有當局？除了置入式營銷，當局是否會採用其他方式操控媒體？走出報禁的臺灣報業，能否走出市場的控制？新聞業，這一在西方被推崇為第四權力、在中國寄託了文人論政之理想的行業，曾吸引萬千年輕人以它為終身志業，為何在今日臺灣，竟變成不值得託付的行業，甚至被諷刺為製造業、修理業、屠宰業？

這是一個有關媒體、官方和市場的複雜故事，是一個關於臺灣傳媒業的過去、現在與未來的漫長故事。追根溯源，故事還得從30年前臺灣媒體的快速開放談起。換句話說，要理解臺灣媒體今日的病症和臺灣新聞人今日的痛苦，不能不將時間拉回到解禁元年。

邁向新時代

第一章　引言：回到解禁元年

一元復始，萬象更新。1988年元旦，對於臺灣報業和臺灣報人而言，尤其具有新氣象。從這一天開始，在臺灣實行近40年的報禁政策終於解除。

這一天，臺灣讀者早上起來，發現當天的報紙與往日不一樣，《聯合報》《中國時報》《中央日報》等都變成6大張24版，花花綠綠一大摞，不僅厚度比平常增加了一倍，版面、內容也都充滿了新意。

這一天，《中國時報》頭版刊載了《報禁今天解除》的醒目新聞。新聞說：「中國時報以創辦一份新報紙的心情和做法，迎接報禁開放。」

這一天，《聯合報》同樣以欣喜與期待的心情迎接新的一年。這一天報紙發表了兩篇社論，一篇題為「迎接中國歷史發展劃時代的一年」：

> 1988年於今天揭開序幕，進入中國歷史發展劃時代的一年。這是解除戒嚴令後，憲政邁向政黨政治變革的一年，憲法與法統間的關係，在這一年，將形成憲政最大的考驗，最大的突破，而出現嶄新的局勢。
>
> 這是外匯管制開放後，經濟發展向自由化、國際化升高的一年，面對國際貿易保護主義的驚濤駭浪，經濟結構的調整，勢必引發財經金融的全面性互動激盪。一個新的「起飛」年代，會帶給臺灣奇蹟新的價值判斷。
>
> 這是開放大陸探親後，海峽兩岸掀起新的競爭的一年。我們的大陸政策與中共的統戰政策，都面臨局勢演變的挑戰與考驗，中國的統一問題，將在這樣的考驗下，醞釀一種新的模式。
>
> 這是解除報禁，新聞言論自由勢必湧起空前高潮的一年，新聞言論自由對國家社會安全與整體利益的影響，對人權與人民合法權益的提升，對人民參與意志與公意的激發，都將為國家社會的現代化，導致本質的蛻變。
>
> 這是中華民國走向開發國家經歷經濟發展的過程而達成政治成熟的一年，開發中國家現代化與傳統的矛盾，開放社會與封閉社會的矛盾，自由文化與威權文化的矛盾，在這一年將有更劇烈的破與立的形勢消長……
>
> 在這一年，執政黨與政府必須正視報禁解除後，報紙競爭與新報設立所再現的傳播意識形態多元化與新資訊文化的強烈批判性，執政黨與政府都必須走出宣傳與文工的傳統意識，努力透過求新求變的實質改革行動，贏取有利的資訊詮釋與回應……

運用大眾傳播的功能,確切的導引公意及表達公意,俾使社會均衡得以維持,政治進步得以加速,乃是新聞事業迎接報禁解除新形勢的嚴肅使命,本報將自明日起發表一系列社論,對今後國家社會向前走向前看提出建言。[4]

另一篇則是專門為了「迎接開創報業新紀元的一年」:

報禁的開放將使這年成為中國民主憲政史上光輝燦爛的一頁,它不止表示民主自由落實在人民的最基本權利上,也不止象徵開放社會的實現,更緊要的,乃是新聞言論自由會帶來國家社會更大的活力,更廣更深的厚植民主基礎,而又將民主充分表現在人民的日常生活上,這是對人民思想的解嚴,其意義尤重於政治與社會行為上的解嚴。我們可以強調說,這是民主憲政最耀目的成就。報禁的解除,使中華民國可以除了享有「新興工業國家」的令譽外,復受國際間肯定為「新興民主國家」。[5]

這一天,《中央日報》特別邀請賴光臨、汪琪、王洪鈞、皇甫河旺等主持政治大學、輔仁大學等新聞院系的專家學者進行筆談,發表他們對報禁開放的看法,並製作專版——《報紙開放後的省思》。編者特意加了按語:

期待已久的報紙開放政策,從今天起付諸實行,不僅將提供全國民眾更豐富的資訊服務,同時民主政治的發展與國家社會的建設,也將在更健全的輿論制度下,邁向一個開放進步的新時代。

此前,臺灣省報業協會和臺北市報業協會發表了《邁向一個資訊健全的新時代》的聯合聲明。走過漫長的戒嚴和報禁時代,歷經當局的壓制與束縛,所有曾經在威權恐怖之下追求過自由、在黑暗中尋找過星星的新聞人,從此「奔向自由開放的年代」。[6]那一刻的心情,何榮幸曾經作過生動的描述:

這群人親身見證,臺灣這艘希望之船離開戒嚴、報禁港灣,從此航向廣闊無邊、深不可測的民主海洋。他們雖然參與其中、記錄過程,卻也只能載浮載沉,不知道大海的另一邊究竟還有多少風浪。

這群人散佈在最保守到最激進的媒體。他們在風聲鶴唳、草木皆兵的高壓氣氛中匍匐前進,姿態多半扭曲變形,很難保持優雅好看。有的人在主流媒體內競競業業,有的人想盡辦法在文章中「埋地雷」鼓吹民主,有的人努力從中南部發聲,有的人深入觀察民間社會,有的人則與情治單位大玩「捉迷藏」遊戲;後人想像他們堅定勇敢,他們身處其中卻可能狼狽不堪。

他們像是在無盡的黑夜中尋找星星,對外迎向忽明忽暗的民主亮光,對內追尋若有似無的記

者典範。[7]

從黑暗走向光明，從港灣駛向海洋，從荊棘走向鮮花，從枷鎖走向夢想。

報禁開放，絕不僅僅是報紙登記與張數的開禁，更是全體新聞人精神和心靈上的開放。[8]解嚴前不久從電視臺轉到《中國時報》工作的年輕記者林照真回憶說，解嚴對她有著極大的啟蒙作用：

> 解除報禁時，我被告知從此寫作沒有檢查了，張數也沒有限制了，競爭對手增加了，報社要大家思考如何因應報禁開放，而有不一樣的作品。很多事已不復記憶，我只記得，我在那一個時代後，我的心裡上有了更大的解放空間，知道自己可以做更多的事。這樣的心情，對我來說是興奮的。沒有了時代的枷鎖，所剩的就是不斷追尋自己的新聞夢。[9]

沒有了時代的枷鎖，所剩的就是不斷追尋自己的新聞夢。報禁解除後，一大批懷著新聞夢想的年輕人，像林照真一樣加入到媒體行業。那時候，報紙對人才需求急劇膨脹。那時候，每兩天就增加一張新報紙。

每兩天增加1家新報

1988年1月21日，臺灣解嚴後第一張新報紙《自立早報》創刊。該報日出5大張，售價10元新臺幣，首日開印17萬份報紙。已在晚報市場獨占鰲頭的《自立晚報》信心滿滿，不僅欲借此舉進軍日報市場，與《聯合報》《中國時報》一較高下，其志向所指更在打造出與中時、聯合鼎足而三的「自立」報系。其創刊詞宣稱要「辦成功一份自由報業的典範報紙」：

> 本報現在投資人自民國四十八年接辦自立晚報，二十九來無時無刻不期盼同時發行早報……惟因報禁，未能如願。去年2月，政府敲定解禁政策後，我們夙願得償，立即著手早報籌備工作……
>
> 我們願在自立早報創刊的今日，再一次揭　我們辦報報國的理想，以與同人君子共勉。
>
> 我們一向認為辦報不同於經營一般營利事業，大眾媒體之作為社會公器的本質，所有報人合當奉為天經地義。我們基於這種信念，將投資報業視為一種奉獻，投資人不以經營報社作為生活

13

之根本,是我們寶貴的傳統。我們將繼續維護這寶貴的傳統,不稍更易……

我們承襲母報——自立晚報的傳統,仍以「無黨無派、獨立經營」作為我們辦報的最高標竿……自立早報的編輯方針、發行方針、廣告方針,便是完全以「辦成功一份自由報業的典範報紙」為最高理想的徹底落實。

報紙還專門刊載了吳三連手撰的《自立報系社訓》:「我們信奉新聞自由至上,我們肯定遵循客觀報導公正評論的準則,可以促成文化改革人類和諧世界和平,我們信奉國家利益第一,我們肯定堅守無黨無派獨立經營的立場,可以增進政治民主經濟繁榮社會公道,我們信奉公眾福祉為先,我們肯定一本有為有守誠摯奉獻的精神,可以獲致充實生存尊嚴生命永恆。」[10]

這是報禁開放後臺灣出版的第一份新報紙。《自立晚報》「二十九年來無時無刻不期盼同時發行早報」,在創辦新報中拔得頭籌。聯合、中時兩大報業巨頭為了迎接即將來臨的新競爭,也早已在報禁開放前夕砸下重金,投資人才、設備,在市場等方面設置高位門檻,以卡住有利地位,可謂虎視耽耽,志在必得。

《自立早報》創刊1個月後,2月22日,《聯合晚報》創刊。又過了幾天,3月5日,《中時晚報》創刊。半年後,7月12日,曾經創辦《世界晚報》《世界日報》《世界畫報》《民生報》等著名報刊,並以上海《立報》創下中國現代新聞史上報紙發行紀錄的一代報人成舍我,終嘗「報禁不除,決不辦報」的夙願,以92歲高齡創辦了《臺灣立報》——創下世界新聞史上創辦人年齡最高的紀錄。又過一年,1989年6月,臺灣黨外著名政治領袖人物、「立法委員」康寧祥創辦《首都早報》,從各報挖角,聘請著名記者戎撫天出任總編輯,其他援引人員不乏一時之選,其創刊宗旨揭「忠實傳達臺灣人民的心聲,一份真正屬於臺灣社會的報紙」,又引來報業市場不小的震動。

除了這些重拳出擊,還有許多只聞雷聲不見雨滴的未出版新報,以及更多新報蓄勢待發、即將創刊的各種消息。據「內政部」統計,報紙開放2個月內,新申請登記報紙33家,平均每兩天增加1家,超過以往40年存在的報紙總數。1988年,全臺灣新登記報紙超過100家。1991年,新報登記竟達217家。[11]到1991年年底,

「行政院」登記的報紙共有253家，實際出版是為154家。[12]報禁開放後至1998年11年間，累計發出報紙登記證的家數，包括一日刊和多日刊，計達883家。[13]

「曇花一現的繁榮虛像」

如久旱遇甘霖，報禁的束縛一旦衝破，創辦新報的潮流便洶湧而至，沛然莫之能御。可是，誰也沒有料到，這股熱潮，來得猛，去得急，潮起潮落，只維持了短暫的「曇花一現的繁榮虛像」。[14]

因為有太多的喜悅和憧憬之情，似乎沒有人注意到，報禁開放後臺灣報業發生的第一件重要之事，不是新報創刊，而是舊報停刊。1988年元月，與報禁開放同一天，創刊於1950年，長期與《自立晚報》《民族晚報》並稱臺灣三大晚報的《大華晚報》宣布停刊，成為報禁開放後第一家停刊的報紙。

1990年8月28日，《首都早報》在一版刊登《敬告讀者》，宣布：「首都早報今日起，因財務困難而暫時停刊，預期改組完後以重新的面貌復刊。」但是，讀者們後來再也沒有看到該報「以重新的面貌復刊」。《首都早報》創刊兩年來，可謂風頭甚勁、風光無限，曾以鬥大頭版標題《幹！反對軍人組閣》，引領各大報跟進報導而名噪一時，並以《媒體與不實廣告》為主題的15篇連續報導榮獲金鼎獎公共服務獎，豈料僅僅風光了1年零2個月，便因「資金不足」宣布停刊，成為壽命最短的新報。

《首都早報》停刊後，一家民營報紙發行人在接受電視採訪時便坦言，大家都在虧損狀態下咬牙苦撐，看誰先倒下去。[15]僅僅過了10天，果然又有報紙倒了。9月9日，經營了1年2個月（1989年7月1日創刊）的《環球日報》宣布停刊。該報創刊之初，曾標榜師法《大公報》的「不黨、不私、不賣、不盲」的精神，其主力成員均從各大報挖角而來，號稱「只有這群傢伙能辦《環球日報》這樣的報紙」，被視為報業市場上一匹黑馬。可是，僅僅過了半年，該報就人事日非，虧損纍纍，每月虧額高達2000萬元。[16]報社內部氣氛，也由創辦之初的朝氣蓬勃逐漸變得暮氣沉沉，許多採編人員掛冠而去。後來雖經整肅，甚至停刊前一個月還大登廣告，以月

薪70000元徵求員工，[17]依然無法渡過難關，終於偃旗息鼓。「創刊容易續刊難」。投資沒有止境，回收卻遙遙無期，絕大多數新報不到一年半載就銷聲匿跡了。報禁開放後，市場化的商業競爭取代了原來當局的政策禁止，成為報業的「新設限」。對新手而言，過去格於禁令，難以創辦新報，現在卻格於市場，無法競爭即難以為繼。[18]《首都早報》每月平均虧損達1300萬元，原有兩億資金悉數賠盡。後期雖然曾以贈品、抽獎、在超市免費贈閱等多種方法強力推銷，仍然無法挽回停刊的命運。[19]

報禁解除，並沒有像預期那樣帶給臺灣報業一片廣闊的發展空間。報禁開放前，對於如何解禁，臺灣報界曾有兩種不同看法。第一種是完全解禁，兩大報力主取消一切管制，完全由市場調節。第二種是有限解禁，小報主張應逐步開放，先限制大報的擴張，使小報及新報有生存的機會。結果，當局採取了完全解禁的做法，對於未來報業的市場行為，也未作出規範要求，給未來的競爭埋下危機的種子。[20]

事實上，報禁開放前夕，聯合、中時兩大報係為確保市場絕對優勢，紛紛在人才軟體與設備硬體上大量投資，在固守原有地盤的同時，加高產業進入障礙，加重新進入者的「卡位成本」，消耗資本弱勢的新競爭者。以聯合報業為例，新投資了林口、臺中及高雄印刷分廠，購買高斯印報機、新力影像傳輸機、Grosfield平版傳版機、財務系統電腦化等，總計達27億新臺幣。中時報系的採編人員，則由報禁開放前不到2000人，一年內急速成長到4000人以上。報業人力市場價值猛漲，新進報業薪資負擔加重。[21]

躊躇滿志的新報紙，往往在正式出版發行之後，才發覺報紙賴以生存發展的發行及廣告，都已被聯合、中時兩大報繫牢牢掌控，新報難以插足，也無從問津。在舊有大報的封堵之下，新報幾乎沒有存活空間，加上新辦報紙，投資巨大，人才缺乏，沒有一家不是賠虧纍纍。因此，報禁開放倒使大家認清了一項事實：原來是報禁政策保障了臺灣原有31家報紙的生存。

報禁時代，持有報紙登記證，如果報紙辦得不錯，就繼續辦報，不斷發展；如果報紙辦得不好，不堪賠累，就將登記證轉移出手，不僅可以彌補虧損，通常還可

第一章　引言：回到解禁元年

賺一大筆。報禁解除後，登記證不值錢了，無論新報老報，經營不善都只剩停刊一途，就像先後停刊的《大華晚報》《首都早報》和《環球日報》。尤其是後兩家新報，其創辦人的社會聲望及財力都不同凡響，也曾在報業市場上掀起不小的波瀾，卻不得不相繼停刊。嚴酷的事實提醒人們，報禁解除後，臺灣報業的生態環境已經全面蛻變，以往那種「苦撐以待時來運轉」的時代已經過去了。經營困難者，只好及早收手還不至元氣大傷。前車之鑒，逼得100多家已取得登記證的新報紙不敢啟動發行。[22]據2002年統計，仍維持運作但不能經常發行的報紙有130家，正常營運的只有30家。[23]

1999年1月21日，《自立早報》經過了幾次股權變動的風波後，出版了終刊號。其《停刊聲明》稱：

> 由於受到外在經濟景氣變動，以及內部長期虧損影響，自立報系忍痛宣布創刊滿11週年的自立早報，即時起無限期休刊……自立早報創刊於臺灣報禁解除以後，報業市場進入完全開放競爭的時代，雖然一貫公正、客觀、本土的立場，企圖以最優良的新聞品質服務讀者，為臺灣開放報禁的時代意義做一見證，未料，經過11年苦心經營，仍然無法擺脫長期虧損，以及媒體商業化競爭的壓力，又適逢臺灣經濟景氣遭遇空前變動，只能忍痛宣布休刊。

在某種意義上，《自立早報》的確為臺灣開放報禁的時代做了見證，只是，它見證的誠如其所言，是報禁解除後臺灣報業生存之維艱。

進入二十一世紀，在新媒體的衝擊下，報紙更是夕陽西下；《蘋果日報》的登陸，又帶給臺灣報業一片風聲鶴唳。2001年，《自立晚報》停刊。2002年，《勁報》停刊。2005年，《中時晚報》停刊。2006年，《大成報》《中央日報》《臺灣日報》《民生報》《星報》先後停刊。

可以說，報禁開放後，臺灣報業市場經過一番熱鬧的過度擁入（overentry）及激烈的防堵戰、投資消耗戰，新報業幾乎全軍覆沒。兩大報系表面上曾一度「贏家通吃」，但為此也代價不菲，頭兩個月即大跌20萬份，[24]而且從此一路下滑，連連「跌停板」，[25]再也沒有回到150萬份的最高紀錄，長久地受困於這場戰爭的後遺症中。加上經濟不景氣、閱讀率下降和新媒體的衝擊，報禁開放不到兩年，便開始減張、減薪、裁員，最後關閉子報，甚至轉讓整個報系。報禁解除初期帶給臺灣報

業的蓬勃興旺景象，原來是一場短暫的泡沫。新報倏創倏停的命運，真可謂其興也勃焉，其亡也忽焉。

從威權時代到競爭時代

總體而言，從1988年元旦報禁開放，至今30年來的臺灣報業，除了最早兩年出現短暫的繁榮之外，此後基本上是一個報紙不斷走向消亡的大失敗過程。《首都早報》可以「幹！反對軍人組閣」，卻沒有「幹」成「一份真正屬於臺灣社會的報紙」——因為「資金不足」。《自立早報》雖號稱「將投資報業視為一種奉獻，投資人不以經營報社作為生活之根本」，但終究沒能「辦成功一份自由報業的典範報紙」——奉獻也不會是無止境的。投資人最後追求的終歸還在獲利，如果得不償失，則寧可作別的奉獻。老報人成舍我臨死之前，也終於向老朋友承認，《臺灣立報》沒有辦得像眾所期待的那樣成功，根本原因在於「沒有錢」。[26]

「沒有錢」，一語道破報禁開放後臺灣報業生態最本質的變化。它表明，從報禁到報禁解除的過程，也是臺灣報業從威權時代走向競爭時代的過程。在這一過程中，當局的強暴從前門被趕出之後，資本的強暴卻悄悄從後門溜入，或者說，政治巨魔雖被打倒，資本巨魔卻隨之粉墨登場，而且前者戴上市場的面具與後者合體，形成更加恐怖的官僚商業勾結體（Bureaucraticcommercial complex），[27]並迅速成為傳媒業的新主宰。當資本成為報業的決定性力量後，臺灣報紙所有權逐漸集中到兩類勢力強大的經營者手中，一種是延續解嚴前優勢並持續成為領導品牌的兩大報系，另一種是財團，即報紙所有權或資金來源主要是財團或財團相關事業。[28]從此，報業競爭成為赤裸裸的資本競爭。不只是《首都早報》《自立早報》見證了開放報禁後臺灣報業資本化競爭異常慘烈的過程，就算是資金雄厚的報紙，像接辦《大華晚報》的《大成報》，以及有中時、聯合報系作為靠山的《中時晚報》《民生報》，甚至是有政黨、當局作為後臺的《中央日報》《臺灣日報》，也只不過多撐了幾年，最後仍免不了停刊的命運。即使是那些沒有停刊的報紙，像《聯合晚報》《自由時報》等，雖然還在發行，卻也虧賠不堪，不得不在報業之外尋找止損的辦法；而報業自身的品質卻日漸惡化。

新聞商業化

　　報業的資本化之後，接踵而至的便是「新聞商業化」。報禁時代，各報均宣稱自己「正派」、「無黨」，競爭時代，牟利則成為報業的最高目標。《蘋果日報》公開宣稱「如果道德能賣錢，我們也會很道德」。流風所及，報紙蘋果化，連一向以知識分子報紙自居的大報亦不能倖免，都不同程度地出現「精神分裂」狀，並由報紙波及其他大眾媒體。[29]

　　商業化必然影響新聞和意見的品質，激情主義與市場取向於是相伴而生。[30]1988年9月1日，報禁開放後的第一個記者節，《中央日報》發表社論，對報禁開放後許多報紙的表現提出批評，認為「開放有餘，責任感不足」。[31]1991年3月，輔仁大學主辦了「報禁開放以來新聞事業的省思與發展」研討會，檢討報禁開放3年來報業面臨的新問題。與會者普遍認為，報禁開放後，新聞學向來秉持的真實性、精確性、客觀性等專業理念不斷受到商業化的衝擊而發生動搖。許多觸犯大忌的新聞文化，像所謂軟性新聞，去政治化、趣味化、娛樂化、道聽途說、捕風捉影、揭人隱私、誇大渲染、描寫犯罪、夾敘夾議、煽情主義等等，大行其道。[32]《環球日報》停刊時，老闆吳德美就宣稱，停刊原因為「記者報導不實，破壞報社形象，因而停刊以示負責」——雖然有些矯情，卻有不少事實根據。[33]

　　尤其可悲的是，威權時代，報紙被政治束縛，言論上沒有自由；報禁開放後，已邁向自由時代的臺灣報紙，卻在政治立場上自覺地分化成藍綠不同派別，言論和報導公然違背新聞的真實客觀原則，而改以老闆立場為準繩。《首都早報》停刊，自稱是因為財務困難，但有評論者指出，實際上是由於該報「反對色彩過濃，新聞報導和言論均不脫『預設立場』的影子，難為開放而多元的社會所接受」。[34]資深記者商岳衡進入《自由時報》工作僅僅三個月，便因為該報「淪為黨派鬥爭之工具，憑著二手傳播之小道授意，對非主流派不斷展開惡毒攻擊」、「報導臺獨及民進黨消息已達泛濫地步，諸多作法與他對報業的理念南轅北轍」，因而提出辭職。[35]

　　總之，報禁開放後，各報新聞報導和言論並沒有像預期一樣，由於自由競爭而

變得更加公正客觀，相反，各報原來持有的立場傾向更加彰顯。[36]也就是說，伴隨著市場化，政治力對於報紙的影響並未完全消失，只是不再以外顯的控制方式，而是隱沒地轉以市場的機制操作。市場新聞學，百無禁忌地成為媒體操作的最大律則。種下龍種收穫跳蚤，報禁解除並沒有迎來真正的言論自由。有人評論報禁開放後臺灣報紙的言論狀態，「百家爭鳴已成為百家亂鳴」。《洛杉磯時報》甚至稱臺灣媒體，由報禁時代的哈巴狗變成解禁後的瘋狗。掙脫束縛的言論空間並未成為提升民主品質的公共領域，打破禁錮的民間活力亦未成為推動國家進步的公民社會。[37]

「拜託，把警總恢復一下好不好？」

新聞商品化無疑是對報禁開放最大的反諷。似乎沒有人記得媒體還是社會公器。一名電視工作者自我解嘲地說，「我們被綠買，也被藍買，這樣很公平，大家都淪陷」。[38]在特定的意識形態及商業利益的魔咒下，臺灣新聞工作者的專業形象與工作尊嚴也快速沉淪。新聞業似乎是一個在自我遺忘的行業，既沒有共同尊崇的專業價值，也缺乏社群集體意識，[39]甚至被讀者諷刺為「製造業」、「修理業」、「屠宰業」。

憶往昔　崢嶸歲月，曾經與報禁作戰的老報人居然有些想念起從前的敵人。著名報人南方朔說：

> 我覺得應該比較辨證的看待戒嚴時期和解嚴時期的媒體。不要老是繞著戒嚴、白色恐怖跑。這種單一史觀解釋，把媒體更大的促進社會進步的功能都忘掉了。戒嚴時期，我在當記者的時候，媒體有一批人很努力，在臺灣的行政合理化、公共政策的完善和民怨的解除等方面，做了很多貢獻，現在大家都疏忽掉了。那時，只要你言之合理，談政府都市計劃、環保和財稅政策的不對，政府也願意改。這對社會的進步貢獻是更重要的，是最基本的。假設一個社會不進步，也不可能民主，假設政府不改革，老百姓沒有經濟發展，也不可能會有後來的民主化。我們怎麼都忘記了呢？！[40]

怎麼能忘記報禁時代的白色恐怖呢？可是，南方朔讓大家記住的卻是，除了政治迫害和言論控制，報禁時代，還是一個記者有作為的時代，還是一個媒體受尊重的時代。戒嚴時期，存在著威權政府這種明顯的目標，又有警總在背後盯著，身為

新聞從業人員，反而很有使命感，很有理想，會覺得自己有責任，要解放思想，扶正社會。南方朔如此「辯證看待」戒嚴時代，與其說是對於過去報業的記憶，不如說是對於報業現狀的批判和理想報業的想像。無獨有偶，面臨報禁解除後臺灣媒體的種種不堪局面，當年的新聞鬥士、曾任《自立晚報》社長的吳豐山也不無調侃地說：「拜託，把警總恢復一下好不好？」[11]

由突破報禁到對報禁的「懷舊」，臺灣報業走了一個怎樣的輪迴？報禁又是如何形成的？

---

[1]黃哲斌：《乘著噴射機，我離開中國時報》，
http：//gb.chinatimes.com/gate/gb/blog.chinatimes.com/dander/archive/2010/12/13/579524.html。

[2]劉蕙苓：《原來我這麼不專業？！就這樣我也離開了電視新聞界》，
http：//blog.udn.com/alexandroslee/4732524。

[3]何榮幸：《媒體突圍》，商周出版社2006年版，第19—20頁。

[4]社論：《迎接中國歷史發展劃時代的一年》，《聯合報》1988年1月1日。

[5]社論：《迎接開創報業新紀元的一年》，《聯合報》1988年1月1日。

[6]胡元輝：《「黑暗之幕」將成事實？——戒嚴與報禁解除二十週年的憂思》，載卓越新聞獎基金會主編：《關鍵力量的沉淪——回首報禁解除二十年》，巨流圖書公司2008年版，第13頁。

[7]何榮幸策劃：《黑夜中尋找星星——走過戒嚴的資深記者生命史》，時報文化公司2008年版，第28—29頁。

[8]王洪鈞：《臺灣新聞事業發展證言》，臺北市新聞記者公會1999年版，第357頁。

[9]林照真：《報禁解除對我是一種啟蒙》，http：//ban-lift20.blogspot.com/2007/10/blog-post_5431.html。

[10]社論：《辦成功一份自由報業的典範報紙》，《自立早報》1988年1月21日。

[11]黃天才：《新聞通訊事業》，載「中國新聞學會」：《90年代中國新聞傳播事業》，風雲論壇出版社1997年3月版，第24頁。

[12]荊溪人：《報業》，載「中國新聞學會」：《90年代中國新聞傳播事業》，風雲論壇出版社1997年3月版，第37頁。

[13]蘇蘅：《競爭時代的報紙：理論與實務》，時英出版社2002年版，第4頁。

[14]黃天才：《新聞通訊事業》，載「中國新聞學會」：《90年代中國新聞傳播事業》，風雲論壇出版社1997年3月版，第23頁。

[15]忻圃丁：《報業經營將有苦拼》，《新聞鏡週刊》第97期，1990年9月10日至9月16日。

[16]葉毅祥：《經營方式失措環球日報停刊》，《新聞鏡週刊》第99期，1990年9月24日至9月30日。

[17]徐鳳鳴：《人事傾軋亂陣陣環球日報處境艱》，《新聞鏡週刊》第67期，1990年2月12日至18日。

[18]林正國：《中央日報改革的決心與作法》，《新聞鏡週刊》第86期，1990年6月25日至7月1日。

[19]尹子揚：《首都早報宣告停刊報業經營更添寒意》，《新聞鏡週刊》第96期，1990年9月3日至9日。

[20]林麗雲：《報業，夕陽業，為什麼？》，轉自《報禁解除二十年》，http：//ban-lift20.blogspot.com/，上網日期2007年12月20日。

[21]皇甫河旺主編：《報禁開放以來新聞事業的省思與發展研討會實錄》，輔仁大學大眾傳播學系暨研究所1991年版，第110—111頁。

[22]黃天才：《新聞通訊事業》，載「中國新聞學會」：《90年代中國新聞傳播事業》，風雲論壇出版社1997年3月版，第24—26頁。

[23]胡元輝：《堅持——一個媒體人的真摯省思》，未來書城2003年版，第4頁。

[24]績伯雄輯註：《臺灣媒體變遷見證：歐陽醇信函日記（1967—1996）》，時英出版社2000年版，第1048頁。

[25]彭岸新：《今年的報業會很冷》，《新聞鏡週刊》第73期，1990年3月26日至4月1日。

[26]卜少夫：《我的老闆成舍我》，香港《新聞天地》，1991年4月7日。

[27]李金銓：《新聞的政治，政治的新聞》，圓山出版社1987年版，第Ⅲ～ⅩⅥ頁。

[28]蘇蘅：《競爭時代的報紙：理論與實務》，時英出版社2002年版，第2頁。

[29]梁麗娟：《蘋果掉下來：香港報業「蘋果化」現象研究》，香港次文化堂有限公司2006年版，第118頁。

[30]皇甫河旺主編：《報禁開放以來新聞事業的省思與發展研討會實錄》，輔仁大學大眾傳播學系暨研究所1991年版，第20頁。

[31]薛心鎔：《編輯臺上：三十年以來新聞工作剪影》，聯經出版社2003年版，第308頁。

[32]皇甫河旺主編：《報禁開放以來新聞事業的省思與發展研討會實錄》，輔仁大學大眾傳播學系暨研究所1991年版，第13、35、93頁。

[33]葉毅祥：《經營方式失措　環球日報停刊》，《新聞鏡週刊》第99期，1990年9月24日至9月30日。

[34]尹子揚：《首都早報宣告停刊　報業經營更添寒意》，《新聞鏡週刊》第96期，1990年9月3日至9日。

[35]商岳衡：《辭呈》，《新聞鏡週刊》第106期，1990年11月12日至11月18日。

[36]楊孝嶸：《報社經營策略的觀察》，載臺北市新聞記者公會編：《中華民國新聞年鑑八十年版》，臺北市新聞記者公會1991年版，第86頁。

[37]卓越新聞獎基金會主編：《關鍵力量的沉淪——回首報禁解除二十年》，巨流圖書公司2008年版，第14頁。

[38]林照真：《誰在收買媒體？》，《天下雜誌》第316期，2005年2月。

[39]陳世敏：《為了見證歷史》，載卓越新聞獎基金會主編：《關鍵力量的沉淪——回首報禁解除二十年》，巨流圖書公司2008年版，第15頁。

[40]南方朔口述，韓福東撰稿：《臺灣報禁解除前後》，《先鋒國家歷史》第14期，2008年4月（下）。

[41]何榮幸策劃：《黑夜中尋找星星——走過戒嚴的資深記者生命史》，時報文化公司2008年版，第152頁。

第二章　報禁政策及其新聞管制

人人心中都有一個警總——黃富三

時代在變，環境在變，潮流也在變。因應這些變遷，執政黨必須以新的觀念、新的作法，在民主憲政的基礎上，推動改革措施。唯有如此，才能與時代浪潮相結合，才能和民眾永遠在一起。——蔣經國

臺灣報業的發展史，與臺灣人民的開拓史和命運史息息相關。從十九世紀初期的篳路藍縷，到劉銘傳時代的報業初成，歷經日據時期的殖民統治，光復後短暫的新聞自由，報禁之前的臺灣新聞史，有過坎坷，有過輝煌，可歌可泣。

第一節　從戒嚴到報禁

報禁之前的臺灣報業

史載，臺灣第一家印刷店——「松雲軒刻印坊」出現在1821年，由盧崇玉創立於臺灣府城。松雲軒使用雕版印刷，主要是印刷善書經文，也有出版治臺輿圖、科考範文、詩文集、童蒙讀本、譜牒籤詩等。[1]五口通商後，中國沿海地區新出的報紙，像上海的《申報》、寧波的《甬報》、廣州的《述報》等開始流傳到臺灣。1885年，臺灣巡撫劉銘傳仿北京《京報》發行了臺灣最早的中文報紙《邸抄》，為手抄或木刻製作，內容主載法令規章與官員動態，定期利用舊城門貼出示眾。[2]同年7月，英國長老教會牧師巴克禮創辦了臺灣第一份印刷刊物《臺灣府城教會報》。該報採用教會羅馬字書寫的臺灣話，除了傳播教會訊息，也刊載了不少有關臺灣政治、軍事、經濟以及風土民情等方面的消息，功能與綜合性報紙無異。[3]

1895年，甲午戰爭結束，清政府被迫與日本簽訂《馬關條約》，割讓臺灣。1896年6月17日，也就是日人據臺一週年，日本內閣總理大臣伊滕博文偕同海軍大臣西鄉抵臺，同一天，大阪府警部長山下秀實，憑藉與首任臺灣總督樺山資紀的同鄉之誼，帶著大阪《雷鳴新聞》的活版鉛字印刷設備，到臺灣創立《臺灣新報》，

為臺灣第一份近代化的報紙。創刊初期為週刊，不定期發行，每週一兩次。7月，臺灣總督下令以《臺灣新報》為臺灣總督府公報，刊登政府律令，得總督府津貼補助，成為一份半官半民的刊物。10月改為日報，銷路極差，全臺有費報份僅4810份，主要讀者為日本在臺軍警。[4]1897年，第三任總督在臺北創辦《臺灣日報》，1898年，《臺灣日報》與《臺灣新報》合併為《臺灣日日新報》。戊戌變法後，著名報人章太炎因逃避清政府，曾出任該報記者。此外，日本人還在臺灣中南部創辦了《臺灣新聞》《臺南新報》等。1900年，殖民政府為控制言論，頒布《臺灣新聞紙條例》，規定臺灣報紙須經過許可並受檢查始準發行，嚴禁臺灣民眾發行報刊。日人所辦的報紙，文字以日文為主，但當時臺灣300萬人民多不懂日語。於是，《臺灣日日新報》於1905年創辦了中文版。

第一次世界大戰後，各民族掀起自決浪潮，臺灣同胞也於此時期提出「自治」訴求。1917年，在東京留學的臺灣青年發起組織了臺灣青年會，並創辦《臺灣青年》月刊。發行人為蔡培火，編輯人員包括林呈祿、吳三連、陳炘、郭國基等人。《臺灣青年》創刊詞稱：「本刊創立的目的在介紹內外文明，詳論臺灣政治應改善之事，兼謀日華之親善。」該刊發行前雖向總督表示旨在圖臺灣文化的向上，但第一期刊出後便被禁止在臺灣發行。1921年，臺籍人士又在臺北太平街春風得意樓集議，成立臺灣文化協會，選舉林獻堂為總理，蔣渭水、溫連卿、蔡培火等任理事。1923年4月15日，《臺灣民報》在東京創刊，初為半月刊，全以漢文出版，為臺籍人士創辦的唯一報紙。《臺灣民報》在創刊號中提出：「民報達民情，民權任你評，民心真未死，民族自增榮。」1927年8月1日，《臺灣民報》經總督府同意，以增設日文版為許可條件之一，從東京遷臺北出版，由半月刊改為週刊，廣受歡迎，發行量達到一萬五千多份。1932年4月15日，改為日刊《臺灣新民報》。版面由四開三張改為對開兩張，以中文為主，三分之一日文。報紙改為日報後，殖民政府加強了新聞檢查制度，由警務局保安課人員對報紙實行嚴格管制。每天報紙在印刷之前，須先將原稿交保安課「高等特務」人員檢閱，凡涉及批評政治或有關臺灣民族思想以及指責日本帝國主義的文章都在刪除之列。[5]二戰期間，臺灣報業更淪入軍部的掌控之中。殖民政府推行「皇民化運動」，臺灣報紙所有中文欄全部廢止。《臺灣新民報》改名為《興南新聞》。1944年4月1日，日軍在太平洋戰爭中節節敗退，總督府為便於新聞管制及應付戰局的緊張情勢，強迫全臺規模較大的六家日報

《臺灣日日新報》《興南新聞》《臺灣新聞》《臺灣日報》《高雄新報》《東臺灣新報》合併為一家,名為《臺灣新報》,日出八開一大張。日本戰敗投降後,《臺灣新報》也宣告結束。[6]

光復初期「短暫的自由」

從日本投降到二二八事件前,臺灣出現了一個短暫的報業自由時期,形成一股辦報熱潮。

臺灣光復後,廢除了殖民政府的新聞許可檢查制度,改取「創刊不須許可,言論不受檢查」的政策。老報人金生麗回憶說:「因為沒有申請登記的限制,最簡單的只要借一個門臉,掛起報社的招牌,隨便租賃和占據一兩間廊作為編經兩部,接洽一家小印廠承印便成。」[7]1945年10月10日,臺灣戰後第一份報紙《民報》創刊,比《臺灣新生報》早半個月。由於新刊登記很簡單,《人民導報》登記證尚未到手,即於1946年1月1日先行出版,只在刊頭標示「本報業已呈請備案中」。據統計,1945年10月至翌年2月間,經內政部核準登記的報紙有《民報》《臺灣新生報》《人民導報》《大明報》《藝華》《臺灣日報》《國是日報》《大同日報》《中華民報》《自強報》等。二二八事件前,臺灣已登記的報刊計有28家,其中日報17家,3日刊兩家,5日刊兩家,週刊3家,旬刊4家(見表1)。1946年3月至9月,臺北一地即有8家新報。[8]其中,民營報《民報》銷售量最多可達七萬份。

表1:抗戰勝利至二二八事件前臺灣創刊的報紙[9]

報刊名稱	發行地點	發行人/社長/主編	創刊日期
民報	台北	吳春霖/林茂生/陳旺成	1945/10/10
興台新報	台南	沈瑞慶	1945/10/22（周刊，1946年8月改為日報）
台灣新生報	台北	李萬居/周自如	1945/10/25
光復新報	屏東	黃金殿/曾國雄/林斌	1945/1/1（三日刊，後改為日刊）
鯤聲報	台南	高懷清	1945/12（原為月刊，後改為5日刊）
民聲報	台中	徐成/許庚南/徐滄州	1946/1/1（周刊，1946年5月6日改為《台灣民聲日報》）
人民導報	台北	鄭明珠/宋斐如、王添燈/蘇新	1946/1/1
東台快報	花蓮	陳篤光/吳萬恭	1946/2/1（一個月後改為《東台日報》）
中華日報	台南	盧冠群	1946/2/21
台灣經濟日報	台北	謝漢儒/吳竹有	1946/3/1
大明報	台北	林子畏/艾璐生/馬銳籌	1946/5
國是日報	台北	林紫貴/陳萬里	1946/5/1
工商日報	台北	林夢林/張熒	
和平日報	台中	曹先錕/李上根/陳洗	1946/5/5
台灣日報	台中	張兆煥/陳駿駒	1946/6

續表

報刊名稱	發行地點	發行人/社長/主編	創刊日期
大同日報	台北	任先志	1946/6
國聲報	高雄	連謀/王天賞/陳香	1946/6
自強報	基隆	周莊伯/顧培根	1946/8/6
自由日報	台中	黃吾塵/陳茂林/路世坤	1946/12/1
中外日報	台北	林宗賢/鄭文蔚/寇冰華	1947/2/1
重建日報	台北	林台山/蘇泰楷/李曼若	1947/3/1
台東新報	台東	陳振宗	

　　1945年3月，抗戰結束前夕，國民政府為了勝利後順利收回臺灣，組織制定了《臺灣接管計劃綱要》。該綱要第4項規定：「應增強民族意識，廓清奴化思想，普通教育機會，提高文化水準」；第7項規定：「接管後教科書及報紙，禁用日文。」[10]

日本投降後，國民黨中央宣傳部專門制定了《中央宣傳部接管臺灣文化宣傳事業計劃綱要》，其中第2項規定：「敵偽機關或私人經營之報社、通訊社、出版社及電影製片廠、廣播臺等，一律予以查封，由本部會同省長官公署接管，其已停辦而設備未毀者亦同時查封。」對於已沒收的各項文化宣傳事業財產，「中宣部有優先利用之權」。同時規定：「在未恢復平時狀態前，新聞、電影、雜誌刊物、通訊社稿均應實行檢查審定，由本部特派員協助政治部辦理之。」[11]

《臺灣新報》接收後改為《臺灣新生報》，作為行政長官公署的機關報。[12]該報「言論紀事立場，完全是一個中國本位的報紙」，「以源源介紹豐富的中國文化，以標準國語寫文章，以最大篇幅刊載祖國消息，及傳達並說明政府法令，做臺灣人民喉舌三事為其主要任務」。光復初期，由於大多數臺灣民眾不識中文，《臺灣新生報》每期出版對開一大張，除前三版新聞以中文刊載外，第四版仍以日文譯刊當天重要消息，直到光復一週年才將日文版取消。

1945年12月25日，在臺灣民眾的熱烈歡呼聲中，臺灣省行政長官暨警備司令陳儀代表中國戰區最高統帥蔣中正抵臺，接受日本投降。同日，行政長官公署正式運作，象徵著國民政府體制進入臺灣。隨著政權轉移，大陸法規也移植到臺灣。1945年11月3日，臺灣省行政長官公署發表佈告：

> 民國一切法令，均適用於臺灣，必要時得制頒暫行法規，日本占領時代之法令，除壓榨箝制臺民，牴觸三民主義及民國法令者，應悉予廢止外，其餘暫行有效。[13]

11月23日，行政長官公署宣傳委員會發佈公告，要求所有新聞紙、雜誌的發行，均應依照《出版法》規定辦理登記，是為《出版法》在臺灣發揮作用之開始。1946年6月1日頒布《臺灣省行政長官公署宣傳委員會辦事細則》，確立該會掌管「刊物違禁取締」和「雜誌登記與審查」，此後加大了報刊登記檢查及違規處罰力度，許多報刊因「登記」問題遭到處罰，甚至被處以停刊（見表2）。

表2：臺灣省停刊報刊表（1946年6月至11月）[14]

報刊名	社址	原因
光天迅報	台中	該刊登記證手續尚未完備已飭地方主管依法處理已三月
晚鐘	台中	該刊登記證手續尚未完備已飭地方主管依法處理
民聲報	台中	該刊尚未申請登記已飭地方主管依法處理
政治經濟新報	台中	該報未申請登記台中市政府已予以停刊處分

續表

報刊名	社址	原因
新知識	台中市	該報尚未申請登記台中市政府已予以停刊處分停刊已二月
遠東時報	台北	該刊登記證手續尚未完備已飭地方主管依法處理停刊已五月
法治常識	台北市	該刊登記證手續尚未完備已飭地方主管依法處理「停刊」停刊已六月
自由報	台北市	該刊因未申請登記已由地方政府先行予以停刊
新力周報	台北市	該刊以內政部未准登記已自動停刊
交易迅報	台北市	該刊登記證手續尚未完備已飭地方主管依法處理停刊已六月
民主評論	台北市	該刊登記證手續尚未完備已飭地方主管依法處理停刊已八月
小朋友	台北市	該刊登記證手續尚未完備已飭地方主管依法處理停刊已一月
經濟周報	台北市	該刊登記證手續尚未完備已飭地方主管依法處理
台灣評論	台北市	該刊奉中宣部予以停刊
經濟通訊社	台北市	該刊尚未申請登記已飭地方主管依法處理
台灣公論	台南	該刊登記證手續尚未完備已飭地方主管依法處理
基督教會公報	台南	該刊登記證手續尚未完備已飭地方主管依法處理停刊已六月
青年周報	花蓮	該刊因未申請登記已由地方政府先行予以停刊
晒鐘	高雄	該刊登記證手續尚未完備已飭地方主管依法處理停刊已三月
原子能報		該刊尚未申請登記證已飭地方主管機關依法處理

註：民聲報、經濟通訊社在該公告發佈時尚在出版。

對於光復之初的臺灣報業，時任國民黨臺灣省黨部主任委員的李翼中十分不滿。除了批評陳儀將長官公署宣傳主委和《臺灣新生報》交與青年黨人，為「異黨操縱宣傳」，對其他報紙也多有指責：

> 《人民導報》初為宋斐如所辦，宋氏任公署教育處副處長，借《導報》為不利於處長範壽康之報導，為陳儀不滿卸職。《人民導報》亦改組，由王添燈主辦，之後報導諸多歪曲事實，不利於政府。《臺灣評論》為憲政協進會主辦，發行人林忠，其總編輯為李純青，臺灣人，《大公

報》記者，實為共產黨員，反動言論連篇累牘，不勝駭然。而《新生報》雖為政府所辦，然其社長為青年黨李萬居；《大明報》為林子畏創辦，實為民主同盟之喉舌；陳旺成之《民報》，林宗賢之《中外日報》，純為地方主義色彩。」在李翼中眼中，新聞言論堪稱正確者，只剩下《中華日報》《和平日報》等寥寥數家而已。[15]

可見，在李翼中眼中，光復後臺灣主要報紙中，真正符合國民黨立場要求的，幾乎沒有。二二八事件發生後，這些報紙的言論和報導，更是為國民政府所痛恨。

二二八事件中的臺灣報業

二二八事件，是臺灣現代政治發展史上的分水嶺，也是臺灣現代報業史上的重要事件。

光復之初，掙脫殖民統治的臺灣人民對於國民政府的喜盼之情，如久旱遇甘霖，沛然莫之能禦。「六百萬人同快樂，簞食壺漿表歡迎」、「歡喜江山歸依舊，近來旗幟慶重生」。1945年10月，國民黨第七十軍在臺灣登陸，臺灣民眾熱烈歡迎的感人情景，著名作家吳濁流在《臺灣連翹》一書中曾有描述：

> 10月17日，從祖國來了第七十軍的三千人，與長官公署的官員一起在臺灣登陸，這一天的歡迎情形，真是不得了，臺北市不用說，遠從臺中、臺南、高雄等地趕來的也不少。軍隊所經過的道路兩旁，砌成了人牆，其中有些日本人乖乖的並排著，使我覺得異乎尋常。學生、青年團員、還有樂隊……軍隊進入臺北市區時，有三十萬市民夾道歡呼，高唱《國軍歡迎歌》。[16]

10月25日，在臺北市公會堂（今中山堂）舉行受降典禮。會場外的廣場被爭睹盛況的民眾擠得水洩不通。當天及隔日，島內各地均有盛大遊行慶祝活動。

然而，由於國民黨的貪腐和陳儀個人錯失，在此後的接收和行政長官公署施政過程中，屢屢發生漠視，甚至侵害到臺灣民眾利益的事件。加上當時大多數臺灣人不懂國語，造成在政治權力、工作職位等各方面均受到不公平對待，同胞高漲熾熱的愛國熱情因之逐漸消退，特別是經濟蕭條、通貨膨脹、米價暴漲等等原因，最終由一次臺北街頭緝私人員和攤販之間的小衝突為導火索，釀成了震驚歷史、令人痛心的二二八事件。

在新聞管理政策上,陳儀及其政府人員,同樣蠻橫無理。經過日本人50年的同化統治後,不少臺灣記者已不能用中文採寫稿件。光復初期,臺灣報紙都是用中日兩種文字印刷。[17]《臺灣新生報》中,臺籍的日文記者仍然留用,中文編輯則交給大陸人。日文編輯和中文編輯,各自分開,新進中文記者的薪水幾乎比日文記者多一倍。薪俸制度的差別,不僅在新生報發生,其他政府機關也有相同情形。對於臺籍記者而言,日據時代嘗過比日本人待遇低六成的滋味,沒想到光復後同樣要接受這種命運。由盼望到失望,許多臺灣報人由此對行政公署的措施提出了諸多批評。[18]詩人王白淵在一篇文章中批評說:「臺胞雖受五十年之奴化政策,但是臺胞並不奴化,可以說一百人中間九十九人絕對沒有奴化。只以為不能操漂亮的國語,不能寫十分流利的國文,就是奴化。那麼,其見解未免太過於淺薄,過於欺人」。[19]《民報》也發表社論中指出:「自祖國來臨的大人先生們,時常說我們奴化,當初我們很憤慨,不知道指什麼為奴化,現在我們已經瞭解了,奉公守法,即是奴化,置禮義廉恥於度外,才能夠在這個『祖國化』的社會裡生存。」[20]二二八事件發生後,奉命抵臺查辦的閩臺監察使楊亮功和何漢文,在關於事件的調查報告中提出,陳儀執掌行政長官公署一年來,在輿論上採取放任主義,全臺十餘家報紙,「幾無日不有批評政府、誹謗政府,甚至不依事實任意謾罵、惡意醜詆」。[21]而廣播無線電臺為暴民控制,也是變亂擴大的重要原因之一。陳儀自己也認為,「輿論不當之影響」,是事件爆發的重要原因。有鑒於此,二二八事件爆發後,控制報刊便成為陳儀控制整個事態發展的重要方面。

事實上,從1947年2月28日事發當日起,《臺灣省行政長官公署公報》連續四期全文連載了《著作權法》《著作權法施行細則》《出版法》《出版法施行細則》,告知各著作人,著作出版前如未經註冊,須加懲處。此後,二二八事件處理委員會,為了平息局勢,曾向陳儀提出三十二條處理大綱(後增至四十二條),其中兩條是:「廢止新聞紙發行聲請登記制度」;「撤銷宣傳委員會」。這一意見由於蔣介石派來援軍而未被採納。臺灣軍政當局與國府決定以叛亂處理二二八事件,並隨之進行綏靖清鄉。綏靖清鄉期間,臺灣省警備總司令部發表公告,所有新聞雜誌書報均應呈送當地最高軍事機關檢查,否則不準發行。臺灣的新聞出版事業由此進入軍方「事先審查」階段,光復之初曾經短暫出現的言論自由也隨之緊縮。許多報社被查封,一批報人被捕(表3)。

表3：二二八事件中被查封的報紙[22]

報社	主持人	查封日期	查封理由
人民導報	林茂生、陳旺成	1947/3/13	思想反對、言論荒謬、詆毀政府、煽動暴亂之主要力量
民報	宋斐如、王添燈	同上	同上
大明報	林子畏、艾璐生	同上	同上
中外日報	林宗賢、鄭文蔚	同上	未核准登記
重建日報	柯台山、蘇泰楷	同上	未出版，擅發號外
青年自由報		1947/3/5	言論荒謬、詆毀政府、煽動暴亂
大公報台北分處		同上	社論荒謬
經濟日報		1947/3/17	奉警總不予復刊
工商日報		同上	

續表

報社	主持人	查封日期	查封理由
自強日報		同上	
和平日報	李上根	1947/3/23	言論反動，並潛入共黨分子
興台日報		不祥	發布「台南縣長袁國欽潛逃阿里山區」等新聞

報紙被大量查封的同時，一批報人遭到逮捕，甚至槍殺（表4）。1946年4月，臺灣省新聞記者公會成立時，當日選舉產生的17名理事中，臺籍人士占了9位。二二八事件後，繼續從事報業工作者僅李萬居一人。

表4：二二八事件中被牽連的新聞人員[23]

牽連結果	新聞人員
被捕後失蹤	《人民導報》第一、二任社長宋斐如、王添燈；《台灣新生報》總經理阮朝日、日文版總編輯吳金鍊；《民報》社長林茂生、幕後創立者李仁貴、廖進平、法律顧問王育霖。
被捕後遇害	《大明報》發行人艾璐生；《國聲報》發行人王石定、總編輯鍾天福、採訪主任李言；《台灣新生報》印刷廠廠長林界、嘉義分社主任蘇憲章、台中分社主任吳天賞、台北記者吳思漢；《自由日報》總經理陳南要。
被捕後入獄	《人民導報》總主筆陳文彬；《大明報》總編輯馬銳籌、主筆王孚國、馬劍之、編輯陳遜桂、文野；《台灣新生報》社長李上根、副總經理林西陸、記者劉占顯、蔡鐵城、嘉義分社主任鍾逸人；《重建日報》社長蘇泰楷；《興台日報》發行人沈瑞慶、主筆彭啟明、總編劉清龍、主編朱受；《中華日報》屏東記者林晉卿；《中外日報》社長林宗賢。
被通緝後逃亡	《民報》總編輯許乃昌、總主筆陳旺成；《人民導報》總編輯蘇新、高雄記者周傳枝；《台灣新生報》賴景煌、高雄分社記者謝有用；《中外日報》記者吳克泰。
事件之後	《人民導報》編輯楊毅，1949年夏天失蹤；宋斐如之妻嚴華協助陳文彬逃亡被槍斃。

走向戒嚴

二二八事件平息後，為了緩和民怨，蔣介石派白崇禧等人赴臺宣慰。白崇禧一行經過實地調查，傾聽臺灣社會各界聲音，瞭解到臺灣較為真實的民情民意，向蔣介石建議撤廢臺灣省行政長官公署，建立與內地各省相似的省政府，吸納臺籍精英，擴大執政基礎。

1947年4月22日，蔣介石主持行政院第784次例會，決議撤銷臺灣省行政長官公署，依照《省政府組織法》改制，任命魏道明為臺灣省政府主席，各廳處各增設副首長一人，儘可能起用臺籍人士。

魏道明履任後，宣布解除戒嚴令，結束清鄉；撤銷新聞、圖書、郵電檢查及交通通信軍事管制；調整臺幣與法幣匯率。臺灣省政府正式建立後，延攬臺籍人士徐慶鐘任農林處長，王民寧任警務處長，李連春任糧食局長，顏春輝任衛生處長。對

於臺灣警備司令部向臺灣高等法院檢查處控訴的30名內亂罪犯，主張依法寬待處理。除了王添燈、黃朝生、李仁貴、廖進平、陳屋、徐春卿、林連宗通緝前已被殺，蔣渭川、張晴川、白成枝、呂伯雄、鄧進益、潘渠源、王明貴、駱水源、陳瑞安、張忠誠、張武曲、顏欽賢等陸續準予自新。林日高、郭國基被捕後，被判無罪。謝雪紅、林梁材、王萬得、潘欽信、蘇新離開臺灣，到內地或海外。廖文奎在香港，廖文毅在上海。對參加二二八事件的青年學生一律免於追究，在押的約4000名參與暴動人員全部釋放。[21]魏道明的系列措施，較有效地恢復了臺灣秩序，平撫了臺灣民心。

遺憾的是，隨著國共內戰局勢日趨緊張，臺灣很快又隨同全國一起進入戡亂動員狀態。1947年7月4日，為解決國民黨面臨的軍事政治危機，蔣介石頒布《戡亂共匪叛亂總動員令》，宣布實行「戡亂」救國。1948年12月20日，國民政府宣布「除新疆、西康、青海、臺灣、西藏外，均宣告戒嚴」。1949年5月19日，臺灣省政府主席兼警備總司令陳誠宣布，自20日零時起開始全省戒嚴，嚴禁結社與遊行，取締言論。[25]從此，臺灣新聞管制進入戰時體制，也就是報禁時代。

報禁，雖然也包括限價——即所有報紙價格都由當局規定，辦報人無權自行調整價格，但主要是指當局對新聞紙採取限證、限張、限印。

限證

民國《國家總動員法》第22條規定：「本法實施後，政府於必要時，得對報館及通訊社之設立，報紙通訊稿及其他印刷物之記載，加以限制、停止或命其為一定之記載。」

第23條規定：「政府於必要時，得對人民之言論、出版、著作、通訊、集會、結社，加以限制。」

臺灣省政府成立後，即宣布依據《國家總動員法》，有權對報社、通訊社涉及印刷出版品採取限制、停止措施。[26]該法雖然沒有規定人民不準創辦新報，但依此

條，政府可以不核發新聞紙申請登記證，就連辦理賣主登記者也往往遭到主管官署拒絕，從而形成臺灣報禁的事實。[27]1947年9月，國民黨頒布《新聞紙雜誌及書籍用紙節約辦法》。1951年年初，臺灣省政府指示各縣市政府「恪遵節約用紙辦法之規定」，嚴格限制新申請登記報刊，並下令將臺北、臺中、高雄等市停刊逾限及逾期尚未發行之報刊，依規定註銷登記。同年6月14日，臺灣「行政院」頒布「臺40（教）字第3148號訓令」，其中第7點規定：

> 臺灣省全省報紙雜誌已達飽和點。為節約用紙起見，今後新申請登記之報社雜誌社通訊社，應從嚴限制登記。

一般認為，這是臺灣報禁政策中「限證」的起點。從此，《出版法》規定的「登記制」，變成了實際上的「申請制」。[28]臺灣新辦報紙需要先買報紙登記證。但是，一張新聞紙登記證轉讓費往往達到數千萬甚至數億元，[29]加上當局管制與黨政軍力量介入，使得報紙經營權易主困難重重。其後獲準發行的報紙，《中國郵報》《中國日報》為英文報，《青年戰士報》《馬祖日報》屬軍報，《中國晚報》《成功報》屬地方性晚報，均以所謂「當地確有需要」和「均衡文化發展」為評判標準核準登記。1960年《中國日報》創刊後，臺灣報社就一直維持在31家（表5）。

表5：報禁時期臺灣報業概況[30]

報名	原始報名	改為今名年份
聯合報	全民日報、民族報、經濟時報聯合版	1953 年
中國日報	新中國報	1956 年
台灣新聞報	《台灣新生報》南部版	1961 年
台灣日報	東方日報	1964 年出售後改為今名
經濟日報	公論報	1967 年出售後改為今名
中國時報	徵信新聞	1960 年易名《徵信新聞報》，1968 年改為今名
忠誠報	精忠日報	1968 年
更生日報	更生報	1971 年
台灣時報	東台日報	1964 年易名《中興日報》，1967 年易名為《台灣晚報》，1971 年出售後易為今名
工商時報	工人報	1964 年易名《農工日報》，1968 年易名為《大眾日報》，1978 年出售後易為今名
民生報	華報	1978 年出售後易為今名
中華日報南社	中華日報南部版	1980 年改制升格
新聞晚報	成功報	1956 年易名《成功晚報》，1986 年易為今名

續表

報刊名	原始報名	改為今名年份
台灣晚報	台灣民聲日報	1985年易名為《大眾報》，1987年改為今名
青年日報	青年戰士報	1985年改為今名
自由日報	台東新報	1978年出售後易名為《自強日報》，1980年改為今名。《台東新聞》曾經8次改組，6次易名
現代日報	商工日報	1982年由國民黨買下經營權後曾於1986年停刊，1987年改名復刊。

限張

限張的起因同樣由於戰爭和戒嚴。1937年公佈的《出版法施行細則》第27條規定：

戰時各省政府及直轄市政府，為計劃工作方法，出版品所需之紙張及其他印刷原料，應基於節約原則及中央政府之命令，調節轄區內新聞紙雜誌之數量。

國共內戰再次導致物價飛漲，蔣介石政權面臨巨大的財政危機。1947年2月，為節約外匯，國民政府頒布《各地報紙縮減篇幅暫行辦法》，將紙張列為限制進口的物品，並要求各報縮減篇幅。由於上海、南京是報紙集中之區，該辦法特別針對性地提出，上海南京報紙，原有篇幅在三大張以上的，縮為三大張，其餘依次遞減為兩張半或兩張，原有篇幅在兩張以下者，可自由縮減。

當時，臺灣最大報紙《臺灣新生報》，已因為紙張緊張縮減為一大張半，屬於「可自由縮減」者，因此，上述辦法對臺灣報業影響不大。同年9月，政府頒布《新聞紙雜誌及書籍用紙節約辦法》，再次要求各報縮減篇幅：原來一張以上的縮為一張，原來在兩張以上的不得超過兩張。不過，該辦法在臺灣也沒有確實執行。《公論報》1947年10月創刊，1950年便增至兩張，《臺灣新生報》到1950年底更增至兩張半。

臺灣光復以後，紙價開始飛漲。1946年3月，《臺灣經濟日報》創刊時，便感受到物價飛漲的壓力。一令白紙價格漲至倍數以上，而原來收的報費無法另加，廣告費也無法隨行就市加以調整，致使報紙承受巨大壓力。[31]每份報紙，僅紙張費就需1元，加上其他費用，成本達5元，讀者每月所付的報費卻僅有50元，扣掉10元的販賣費，報社雖有廣告收入補充不足部分，仍須節省個人生活費用，方可維持。[32]光復之前，臺灣有16家日本人經營的造紙廠。1949年，國民黨成立臺灣造紙公司，獨家生產新聞紙。1950年開始，當局又禁止外紙進口，包括各報自行購買外紙。[33]1950年年底，臺灣省政府以節約用紙的理由提出限張：「鑒於目前國內生產白報紙不足，仍需節約用紙，以及避免部分報紙壟斷廣告市場，並輔導各種類型報紙均衡發展起見，仍有必要暫為報紙限張措施。」1950年11月30日，臺北市《中央日報》《新生報》《中華日報》《公論報》《民族報》《全民日報》等六家報社發表聯合啟事，將報紙減為一大張半。《聯合啟事》稱：

敝報等於十一月廿九日接奉臺灣省政府……代電，以案奉行政院臺卅九（教）字第六五一六號訓令，以國際風雲日益險惡，製紙木槳改做軍用，紙張減產，紙價高漲，而臺灣紙業公司報紙

產量不敷新聞業之用,為使臺灣宣傳文化事業,不致因紙荒而陷入停頓起見,是不能不就減少消費,增加儲備兩方面,做通盤之籌劃。其第一項規定各報應自本年十二月一日起一律減縮篇幅,不得以任何名義增加篇幅。敝報等自應遵辦。自十二月一日起,一律改為日出一張半,特此公告。

此為臺灣第一次限制報紙張數。1952年12月,「行政院」頒布「新聞用紙供應辦法」,由各報自組用紙調查委員會調查分配,再由有關機關審核後定量供應。其第3條規定:「政府根據在臺報紙雜誌實際需要新聞用紙量,一次確定配紙總額,以後不再增加。」1955年4月,「行政院」決議酌準新聞事業進口洋紙應用:「至於報紙篇幅,則仍基於戰時節約用紙原則予以限制。」同時頒布「戰時新聞用紙節約辦法」:限定除特別紀念日外,報紙篇幅不得超過對開一張半,這是臺灣地區報紙限張最重要的法令依據。[34]

1958年9月,為因應民營報業的興起,篇幅限制增為兩張。1966年,臺灣3家晚報擴為兩大張,對日報形成新的競爭,加上《聯合報》收購《公論報》,改名為《經濟日報》,被其他報紙指為「變相的擴充篇幅」,均要求增為三大張。1967年4月,當局將報紙張數增至兩張半。1973年年初,當局外匯充裕,限張政策不夠嚴格,各報皆以廣告量多寡決定出版張數。1974年,世界能源危機,當局重又限制各報不能超過三大張。1988年增至五張(表6)。

表6:戒嚴時期臺灣限張、限證政策演變表[35]

日期	法令/事件	內容
1950/11/30	各報聯合啟事	自十二月一日起,一律縮減篇幅,至多不得超過一大張半
1951/06/10	「行政院」令	從嚴限制登記(限證)
1952/04/09	「出版法」第四章第28條	紙張供應問題
1952/11/29	「出版法」施行細則第27條	限制報紙、雜誌家數
1952/12/09	新聞用紙供應辦法	
1955/04/21	戰時新聞用紙節約辦法	
1957/09/01	第一次增張	兩大張
1967/04/20	第二次增張	兩大張半
1974/03/01(據《聯合報》載,1972年已有報紙日出三張。此日期為報價調整時間)	第三次增張	三大張

　　報紙張數受限,但臺灣民眾的知識水準不斷提高,工商經貿不斷發展,對於報紙訊息和廣告的需求也在不斷增加。讀者批評報紙廣告太多,侵占了新聞版面;廣告客戶也指責報紙沒有足夠篇幅刊登廣告。報紙經營者有苦難言。為了滿足讀者和客戶的需要,各報採用發明了許多增加報紙容量的辦法,除了減小字號(據說,臺灣近視眼人口居世界之冠與此有關)、「縮版」、「換版」、「分版」等技巧也應運而生,[36]但仍然無法容納各種資訊。這些資訊於是假其他媒介散播,這也是促使1980年代臺灣各式雜誌紛紛問世、形成一股熱潮的重要原因之一。[37]

限印

　　限印是指限制同一份新聞紙在其他地點印刷出版。其依據為1952年「出版法」第9條[38]及1937年「出版法施行細則」第6條。[39]表面上,「出版法」並未限制同一報紙在他地出版發行,實際上,報禁期間,當局卻不曾核準任何一份報紙在申請登記地之外的他方印刷或發行。臺北的報紙不能在南部設立印刷所,南部的報紙也不可能在北部設立印刷所。因此,「限印」,乃是「限證」的必然延續。[40]

　　當局實行限印的理由是,保護地方性報紙生存,使之免於大報的壟斷競爭。不過,它也同時使得地方性報紙只能拘守地方一隅,難以成長為全國性大報。就經濟

效益而言，限印政策增加了報社運報的成本，因為限地限印造成資源浪費嚴重。以《聯合報》為例，該報在1981年擁有運報車26輛，平均每月消耗汽油約6000公升，柴油約70000公升，二者合計每年支出達1400萬元。[41]從社會效果看，以法令限制區域報業發展，既破壞了市場競爭，也傷害了言論自由。

報禁的理由

從戰時需要，到節約紙張，當局列舉了種種實行報禁的理由。包澹寧總結國民黨在臺灣實行報禁有如下幾大理由：報社家數已達飽和說、節約用紙說、戰時需要說、避免惡性競爭說、他種印刷媒體代替說、歷史背景說、「憲法」說或不等價說。[42]

直到報禁解除後，曾任國民黨文工會主任的楚崧秋還認為，報禁實施，雖出於行政命令，卻不無合情合「法」之處。根據「國家總動員法」，在接戰地區，當局可以調節民生物資。既如此，將報紙看做民生物資，當時覺得紙張不夠，才有節約用紙的行政命令出來。從實際效果看，報禁還收到了言論比較不太複雜的效果。所謂言論不太複雜，就是，「從那個時候起很大一段時期，就沒有哪一個提出要成立反對黨」。[43]由此可見，報禁表面上是對新聞紙的版面、數量、出版、發行地點等的控制，其實質內涵乃在於——對於言論控制。[44]

報禁是戒嚴體制在意識形態領域的延伸。從本質上說，臺灣的報禁政策，是國民黨威權主義統治在新聞制度上的反映。因此，要瞭解報禁政策的根源，需要對臺灣威權統治進行分析。

第二節　大棒子加胡蘿蔔

三民主義報刊制度

傳播政治經濟學認為，新聞傳播從來不僅僅是新聞工作問題，而是政治自由的重要組成部分。歷史上，所有的新聞體制都體現了所在國家的政治和經濟體系的價

值取向。中國國民黨以孫中山創立的三民主義為革命和建國的最高指導原則，相應地實行三民主義的報刊制度。三民主義報刊制度，本質上是一種威權主義的新聞制度。[45]

1924年，孫中山「以俄為師」，對國民黨進行改組，開始引進「黨治」制度，也就是黨國體制。北伐成功後，國民黨由革命黨成為執政黨，宣布實行名為「訓政」、實為一黨專政、領袖獨裁的統治。[46]根據「黨治」原則，在訓政時期，國民黨代表全體國民行使中央統制權，任何政治問題都應絕對根據黨的主義、政綱和政策來決定，黨隨時監督政府。黨的力量，即是全國國民的力量，即是領導政府的力量；黨的利益，即是全國國民的利益，即是國家民族的利益。在黨國一體的體制下，黨權等同國權，甚至高於國權。黨權高於一切，神聖不可侵犯。[47]與此相應，三民主義新聞政策則是「黨治」理論在報刊領域的具體運用，其目的是要確立三民主義「黨義」對於意識形態的控制。

抗戰期間，國民黨的意識形態控制體系和新聞統制政策進一步發展，雖然一定程度上有利於戰爭的軍事需要，但由於言論自由受到限制，輿論監督缺位，民意不伸，嚴重影響了社會的民主生活。在國內政治方面結下無限惡果，最顯著的就是貪汙盛行，政治腐敗。[48]在國際政治方面，則造成外國駐華記者和新聞檢查官員的矛盾衝突，特別是導致美國對國民黨及其政府的失望。抗戰後期，國民黨內也曾出現一股改革呼聲，[49]但形勢的發展沒有給它這個機會，最終在兩黨內戰被共產黨所敗。誠如論者所指出的，國民黨的新聞宣傳政策，在戰後失去大陸政權的歷史中具有關鍵地位。[50]

威權——侍從體制的建立

1949年，國民黨敗退到臺灣後，為了總結失敗教訓，確立未來的方針政策，提出進行黨的改造。1950年7月，國民黨中央常務委員會臨時會議修正透過蔣介石交議的「本黨改造案」，決定採用「民主集權制」，試圖將國民黨的政策透過民意機關與在當局服務的黨員，依「法定」程序構成「法令」和命令。依據《中國國民黨黨政關係大綱》，黨對民意機關和當局的關係，以組織指揮黨員的原則，分別建立

民意機關和當局中之黨部、黨團或政治小組，使其遵從黨的決議，執行黨的命令，貫徹黨的主張。[51]同年8月5日，成立國民黨中央改造委員會，作為中央政策最高決策機構。隨即擬定四項「當前急切工作要領」，其中第四項為：「確立黨政關係，做好地方選舉工作，培養政黨政治風氣。」國民黨改造，旨在為其黨國體制的威權統治納入民意，事實上是以其全面性組織支配民間社會的優勢，利用地方派系的大眾政治控制機制，即以黨國精英（政治精英）、地方派系、地方選民三者間的二重侍從主義機制，也就是以「恩庇——依隨二元聯盟關係」（patron-client dyadic alliance）來完成對政治社會體系的動員與控制，使國民黨政權能夠獲得大眾支持，並柔軟地克服在臺灣社會的孤立，進而存續「疑似列寧主義的黨國體制」。[52]由於戒嚴令的實施，國民黨在臺灣的威權統治，因而又表現為一種「軍事的——威權侍從體制」。[53]

從時間發展上看，國民黨在臺灣的威權統治，可以蔣介石父子掌權分為前後兩個階段。比較而言，前20年蔣介石的統治是一種「剛性威權主義」，主要特徵是白色恐怖；後20年蔣經國主政，推行本土化政策及行政革新措施，逐漸馴化成「柔性威權主義」。由蔣介石到蔣經國，臺灣的威權統治經歷了一個從「軍事威權」轉變成「發展型威權」的過程。[54]與此相應，有學者將戰後臺灣新聞史劃分為蔣介石硬性威權統治（1949—1972年）與蔣經國軟性威權統治（1972—1987年）兩個時期。前一個時期，又分為兩個階段：威權重組期（1949—1960年）和威權控制期（1960—1972年）。後一個時期也分為兩個階段：威權危機期（1972—1979年）和威權體制分化期（1980—1987年）。[55]

「槍桿子」加「筆桿子」

無論在大陸還是在臺灣，國民黨政權基本上都是建立在軍事實力之上，並靠軍事實力來維持的軍事獨裁政權。[56]只是，權力的高度集中和完全依賴赤裸裸的軍政特警等「國家鎮壓機器」來維持有效統治，與其說表明了該政權的強大，不如說暴露了國民黨是「一個弱勢獨裁政黨」。[57]因此，國民黨政權在以「槍桿子」鎮壓內部造反或抵禦外部侵略的同時，始終不忘記抓「筆桿子」，企圖讓被統治者對於既有秩序的效忠消融於日常意識中而不自覺。[58]於是，該政權自成立伊始，便努力推

行一套以黨義為標準、以積極宣傳和嚴密審查軟硬兩手政策為中心的意識形態統制。正如有學者所指出的，由國民黨南京政權開始，一種全新的政治意識形態挾持著現代政黨組織的力量迅速滲透到中國社會的各個領域。[59]

同樣，在臺灣統治期間，國民黨為了合法化其統治，並穩定其統治基礎，仍不能完全依賴赤裸裸的軍政特警等「國家鎮壓機器」，而必須輔以新聞文化教育各領域的「國家意理機器」，以教化人民，並賦予其統治正當性。[60]因此，建立了一套「國府代表自由與正義，繼承中華文化的道統」的道德論述，[61]並透過大眾媒介以鞏固其意識形態霸權，對報業採取一種既鎮壓又籠絡、賞罰分明的雙軌策略，除了用棍子管制，也運用胡蘿蔔收編侍從報業。一方面，當局透過制定「法律」及行政命令等外在力量來干預媒介的運作，對於異議性言論，進行壓制；同時，黨政機關又透過文工會等，扮演指導輔助性角色，對公私營媒介進行干預或影響——以這種介入市場運作的方式，有效影響媒體在言論市場中的行為，防止政治異議人士進入媒體，達到宰制新聞、政治壓制的目的。[62]國民黨滲透民間各個部門的方式，是運用了統合主義策略，既以「硬式支配」的強制方式，由上而下扶持行政部門所成立的團體，並排斥各部門自主性的組織，又透過政黨動員進行「軟式支配」。[63]從統合主義的角度看，國民黨對於大眾媒介的干預亦同於對工商業的干預，是透過各種所謂民間團體身分的新聞及傳播團體進行統合。例如，「中國新聞學會」乃是國民黨新聞黨報的另一形態，國民黨文化工作會可以透過新聞學會與各大媒體負責人「溝通」；「中華民國」新聞評議會，作為新聞傳播事業的「自律」性團體，其使命為針對各新聞機構的新聞報導、評論及廣告進行評議，可是，其成員亦與黨政高層人士關係密切，實際上，國家機關正是透過此組織對於媒介表現進行「他律」。[64]

相對而言，在蔣介石的剛性威權主義時期，當局對於報業的控制方式主要為強硬方式，包括「制定法令宰制媒體」（實施報禁限制報紙經營、以「出版法」管製出版品、以「戒嚴法」限制言論自由），「授權軍政新聞監控與取締」（情治單位對新聞人員的外部控制、警備總部的新聞取締），手段上包括整肅異議媒體、迫害異議媒體記者、保障公營媒體、收編民營報業等。[65]蔣經國的柔性威權主義時期，則主要借由威權機器掌控媒體所有權與經營權，或示惠新聞事業，或透過新聞指導

及消息來源的優勢影響媒體內容,包括「太上編輯部」式的「事前指示」和「事後檢查」、黨政人事控制等軟性措施。[66]

從第四組到文工會

報禁期間,臺灣國民黨威權統治結構中,負責管制新聞言論的系統主要有三個:一是「行政院內政部」以下的行政系統,依據「出版法」審核報紙雜誌的言論;二是警備總部以下的軍事機關,依據「臺灣省戒嚴期間新聞紙雜誌圖書管制辦法」,對報刊雜誌的內容加以限制;三是國民黨系統對新聞言論的控制,有時透過行政體系,有時又以黨的身分引導輿論走向,或限制刊物發售,遊走於法規之間。[67]三個系統中,實際起主要作用的是軍事機關,而理論上的最高主管者則是黨的相關組織。

1950年,國民黨中央改造委員會專門設置第四組,接管過去中央宣傳部的工作,負責制定或推動新聞政策,成為國民黨負責新聞及言論政策最後的決策單位。第四組主要職責有三項:「宣傳工作之指導」、「黨義理論之闡揚」、「文化運動之策劃」。具體包括四個方面:1.「頒發宣傳通報」,也就是「宣傳指示」,分析研究各種問題,給予言論界正確立場與觀點;2.「取締反動刊物」,第四組邀同各有關單位,成立報刊雜誌審查會,調查、審查書店出售書刊,並將反動書籍編成書目;3.「報刊之指導」,注重事前聯絡新聞界,每遇重要事件,必先舉行記者座談會,一方面傳達中央意見,另一方面聽取新聞界之反映,集中意見,統一言論;4.新聞政策之檢討。[68]

1952年,國民黨成立中央常務委員會,第四組工作重點變成新聞政策制定與實施機制擬定。蔣介石經常親自主持宣傳會議,領導黨政主管宣傳的相關黨員,研討宣傳方針。1954年9月18日,國民黨成立宣傳指導小組會議,為蔣介石主持的宣傳會議作預備。第四組實際所掌控的新聞業務,包括核準報刊雜誌發行、配紙、取締新聞言論、新聞人員教育等。[69]

因為隸屬於黨務系統,第四組事實上並不是集中事權統一領導的新聞政策機

構,它也缺乏明確的新聞政策。[70]曾任第四組主任的陶希聖,曾提議設置新聞政策討論會。1961年7月,陽明山會議期間,發生瑠公圳分屍案等命案和一連串舞弊案,國民黨中常會對社會新聞、犯罪新聞進行了專門討論。此後,第四組提出「改善犯罪案件報導之新聞政策綱要」,要求主管機關嚴格依照「出版法」加強審查,並希望利用座談會、小組會議和個別晤談等方式,與新聞從業人員溝通觀念,並策動新聞界推舉社會公正人士、法界權威及新聞學者組織新聞評議會,對報紙的言論與報導進行常規化審議,逐漸將當局的紀律隱形化為報業的「自律」。

1970年代後,蔣經國接掌政權,當局進一步改進對於媒體的控制,多以新聞指導(或協調)方式代替強硬的干涉。1972年,第四組擴編為文化工作委員會(簡稱文工會),負責文化及宣傳工作之指導。文工會最初設立4個業務室,後來擴增至8個。其中第1室負責輿論指導與新聞聯繫,第3室負責廣電傳播事業之指導,第5室則負責各種書刊雜誌出版之審查。

「太上編輯部」

第四組和文工會,經常透過正式的行文、非正式的聚會或以直接電話的方式,針對某些敏感的議題指示各媒體負責人處理原則。警備總部有時也舉辦新聞背景說明會,指示新聞處理原則。這些原則指示,有政策性的指示,也有技術性的建議,不僅是報禁期間媒體處理重大新聞的標準,也成為新聞人日常作業的準繩,因此,第四組和文工會被報界稱為「太上編輯部」。只要有了事前指示,報紙沒有刊登新聞的自由,也沒有不刊登的自由。[71]

1951年,當局頒布「報社及記者處分原則」,該原則規定:「中央」各機關有關重要政策性及國際性新聞,統一由當局發言人辦公室發佈,一般新聞由中央通訊社發佈,軍事機關的新聞則由「總政治部」發佈,省政府所屬機關新聞,由省政府新聞處發佈。各通訊社和報社所採訪的涉外新聞,應向當局發言人辦公室證實後,再行發佈。各機關所發佈的新聞,由各發佈機關負責,各報自行採訪的新聞,由各報自行負責。遇上國民黨召開全會等重大會議,由中央社「國內新聞部」主任處理大會新聞工作,負責協調記者採訪與新聞發佈工作,而主席談話、決議案等還必須

經達國民黨文工會主任審核。[72]

根據這一規定,黨政重大新聞只能由中央社發佈。權力大,意味著責任也大。因此,該社對新進記者上的第一堂課,往往是告訴記者其職責是採訪報導文工會審核過的新聞,千萬不可自己認定什麼是新聞。新聞能不能發,發到什麼程度,都是核稿人的責任。審核的結果,才是記者更關心的。事實上,往往新聞性愈高的新聞,記者失望愈大。聽到「不發」的命令,像被判了死刑。最經常接到的指示,則是所謂「淡化」處理。簡單兩個字,含有無限技巧、玄機和無奈。[73]1977年中壢事件,1979年高雄美麗島事件,中央社記者都在現場採訪,也作了完整報導,但是均不能立刻發稿。像這類重大事件發生,文工會一定會以正式的行文,或以直接電話的方式,向中央社以及各大報下達新聞處理意見。如果希望以社論或專欄方式配合政策,通常會直接與《中央日報》董事長或社長聯絡,至於新聞報導的角度,則會與總編輯、採訪主任或線上記者直接聯絡。對於這些來自「黨中央」的聲音,《中央日報》大都是「全盤接受」。民營報刊雖然不一定全盤接受,卻也不敢違背。曾任《自立晚報》社長的吳豐山說:

> 國民黨文工會扮演一個非常重要的角色,他們通常不找我,因為我不是黨員,找我就碰釘子,但是會找報館其他黨員。我就跟他們講:「你們去開會很好啊,瞭解背景回來告訴我」。所以這情形大部分都知道,通常就是說明國民黨的觀點、立場,對事情提出說明,最後就是拜託往他們所希望的一個方向處理,他們認為那是政府的利益,通常是這樣一個模式。[74]

1970年4月24日,蔣經國訪美時遇刺。對於該新聞的處理,當局態度猶疑反覆。著名記者歐陽醇在與友人通信中說:

> 25日凌晨一時臺北已收到外電,深夜無法請示,日報都不敢照發。到25日上午,起先晚報也不能登,到11時又說可。中央社乃發出可以見報的新聞稿,各晚報都據以刊登,可是到中午十一時,又傳出不能刊的指示,各晚報又收回消息,延到下午三點再次說可以,唯需以中央社稿為準。25日晚,龔聲濤(國民黨第四組總幹事),電話各報不能渲染,所以26日各報都是中央社的消息。[75]

1972年,尼克松訪華,文工會下達三點指示:不能刊登照片,不要自譯外電,不許作頭條新聞。1975年雙十節,臺灣省政府主席謝東閔在家中被一枚郵包炸彈炸

傷，有關單位規定新聞只能使用政府機關發佈的「通稿」，全文為：

> 〔本報訊〕臺灣省政府主席謝東閔，於10日下午2時許，在家中拆閱書報時，左手受傷，蔣院長親往探視慰問，謝主席傷勢正在由醫生細心診治中。

明明是有人行兇，新聞報導卻極盡委婉，乃至令讀者莫名，其「淡化」處理，實在無法再「淡」了。

新聞工作會談

依據「出版法」規定，「內政部」為出版品的最高主管機關。但在戒嚴體制下，「警備總部」事實上對出版品有極大管理權限。加上廣播、電影又由「交通部」等部門管理，新聞文化事業因此缺乏統一的領導機構。1963年，為了「協調各方步驟，發揮統一的力量」，第四組邀請三軍「政治部」、「作戰部」主管、各報社、通訊社、雜誌社、廣播、電影、電視事業單位主要負責人，以及和新聞宣傳有關的國民黨黨員，召開新聞工作會談。此後，至1978年，先後舉辦了五次新聞工作會談，主題都是傳達國民黨的新聞政策，並對新聞從業人員提示黨的新聞規範，希望媒體配合黨的文宣政策。這五次新聞工作會談的內容要點如下（表7）。

新聞工作會談的一個重要結果是成立新聞黨部。1964年8月，新聞黨部籌備委員會成立，首先在臺北各大新聞機構、《中華日報》南部版等單位設分黨部，將各單位國民黨新聞從業人員納入組織；然後將該黨所有新聞從業人員，全部納入；直到各縣市通訊社、報社、廣播電臺、電視臺分部組織完成，新聞黨部即正式成立。透過成立新聞黨部，國民黨借此直接滲入媒體，逐漸控制新聞產制過程。[76]1978年第五次新聞工作會談中，更明確提出：

> 新聞工作者應該全力支持並協助主管當局，積極加強思想武裝，導正分歧觀念，以掃除一切赤色的毒素、黑色的原罪、灰色的汙染、桃色的戕害，並以「增進團結，反對分化」、「崇尚法治，反對暴利」、「訴諸理性，反對偏激」……作為新聞報導評論、節目製作之基本態度與立場。[77]

由此可見，所謂新聞工作會談，並非雙方對等的會談，主要還是官方訓導新聞

界，向後者宣導政令[78]。

表7：五次新聞工作會談內容要點表[79]

次別	時間	主要內容
一	1963.4.16	1. 鞏固國民心防，配合反攻情勢案；2. 加強國際宣傳工作案；3. 加強新聞從業同志之組織關係案；4. 積極推行新聞自律運動案。
二	1964.11.5	1. 發揮大眾傳播力量以促進社會心理建設案；加強精神武裝鞏固國內心防，以促進社會心理建設案；2. 加強海外及國際宣傳，促進反共團結案；3. 加強新聞與文藝工作合作，以擴大文藝戰鬥功能，促進反攻大業案。
三	1969.6.24	1. 如何擴大新聞評議委員會組織，以履行新聞事業社會責任案；2. 如何防止新聞工作者濫用職權圖利，以提高新聞事業之品格案；3. 如何強化軍中宣傳工作，以鼓舞民心士氣案；4. 如何加強「匪」情報導，借使「國內外」人士對當前「共匪」混亂情勢，及其即將崩潰命運，有正確認識案；5. 如何加強「國內外」新聞界之聯繫與團結，以充分發揮聯合作戰之功效案；6. 如何群策群力，加強國際宣傳，以爭取國際人士對我「反共復國」之同情與援助案；7. 如何發揮輿論功能，促進政治革新案；8. 如何加強宣揚中華文化復興運動，以達成文化復興之目標案。
四	1974.4.7	1. 如何弘揚立國精神，確立三民主義新聞政策，以達到「復國建國」之目的案；2. 如何動員新聞事業，推動整個社會，發揮全民力量，支持「國家」九項建設，並藉以轉移風氣，激勵人心案；3. 如何配合有關機關，掌握大陸敵情變化，適時對「匪偽」之重大暴政及陰謀策略，從「國」內海外及大陸予「匪」以有力打擊，並加強對內心防教育案；4. 如何發揮新聞之編採，評論工作效能，以促進新聞事業健全發展，加強維護國家利益案。

續表

次別	時間	主要內容
五	1978.11.6	1. 積極發揮大眾傳播事業之功能，以加強全民團結，革新社會風氣，建設現代化國家，貫徹「國家」目標案；2. 發揮新聞傳播功能，加強對「匪」文化作戰，以徹底粉碎「共匪」統戰陰謀案；3. 發揮大眾傳播力量，增進民主教育功能，弘揚民主法治精神案。

掌控新聞從業人員

除了成立新聞黨部，臺灣省政府還規定，新聞記者必須加入工會，並且規定加入哪個工會。報社新進人事任用，往往要先透過「情治部門」的忠貞檢查。新聞組織高層人事任命，尤其要得到黨國體制的認可。例如吳三連入股《自立晚報》，有關方面即指定前《中華日報》社長葉明勳接任社長。新聞黨部成立後，連民營媒體的編採主管人事也多由忠貞國民黨員擔任。1985年調查顯示，臺北市8家報社記者中，國民黨籍占了77.6％，父親職業屬軍公教者占47.4％。1992年，一項針對臺灣報社總編輯的調查顯示，報社總編輯典型面貌是：46歲左右的大陸省籍男性，參加國民黨的活動，出身中等社會階層的家庭，父親是大專畢業的軍公教人員，母親是中學畢業的家庭主婦。[80]總之，在威權主義統治下，當局掌控記者的方法除了意理教化、法令限制、檢查取締、編輯指令、威脅囚殺等多種軟硬不同的方式之外，嚴格的人事控制也是其重要的基本一環。[81]

宰制媒體的法令

制定法令管制新聞出版自由，是威權主義宰制媒體的最主要控制方式，也是其新聞政策的中心內容。

管理新聞出版最重要的法令是「出版法」及其實施細則。國民黨政府第一次制定公佈《出版法》是在1930年12月，此後直到1999年廢止，期間在1935年、1937年、1952年、1958年、1973年及1997年先後6次修正。每次修正都是進行內容調整，並無實質改變。正如論者所指出的，由於「中華民國」的政治體制始終在「行憲」與戰時體制兩者交錯的情形下運作，不同時期頒布的新聞出版法規除了重複和含糊，其最突出的特點就是，一致規定當局有權控制和審查新聞，因此違背了「憲法」。[82]同樣，報禁時期臺灣新聞管制政策的演變，特別是有關規定的變化，其顯著特徵也是為了強化對於新聞的控制。

作為「國家根本大法」，「中華民國憲法」第11條明文規定：「人民有言論、講學及出版之自由。」但是，在黨國體制下，當局可以依據公眾利益制定「法律」限制言論自由，使「憲法」11條成為但書。[83]1930年12月頒布的《出版法》第19條第1、2項便規定：出版品不得刊載「意圖破壞中國國民黨或三民主義者」以及

「意圖顛覆國民政府或損害中華民國利益者」等內容，其以「意圖」定罪的做法，曾招致輿論的強烈批判。[84]此後，1931年10月頒布的《出版法施行細則》，更是呈現出黨政一體與黨政雙向並行的特質。[85]

1949年，臺灣省警備總部根據《戒嚴令》，制定公佈了「臺灣省戒嚴期間新聞紙雜誌圖書管制辦法」，成為戒嚴時期警備總部管制新聞言論的主要依據。其第2項規定：

> 凡詆毀政府或首長，記載違背三民主義、挑撥政府與人民感情、散佈失敗投機之言論及失實之報導，意圖混淆人民視聽妨害戡亂軍事之進行或誨淫誨盜之記載影響社會人心秩序者均查禁之。[86]

法令中以「淆亂視聽」、「危害社會」、「挑撥情感」模糊不清的規定，給予當局無限的解釋空間，也使1930年版《出版法》中為人詬病的幾條條文——「意圖損害公共利益或破壞社會秩序者」、「違反三民主義」、「妨害本國元首」等，得以借屍還魂。

1952年，當局頒布實施新修訂的「出版法」。與1947年的修正草案相比，新「出版法」的最大變化是，增加「出版之獎勵與保障」一章，禁載事項有所簡化，[87]刪除了「破壞中國國民黨或違反三民主義」等規定，並將「意圖」修正為「觸犯或煽動觸犯」。但是，第9條新聞紙雜誌登記需說明「發行旨趣」，成為後來當局處分報刊雜誌的理由之一。[88]同條限制印刷地點需在發行區內，則成為「限印」政策的根據之一。第28條「出版品所需紙張及其他印刷原料，主管官署得視實際需要情形計劃供應之」，及由此衍生出來的「出版法施行細則」第27條——「戰時各省政府及直轄市政府，為計劃工作方法出版品所需之紙張及其他印刷原料，應基於節約原則，及中央政府之命令，調節轄區內新聞紙雜誌之數量」，更是「限張」、「限證」政策的重要來源。

「文化清潔運動」

如前所述，國民黨的報禁政策是服務於其在臺灣威權統治的產物。為了維護其

意識形態霸權，需要不斷清除歧雜的聲音。朝鮮戰爭爆發後，美國介入臺海局勢，臺灣安全得到保障，國民黨內部自由派人士吳國楨、王世杰等被迫請辭或遭到免職，原來擁蔣的自由派也完全和權力核心疏離，當局對於言論的整肅和控制也變得更為嚴厲。

1953年7月，「臺灣省戒嚴期間新聞紙雜誌圖書管制辦法（修正本）」頒布。「修正本」對出版品的禁止內容作了更具體的規定，包括：「未經軍事新聞發佈機關公佈屬於『軍機種類範圍令』所列之各項軍事消息、有關國防政治外交之機密、為『共匪』宣傳之圖書文字、詆毀國家元首之圖書文字、違背反共抗俄國策之言論」等等。[89]

1954年7月，臺「中國文藝協會」發起「文化清潔運動」，揚言要掃除文化界裡隱藏的「赤色的毒」、「黃色的害」、「黑色的罪」。所謂「黑色的罪」，事實上包括新聞界的扒糞者，被指為「某些不肖新聞工作者」，其揭露社會黑幕的調查性報導，也被汙名為「專門揭人瘡疤，或捕風捉影、捏造事實」；「赤色的毒」，無疑是指蘊含共產思想的讀物；「黃色的害」，則被用來指代所謂傷風敗俗的內容。

同年11月，「內政部」頒布「戰時出版品禁止或限制登載事項」，是為著名的「九項新聞禁例」，除了「有關國防政治外交之機密」和「為共匪宣傳之圖書文字」等，還加入了對「黃色新聞」的查禁，如：「誇大描述盜匪流氓等非法行為而有誨盜作用者」、「描述自殺行為而有助長自殺風氣之虞者」等，引發了包括《中央日報》《臺灣新生報》《中華日報》三家黨營公營報紙在內的新聞界的共同反對，「內政部」不得已宣布「暫緩實施」。

「文化清潔運動」和「九項新聞禁例」的公佈，是國民黨新聞政策由寬轉嚴的第一個轉折點。1955年蔣介石於孫中山紀念月演講中說：

> 原來自由是應該在法律範圍之內的，言論自由亦復如此。對於刊載不正當的報刊，政府依出版法規定，予以定期停止發行的處分，是合法、並且合理的措施。否則誨淫誨盜，甚至危害國家民族的文字，任其發表，則腐蝕民心，擾亂秩序，其後果必致其不堪設想。

第二章　報禁政策及其新聞管制

1958年2月，蔣介石親自主持宣傳座談會時，再次強調：

> 現在在臺的一切反黨、反政府、反民眾利益、反國家需要的言論和出版物，更應有一個具體辦法，決不能長此放縱姑息過去，否則養癰貽患，終有噬臍莫及的一日。[90]

在蔣介石的催促下，「內政部」對「出版法」進行修正，並將其草案交「立法院」，秘密透過，報界一致表示激烈反對，下文將專門論述。但是，在蔣介石的硬性威權統治時期，所謂「依法」統治，至多是給白色恐怖披上一件「合法」的外衣。

白色恐怖

蔣介石退臺後，為使政權能在臺灣「和緩著陸」，從1950年代開始，一方面，讓「副總統」兼「行政院長」陳誠率領技術官僚執行社會經濟改革外，也同時讓長子蔣經國統率特務建築「地下小朝廷」，委以政治「裡層」監視「表層」——孫立人事件與吳國楨事件都是對陳誠最大的警告。在威權體制重建時期，臺灣社會在軍警特等「國家」機器的嚴密控制下，充滿了白色恐怖。[91]

早在1949年1月5日陳誠接任臺灣省主席的就職記者會上，他就宣布將以「殺頭」警告「不法」。《掃蕩報》記者蕭楓在雜誌上發表一篇《與陳誠談殺頭》的文章，引起陳誠不悅，公開怒斥。後來，蕭楓曾離奇失蹤一陣子，從此態度轉為低調。1949年4月，由於不滿警察毆打本校學生，臺灣大學和臺灣師範學院的學生集會要求懲凶。6日，陳誠下令軍警包圍臺大與師範學院的學生宿舍，逮捕多名學生，其中有學生後來被槍決，是為「四六事件」，象徵著戰後臺灣白色恐怖時代序幕的開啟。

1958年5月15日，臺灣警備總部成立，隸屬「國防部」，被授權執行「戒嚴法」，承接過去臺灣省保安司令部的工作。在「戒嚴法」授權下，警總擁有指揮「司法」與行政官權力，同時掌握了對異議言論的整肅權。[92]修正後的「出版法」第41條規定，行政機關可以逕向出版品採取警告、罰款、禁止出售、扣押、沒入、撤銷登記等處分，而不需經「司法」程序。警總大權在握，政工人員橫行，角色凌

駕於「行政院新聞局」和國民黨文工會之上。[93]如果說國民黨文工會是報社的「太上編輯部」，那麼，「警總就是新聞的主宰」。[94]

在警備總部業務中，「總政治作戰部」六處專門負責文化審檢。1951年，警備總部制定的「臺灣省政府保安司令部檢查取締違禁書報雜誌影劇歌曲實施辦法」，規定保安司令部、市府人員、警察人員於突擊檢查與執行一般勤務時，均有權取締違禁刊物。警總要求各縣市成立檢查書刊小組，由教育科、警察局和社會科成員組成，警察局長兼任組長。1967年，「縣市書刊檢查小組」改名為「各縣市文化工作小組」，市政府由新聞主任擔任小組長，縣政府指派秘書一人擔任小組長，後來曾改由縣市首長、縣市警備分區指揮部指揮官擔任。

對於發表異議言論的報刊，警總可採取命令改組或「管訓感化」，也可以「叛亂」、「匪諜」罪判處責任人徒刑。涉嫌為中共作正面宣傳、誹謗「國家元首」、煽動當局與人民的敵對情緒、違犯反共「國策」的言論和著作，均可以煽動叛亂罪處以死刑。白色恐怖下，新聞工作者人人自危，社會一片寒蟬。

人人心中都有一個警總

警總人員和特務無所不在。警總人員有時明目張膽地到報社監督記者寫稿或審讀新聞，至於派到報社臥底的「明樁」、「暗樁」，更是防不勝防。有時報紙還沒印出來，警總的電話就打了過來，顯然是有「內線」通報。戒嚴環境下，幾乎所有媒體裡都有很多幫安全單位工作的人。按照慣例，各報「內線」均由「調查局」裡派人「布建」，但在《聯合報》，據說沈之岳經常讓王惕吾自己挑選。[95]

雷震等人估計，1960年全臺灣從事監控的人數至少達到12萬，占當時15至64歲人口總數的2.14%，此外還有很多被強制、收買或自願而來的「線人」。據《紐約時報》推測，加上「線人」在內的特務人數可能達到55萬，相當於15至64歲人口總數的8.9%。[96]「調查局前副局長」高明輝則透露，1981年，僅「調查局」就有3萬監控人員。他們遍佈各行各業，包括潛伏在新聞組織內部，以及被收買的記者。《徵信新聞》編輯吳博全有一次在報社編輯部發現有人在偷看同事的信，見狀大

罵：「大陸就是被你們這種王八蛋搞丟的，現在又搞這一套。」馬上被告發，坐了兩年牢。[97]

在特務的種種監控下，新聞界一片風聲鶴唳；新聞工作者則如履薄冰，戰戰兢兢。司馬文武回憶說，記者如果在「立法院」跟一些黨外的政治人物講話、見面，得到什麼消息，回去只要寫報告給安全單位，都會有獎金。報社裡的人，若跟黨外人士走得稍微近一點，就會被貼上標籤。有時，記者在寫文章的時候，裡面偷偷藏些諷刺的隱喻文字，雖是一些小動作，第二天刊出後，等著有關方面的反應，如果沒事，就會有一種偷渡成功的樂趣。但更多的時候，則是謹慎下筆，自我約束，以免被約「懇談」或「喝茶」。某雜誌編輯，曾因為被某機關請去「懇談」，竟將印刷起來的紙面的一部分，塗以「墨桿」。[98]有一年10月1日，《臺灣時報》副刊刊載的一篇文章中，有一行字被拿掉，換成「今天是我們的國慶」。報社在上午五點多發現，立即將所有印刷機暫停，結果還是有少量報份送出。警總認為一定有「匪諜」，派人到報社坐鎮清查。查了一個多月，原來是一名工人為了私仇，利用職務之便竄改文章，嫁禍於另一個工人。後來這名工人被關三年多，左腿被打斷。另有一次，幾位記者在家打麻將，警總聽到麻將聲，敲門盤問，一位同事當場嚇得暈倒。[99]

白色恐怖之下，「人人心中有一個小警總」。[100]自由記者在當時無法被忍受。束縛不一定源自黨國體制或報社內的壓力，而是來自當時整個新聞界和政治環境氣氛。記者若抱著挑戰心態挖新聞，往往會產生雙重挫折，或者挖不到新聞，或是被別人利用。當時的知識分子，能夠做到胡適那種「膽小的君子」，已經難能可貴了。[101]於是，大家轉而以沉默和隱遁消極抵抗。久而久之，互不信任和陽奉陰違的社會風氣很快蔓延，奉承和追隨得志權貴者的人越來越多。對於統治者而言，白色恐怖政策的最大作用，乃是無需對每個人進行迫害，就可使全體被統治者完全屈服。[102]

文字獄

白色恐怖時期，警總的日常作為之一便是大興文字獄。誠如論者所言，書報審

查「是國民黨用來抵抗反對派的批評卻不必答覆他們責難的武器」。[103]

「臺灣地區戒嚴時期出版物管制辦法」第二條規定：「匪酋、匪幹之作品或譯著及匪偽之出版物一律查禁」；其目的是為了防止大陸的文化統戰，但此政策如果執行得偏差的話，「不僅損傷文化命脈，妨礙學術自由，更進而造成整個文化、思想乃至政治界的畸形禁忌」。

在這一苛嚴的規定下，許多與時政完全無關的純學術著作也被列為禁書。梁啟超的《古書真偽及其年代》、馮友蘭的《中國哲學史》、梁漱溟的《中國文化要義》《東西文化及其哲學》、費孝通的《鄉土中國》，周谷城的《中國通史》、陳寅恪的《論再生緣》、熊十力的《原儒》、陳垣的《佛教典籍概論》、魯迅的《中國小說史略》，都被列入「匪統戰書籍」。[104] 郭沫若、巴金、茅盾、老舍、沈從文等留在大陸的五四運動後的知名作家，他們的著作、翻譯書籍也都被列在查禁範圍內。就連金庸、王度廬等武俠小說作家的作品，甚至包括某些反共文學，如孫陵的《大風雪》等，也都被查禁。有些從大陸遷到臺灣的作家，在大陸時期所撰寫的書刊，像郭良蕙的《心鎖》，以及1970年代出版的鄉土文學作品，像吳濁流的《無花果》、陳映真的《將軍族》等，全都被查禁，禁忌無所不在，報人動輒得咎，觸犯理由有時簡直令人啼笑皆非。1949年11月8日晚，《時報雜誌》發行人童軒蓀被檢舉與「匪諜案」有關，在保安處關了三個月，查無罪證，結果以搜查到的一本馬克‧吐溫的《湯姆歷險記》作為罪證，理由是「馬克‧吐溫與馬克思可能是一家人」。1950年11月17日，《自立晚報》副刊《萬家燈火》因轉載一篇文章《草山衰翁》，被指影射蔣介石，被處以「永不復刊」的處分，主編吳一飛被捕。次年9月才復刊。1967年9月，《經濟日報》刊登執政黨與「立委」在非正式聚會中就琉球主權問題交換意見，被以「違反宣傳指導」罪名「停刊四天」。

1963年4月23日，《聯合報》副刊刊登王鳳遲的詩《故事》，詩中寫道：

從前有一個愚昧的船長

因為他的無知以至於迷航海上

船隻飄流到一個孤獨的小島

歲月悠悠一去就是十年時光

他在島上邂逅了一位美麗的富孀

由於她的狐媚和謊言致使他迷惘

她說要使他的船更新人更壯,然後起航

而年復一年所得到的只是免於饑餓的口糧

她曾經表示要與他結成同命鴛鴦

並給他大量的珍珠瑪瑙和珠寶

而他的鬚髮已白,水手老去

他卻始終無知於寶藏就在他自己的故鄉

可惜這故事是如此殘缺不全

以致無法告訴你以後的情況

　　詩作刊登後,「總統府」親自打電話過問此事。此後,作者王鳳池被情治單位以「匪諜案」論處,罪名是:「影射總統愚昧無知,並散佈政府反攻大陸無望的論調,打擊民心士氣,無異為匪張目」,被關押3年。副刊編輯林海音在刊出詩作的第二天,被迫離職。[105] 此後13年中,臺灣各種報紙副刊均不敢刊登新詩。一直到1976年,《聯合報》《中國時報》副刊才重新刊登詩作。

　　1968年,發生著名的柏楊案。柏楊本名郭衣洞,本為跟隨國民黨來臺的流亡學生,在《自立晚報》撰寫專欄,曾寫作膾炙人口的《異域》一書,描述滇緬孤軍的

57

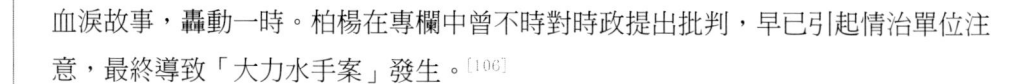

血淚故事，**轟動一時**。柏楊在專欄中曾不時對時政提出批判，早已引起情治單位注意，最終導致「大力水手案」發生。[106]

逮捕、判刑、失蹤

白色恐怖統治之下，大批報人因言賈禍。1949年3月，受臺大「四六事件」牽連，《新生報》副刊「橋」主編史習枚、《經濟時報》記者董佩璜、《中華日報》記者董大江等新聞人員被捕。

1949年11月，《民聲日報》總編輯黃胤昌、編輯唐達聰、陳正坤、林宣生，被控利用報社及學校宣揚「匪黨毒素」，分處有期徒刑10年。黃胤昌在獄中又被控組織同犯準備暴動而判死刑，被槍斃。其同案黃鴻基被判刑7年，黃耀欽、鄭文導、柯榮華、張南雷、丁靜、古若賢、趙篤先等人被判感訓。

1951年，美國在臺設立軍事顧問團，首任團長蔡斯抵臺第一天在機場被盜。5月13日，《大華晚報》因刊登獨家新聞，報導警方破案的消息，總編輯薛心鎔被保安司令關了10天，提供新聞的刑警被判了幾個月徒刑。

1957年5月，《聯合報》記者林振霆因報導劉自然事件引發的反美示威，[107]被以「匪諜」罪名判處無期徒刑，在綠島關了25年。受林振霆案影響的還有《中華時報》記者戴獨行、印刷廠經理溫維馨、《臺灣日報》編輯主任李望、《國語日報》編輯朱傳譽、臺廣記者夏禾、中央社編輯嚴仲熊、國語實小教師席淡霞、建國高中教員陸靜珍等。這些人受到牽連，僅僅是因為他們與林振霆同樣畢業於上海新聞專科學校，是該校校友。審判的結果，戴獨行以「知匪不報」的罪名，被判5年，溫維馨被判10年，朱傳譽交付感化，其他人保釋。

《公論報》是白色恐怖期間被迫害次數及人數最多的報紙。《公論報》發行人李萬居曾在一個月內接到五封恐嚇信，每信都附一顆子彈。1953年，《公論報》創辦人之一陳其昌因「意圖煽惑民心」、「意圖變更國憲及資匪」罪被判無期徒刑。1954年2月，《公論報》記者高慶豐被控受「潛匪」張雅韓吸收，收集軍情，判處

10年徒刑,張雅韓等處死刑。此後,總編輯黃星照、副總編輯李福祥、總主筆倪師壇、編輯阮景濤、陳秀夫、記者黃毅辛、林克明、江涵、嘉義辦事處主任童金龍、礁溪營業部主任兼記者張光熾等人,也因為各種原因,先後被逮捕、判刑或被管訓,有的被送往小琉球拘禁。

1960年代,最著名的打壓新聞自由的事件是《自由中國》事件。1960年9月,《自由中國》發行人雷震被捕,被判刑十年,編輯傅正、馬之驌被判處交付感化三年。

1960年代,報界另一白色恐怖事件是《臺灣新生報》案。事件起因於臺灣情治單位的內訌。「軍統」出身的「調查局長」沈之岳,為了整肅「CC派」,利用中統旗下某一成員在大陸失陷後出任中共福建省委委員的罪名,指控「福建省抗敵後援會」是中共地下組織,將該會成員蔣海溶(「調查局」三處處長)、李世杰(「調查局」一處副處長)、姚勇來(《臺灣新生報》編輯主任)、沈嫄璋(《臺灣新生報》黨政記者)、路世坤(《臺灣新生報》編輯)及陳石奇、余振邦等十餘人逮捕。沈嫄璋是當時名記,尤以採訪蔣夫人和婦聯會新聞出名,新聞界稱她為「沈大姐」。在審訊時被「調查局」人員全身剝光逼供,最後不堪刑罰上吊自殺,「調查局」認定「畏罪自殺」。蔣海溶亦自盡。沈嫄璋丈夫姚勇來與其他人被判刑15年。姚勇來出獄後,在臺北頂好市場後巷的香江大廈當管理員,兼賣香煙,九十年代病逝,終老於大廈管理員之職。[108]

繼《自由中國》雷震案之後,情治單位秘密逮捕《大華晚報》董事長李荊蓀,成為1970年代最震動新聞界的事件。

李荊蓀曾任《中央日報》總編輯,是《大華晚報》創辦人。1970年11月17日,因「匪諜」案被捕,經過兩天的「疲勞審訊」——寒冬天被要求躺在大冰塊上,19日就承認自己是共產黨。當局找不到合適的罪行,竟然將陸鏗1947年7月29日在《中央日報》揭露孔、宋貪汙國家外匯三億多美金案的行為,算作他的罪行。另一個「犯罪事實」是,1946年5月在一封給當年福州《南方日報》同事俞棘的回信中,李荊蓀曾表示「對不流血革命還不死心,報紙是方式之一」。沒想到俞棘一直

保留這封信,並上交情治部門,作為自己立功脫罪的工具。最後公開審判時,俞棘還當庭作證李荊蓀已參加共產黨。李荊蓀先判無期徒刑,後改判有期徒刑15年。出獄後不久就因心臟病突發逝世。

停刊、停刊

報人被警告、被逮捕,甚至被判刑、被槍殺。報紙也不時因為報導言論,甚至副刊文章上的錯誤,而招致停刊數日、數月甚至永久停刊的處分(表8)。

表8:報禁期間臺灣報紙被處「停刊」情形[109]

報紙	停刊原因	政府處置	備註
民族報	1949年8月23日,主筆張鐵軍在社論中呼籲政府提高軍人待遇,有關單位認為這挑撥人心,製造不安。	停刊一個月後復刊。	
天南日報	1949年,台中總社總編輯朱傳譽因停發稿費,剪貼上海等地副刊稿件刊登,其中一篇比較陳誠和何應欽的名人軼事文章,引發陳誠不滿。	陳誠以「挑撥軍事長官感情」為由,下令查封,該報結束經營。	朱傳譽後來因辦《中國文選》時因刊登抗日烈士、新四軍將領魯雨的。抗戰文章,被判處七年徒刑。
自立晚報	1950年1月17日,副刊「萬家燈火」刊登的《草山衰翁》,被認為影射蔣介石。	勒令「停刊,永不復刊」,為國民黨當局遷台後第一家被勒令停刊的報紙,副刊主編吳一飛被捕。 1951年9月21日復刊。	
	1952年10月14日,一版刊登孔祥熙回國消息。	報社第二天主動刊出更正啟事,但國民黨中央第四組主任沈昌煥以該報刊登《我將廢除中蘇條約》洩漏「國家」機密為由,要求停刊一個月。經省新聞處周旋,改為停刊一星期。	

續表

報紙	停刊原因	政府處置	備註
自立晚報	1953年10月10日，四版一則「國慶」花絮，被認為有詆毀「元首」之嫌。	停刊三個月，總編輯張煦本引咎辭職，撰稿記者田士林及編輯分處徒刑，田士林並送綠島管訓八年。	
公論報	1948年7月，刊載黃紀男（因廖文毅案入獄三次）會見合眾社記者新聞。	停刊五日	
	1949年5月3日，刊載台大教授陳正祥的《生活水準與人口問題》，被認為有違當局反攻大陸政策和國父增加國族人口政策。	停刊三日	
	1958年，發表社論《對北港高中禁止學生訂閱事件的抗議》，抗議雲林縣北港高中禁止學生訂閱《公論報》。	報紙遭查扣	
經濟日報	1967年9月19日副刊刊載社會寫實小說《惡夢》，被認為有損國軍形象；21日刊載有關「琉球主權」報導，被認為涉及敏感國際事務未能淡化處理。	停刊四日	
民眾日報	1985年6月7日，刊載美聯社電訊《中共將繼續走開放路線》，及《三十位旅美前國軍將領建議政府：取消戒嚴令另訂他法》。	停刊七日，是報禁解除前報紙被停刊的最後一次。	

　　《美洲中國時報》的停刊，是報禁期間被迫停刊的著名案例。1978年，中美外交關係即將生變，蔣經國希望余紀忠到美國辦報，強化僑界及美方對臺灣的支持。1982年9月，《美洲中國時報》創刊。此前，《中國時報》因為聲援陶百川而與警備總部產生矛盾，但余紀忠依然期許《美洲中國時報》成為不同立場的旅美華人彼此溝通的橋樑，成為華人移民與臺、港、大陸人民之間交流的橋樑。因此，該報在

採訪與報導時不排斥大陸留學生、僑團,甚至包括名列臺灣黑名單而無法返鄉的「異議」人士,再度引起國民黨文工會及某些權臣的不滿。1984年洛杉磯奧運會上,大陸運動員取得優秀成績,《美洲中國時報》及時予以報導後,被文工會指責為「為匪張目」。《中央日報》發表社論指控其「掉進紅色的陷阱」,《大華晚報》的社論則要求政府「肅奸防諜」,國民黨中常會上也批評該報「嚴重偏離黨的立場」。此後,該報刊登一篇討論裡根總統施政的文章,又被指控破壞「中美關係」。文工會高層致電余紀忠要求撤換總編輯和總主筆,余紀忠沒有照辦。當局轉而刁難給《美洲中國時報》匯款的程序,使該報資金周轉出現極大壓力。余紀忠寧為玉碎,不為瓦全,宣布《美洲中國時報》停刊。

第三節　新聞自由與自律

修改「出版法」

如前所述,國民黨從1930年12月第一次頒布《出版法》,到1999年廢止,期間曾先後6次提出修正。每次修正本質上並無多大變化,目的都是為了更好地達到新聞控制。有學者評論說,20世紀中國頒布的新聞出版法規,最突出的特點就是,它們一致規定政府有權控制和審查新聞。這些法律和法令有兩個主要特點,一是重複,二是含糊。[110]

每次修正「出版法」,新聞界都予以高度關注;1958年「出版法」修正更引發新聞界最激烈的反對。

早在1947年國民黨修正《出版法》時,就曾遭遇過新聞界的抵制。那一次修正案公佈後,《大公報》就在上海報館舉行時事座談會。會上發言時,傅況麟認為新《出版法》與《憲法》11條相牴觸,應予廢除。成舍我也認為,《出版法》各條已包含於《刑法》《國家動員法》等既有法律中,不必重複。韓德培、儲安平等人則對修正案第21—24條有關禁載事項的條文逐條進行了批評。[111]

由於新聞界普遍持反對意見,新「出版法」直到1952年才公佈施行。1954年

11月,「內政部」頒布「戰時出版品禁止或限制登載事項」,即「九項新聞禁例」,被輿論界稱為「史無前例的新聞禁例」,同樣引發了包括《中央日報》在內的新聞界的強烈不滿,「內政部」不得不宣布「暫緩實施」。此後,蔣介石多次要求加強新聞控制,特別是「出版法」等有關「法令」,要求「從速提出修正,不可再事拖延」。[112]

既要貫徹蔣介石的意圖,又擔心輿論界的反彈。1958年3月28日,「內政部」以「密件」方式將「出版法修正草案」送「立法院」,請求審議,立即引起軒然大波,先後導致「立法院」復議案、臺北報業公會請願和臨時「省議會」三波反對浪潮。

4月19日,「立法院」內政、教育、民刑商法三委員會舉行聯席會議,討論「出版法修正案」,委員們就該「修正案」以應公開審議或以秘密會議審議問題,激辯三小時未獲結論。4月29日,程滄波等24位「立法委員」主張公開審議,提案交付表決時,遭多數「立委」否決。程滄波會後發表談話說:「有人想活埋新聞自由,但是新聞自由是埋不死的。」5月2日,彭承善等161位委員提出復議案,再度主張修正出版法案應公開舉行,又被否決。3日,《聯合報》發表社論《異哉!立委們的堅持成見》,提出強烈批評,《自由中國》也連續發表文章表示反對。[113]

6月5日,「立法院」內政、教育、民刑商法三委員會不顧報業公會的請願,快速透過「出版法修正案」。6月13日,「立法院」舉行第10次秘密會議,就修正「出版法草案」進行二讀,文群等135位委員提出臨時動議,主張重行審查,仍被否決。文群在說明提案理由及提案要旨時稱,當局有對「立法院」提案之權,人民有「立法院」請願之權。此次下令提出「出版法修正案」,系代表當局之意見,臺北市報業公會的請願案,系代表人民之意見,「我們站在立法院的立場,至少應對雙方意見同等重視。今內政、教育、民刑商法三委員會只審查政府提案,不審查人民請願案,只知承受官意,拒絕民意,就立法權而言,無異自毀立場。因此希望全院同仁能慎重考慮,將修正案交回三委員會,與臺北市報業公會的請願案合併同時審查,方符法定程序」。成舍我委員發言支持文群委員的意見。他特別指出,「修正案」中的撤銷登記等行政處分,對保障言論出版自由有極大影響,絕非如部分官

員所說的「沒有什麼了不起」，故審議此案時，必須出之以最謹慎、最理智的態度。那天正好是13日星期五。成舍我希望「立法院」在明智而謹慎的決定下，不使這天成為歷史上的「黑色星期五」。薩孟武在接受《聯合報》採訪時也表示，如「內政部」不先經由「法院」處理，而據以此類控罪禁止某刊出版即為「違法」。[114]

當局本意，乃在借修改「出版法」以加強言論管制，不料引發輿論界巨大反彈。為平息事態，蔣介石親自接見各報社發行人，承諾不任意動用新修正的「出版法」，同時威脅將討回各報借款，抽回官方股份。威逼利誘之下，各報不再堅持反對修正「出版法」。隨後由「行政院副院長」黃少谷協調出一個折中辦法：「立法院」照案透過「修正案」，但當局承諾永不採用。於是，「立法院」在出席者不到全體代表的五分之一的情況下，開會透過了修改後的「出版法」。該「法」透過後，《自立晚報》發行人李玉階宣布脫離加入了40年的國民黨，並從此在報頭下註明：「無黨無派，獨立經營。」《自立晚報》還發表社論，警告將要執行這一法律的人：「你們的名字將永誌於歷史，使你們的子孫引以為憾。」

修正後的「出版法」，在第9條中加入新聞雜誌登記手續，規定受理機關得依「除特殊情形者外」，將辦理登記的時間無限延長，以此限制登記證的取得；同時增加「撤銷登記」的處分，並將撤銷職權交與行政機關而非司法機關執行。同年10月，當局通令依據新「出版法」加強審查報刊圖書，賦予行政機關可以不經「司法審判」對出版品進行警告、罰款、扣押、沒收、定期禁止發行，甚至撤銷登記等行政處分。1973年8月，國民黨再次對「出版法」提出修改，1974年4月又修正了「出版法施行細則」，主要內容仍在於將行政機關不須經由法院審查即可處罰出版品的權力予以合法化。

報業評議會

反對修改「出版法」，是報禁期間民營報業與政治權力間第一次較大規模的角力，結果以民營報業的失敗告終。各報從此調整與威權體制的關係和鬥爭策略，由積極爭取新聞自由轉向以消極的新聞自律防禦外來的控制。

第二章　報禁政策及其新聞管制

1961年7月，國民黨第二次陽明山會議上，李玉階仍然主張修正甚至廢除「出版法」。他一一指出「出版法」不合理之處：第五章、第六章關於禁載事項、行政處分的若干條文，應予修改；第33條「偵察或審判的訴訟事件登載限制」，應有明確界說，應請「大法官」或請「立法機關」加以解釋。王惕吾主張「由新聞界制定積極性的自律公約，以代替消極性的『出版法』」。[115]他希望以報業負責人成立新聞協會，並設立新聞言論評議會，聘請新聞界、法律界、社會公正人士參加，以負責監督新聞言論的失實、失當等事項；並具體擬定了三條「自律」辦法。[116]會議最後就王惕吾的意見達成建言。根據此一建言，1963年9月2日，臺北市新聞報業評議會成立，首任7位委員蕭同　、黃少谷、成舍我、陶百川、阮毅成、程滄波、端木愷全部為國民黨黨員。1969年，第三次新聞工作會談透過決議，新聞報業評議會專門設立「報紙內容審查室」，以報業自主審查代替被動接受檢舉。1974年第四次新聞工作會談進一步提出，擴大新聞評議會組織與功能，「使成為全國性之自律組織」。

新聞評論會的成立，標誌著新聞界將當局的新聞控制內化為新聞工作者的自我審查。無獨有偶，新聞自律一時也成為臺灣新聞學術界的熱點話題。

新聞自律

新聞學術研究與新聞教育密不可分。早在1953年，鑒於臺灣新聞人才不足，臺北市編輯人協會就曾呼籲臺灣大學成立新聞學系。臺大校長錢思亮和教育部門均表贊同，但當局沒有同意。原因很簡單，在當局的想像中，新聞主要是宣傳工具，而不是傳播學術。1954年，為了「配合國策及培養高級通才」，政治大學在臺灣復校。該校最早成立的四個研究所即為政治、外交、教育及新聞，均與政治及文化宣傳有關。[117]曾虛白、謝然之等黨內主管宣傳的官員先後出任新聞系主任。

戰後臺灣新聞學術發展史，同樣經歷了一個由短暫的寬鬆到長期的嚴格控制的過程，體現之一就是，研究的主題由新聞自由轉向新聞自律。1950年代初，《報學》初創刊時，特別「歡迎關於新聞自由的理論的探討」，每一期都有幾篇討論新聞自由的文章，並刊載了胡適談論新聞自由的文章。胡適說：

65

> 我說言論自由必須培養成為一種社會風氣，大家覺得發表言論，批評政府是當然的事，久而久之，政府當局也會養成習慣。言論自由是要爭取的，把自由看做空氣一樣的不可少，不但可以批評政治，不但有批評政策的自由，還可以批評人民的代表，批評國會，批評法院，甚至於批評總統小姐唱歌的好不好，這都是言論自由。人人去做，人人去行，這樣就把風氣養成了。

作為國民黨意識形態主管官員的曾虛白等人，同時也是新聞學術界的領頭人。在他們的倡導下，學術界也開始將官方新聞管制的邏輯翻譯成學術語言，以正當化當局的新聞管制，包括對媒體的掌控與收編，以當局的邏輯建構新聞學理論。這一邏輯的本質為：社會有共同的目標，媒體有「社會責任」達成此目標，媒體過度放任會危害此目標，因此當局必須加以管制。

1959年《報學》開始接受官方補助，刊載「自律」專號；在逮捕雷震等關鍵事件上，《報學》均發表文章為當局做理論辯護。謝然之強調要結合「國情」以樹立正確的新聞自由觀念，他說：

> 我們應當審度自己的國情與時勢，樹立正確的新聞自由概念，而政府與新聞從業人員尤宜精誠合作，協辦促進新聞自由的發展，為建設健全的、自由而負責任的新聞事業而共同奮鬥。

於是，「社會責任」、「媒體自律」等成為報禁期間臺灣新聞學術界的主流話語。巧合的是，這些話語同時也在美國新聞界開始流行，看上去頗與國際學術接軌。可是，同樣講社會責任，媒體自律，美國是自由競爭導致媒體壟斷，而臺灣是報禁政策妨害新聞自由，語境迥然不同。

美國學者提出社會責任論，是因為媒體壟斷對新聞自由造成了傷害，因此主張當局應積極地保障一般公眾的新聞自由，但不宜控制媒體。1960年代，臺灣傳播研究者選擇性地轉譯美國的「社會責任論」，則強調媒體應受政府控制才會負起社會責任。這樣提的第一個理由是戰時「國家安全」。為了「國家安全」，新聞從業人員必須「自律」、「自覺與自反」，並進而做到「自制與自治」，以犧牲個人的自由，成全國家民族的自由。

不過，由於臺灣並未開啟戰爭，戰時安全的理由在1960年代中期後發生問題。於是，1965年開始，曾虛白提出了第二個限制新聞自由的理由——避免惡性商業競

爭。曾虛白主要援用李普曼的理論，主張新聞媒體應由專家與精英經營，以負起社會責任；但在商業利益驅動下，媒體內容粗俗，因此媒體應加強自律，公眾也應組織起來制衡媒體。如果媒體無法自律或公眾無法發揮制衡作用，那麼當局應介入管制媒體。曾虛白說：

> 倘公眾對傳播事業的願望無法達成，政府不得不插身進去為公眾服務。換言之，如傳播事業不負責，無其他勢力可使之負責，政府不得不負責處理了。

曾虛白的論述邏輯，正是自由而負責任的報刊理論的論述邏輯。但是，同一套邏輯，針對的現實顯然完全不同。曾虛白完全沒有提及當時臺灣媒體的寡占並不是自由競爭的結果，而是當局的控制所造成。儘管其中的荒謬顯而易見，但他的這一說法仍然「經由場域內互動儀式一再流傳與複製」。[118]

1965年8月，政治大學新聞研究所舉行「新聞自由與社會責任」研討會。會上，曾虛白作了關於「新聞自由與社會責任」的主題報告，呂光講了「新聞自由與法律責任」，曾虛白的學生李瞻則報告了「新聞自由之演進及其趨勢」。1967年，政治大學新聞研究所創辦《新聞學研究》，第1至第3期的主題，均圍繞著社會責任、新聞自律和當局管制。謝然之的《新聞自由與自律》一文，告誡新聞記者要自覺自制。文章認為，只有表現出一種負責任的態度和愛「國家」的行動時，新聞自由才是可貴的。文章還特別引用了蔣介石在第二次新聞工作會談中訓勉新聞界人士的一段話：

> 要本著良知良，以國家、主義、責任為自律的標準，以道德的標準來衡量自己的工作……要站在時代的前面，不要站在時代的後面。要站在道德的前面，不要落在罪惡的後面。

到了1970年代，臺灣的威權主義政體逐漸從「軍事威權」轉變成「發展型威權」，臺灣的新聞學術生產也如同報業生產一樣，積極配合當局，為促進經濟社會的發展而恪守職責。但是，世易時移，伴隨著經濟起飛和社會進步，臺灣的民主政治和新聞自由也由涓滴匯聚，逐漸成為滔滔洪流，既不是當局的壓制，也不是報人的自律可以束縛的了。

第四節　潮流變了

質疑報禁政策

儘管國民黨的報禁政策及其實施理由，隨著政治經濟形勢不斷有所變化，報界和民間對於這些理由卻不斷提出質疑和批評。

1950年11月30日，臺北市《中央日報》等六家報社發表聯合啟事，將報紙減為一大張半，此為臺灣第一次實行限制報紙張數。1952年12月，「行政院」頒布「新聞用紙供應辦法」，由各報自組用紙調查委員會調查分配，再由有關機關審核後，「定量供應」。李玉階即代表同業要求廢除定量供應制度。[119]臺灣新聞紙民營化後，在無紙張進口競爭的情況下，紙價反而一直上漲。針對這種狀況，有人公開提出批評：

> 現在的配紙制度，不僅不是對新聞事業的貼補，而是新聞事業對政府的納稅。何以言之？新聞紙配價遠高於外紙輸入價格百分之卅十以上，紙質不逮外紙，猶在其次。要是我們有權選擇的話，沒有理由選購價格較高紙質較低的紙張來印報，所以配紙制度對新聞事業是一種負擔，而不是享受，同時也是對讀者的一種負擔。[120]

1955年3月4日，老報人、「立法委員」成舍我在「立法院」也對配紙制度提出質疑。成舍我說，臺灣雖處於戰時狀態，但是海上並未被敵人封鎖，一切物資均可隨時進口。因此，在臺灣根本沒有必要施行配紙制度。再者，現今紙業公司既改由民營，在自由選購下，或許反可促使臺紙改進品質，減低成本。成舍我公開表示，因節約紙張及印刷原料，就可以禁止新的報紙雜誌出版，這是天下奇聞。[121]

在報界和社會一再呼籲之下，1955年4月，「行政院」決議酌準新聞事業應用進口洋紙，但同時強調「報紙篇幅，則仍基於戰時節約用紙原則予以限制」，並頒布「戰時新聞用紙節約辦法」，限定除特別紀念日外，報紙篇幅不得超過對開一張半。這也表明，當局以節約紙張為理由實行報禁，不是「奇聞」，而是藉口，真正目的還在於控制新聞言論。

1950年代至60年代,「立法院」針對報禁問題提出不少質詢,只有兩次獲得「行政院」答覆。分別是1954年9月19日「行政院副院長」黃少谷與1955年3月4日「行政院長」俞鴻鈞的答覆,他們申述的主要理由仍為「節約資源」。俞鴻鈞說:

> 至於講到報紙不許發行的原因,各位也許知道,今天我們正處在與共匪生死存亡鬥爭的關頭,我們要節約人力物力,各位知道過去臺灣有許多毫無價值的報紙雜誌,說起來這也是非常浪費的,這一點大家都有同感,所以對於新的雜誌不希望多出版,這也無非是一種節約的本意。[122]

1974年9月,「立法委員」黃信介要求「行政院長」蔣經國嚴令治安機關,不能以違背「國策」或莫須有的罪名,隨便逮捕人民或查封人民所辦的刊物,蔣經國答曰:

> 關於言論自由,我要趁此說明一下,對於新聞事業,我們有幾種規定:國內的報章雜誌,凡是登記的,一律不查,外國記者在中國發出的新聞電訊也不檢查,但是為了防止共匪的統戰或利用某一部分人作滲透工作,由外國發來的新聞與寄來的書刊,是要檢查的。因為這是保障國家安全和社會安寧的必要措施,是政府要必須做的……對於這項指責,今天有很多新聞記者在場,我覺得也不是公道的。目前發證的報紙有31家,通訊社有44家,雜誌社有1500多家,出版社有1900多家,我們都不檢查,而極大部分都能為民喉舌,主持正義,黃委員還說言論不自由,我覺得不公平。[123]

1980年代,「立法委員」黃天福、許榮淑、費希平、蘇秋鎮、康寧祥等人多次就報禁問題提出質詢,「行政院」主管報禁的「國防部」、「法務部」、「內政部」曾分別答覆,又一再重複「國家安全」理由。此外,「新聞局長」宋楚瑜還提出了「市場飽和」的新理由。宋楚瑜說:

> 「報禁」問題,對這個名稱的本身有待澄清,因為中國現在無報禁問題,我們對報紙根本沒有不準發行的情況,同時也不會禁止。事實上,目前臺灣已有報社31家,報紙每天的發行量估計約350萬至370萬份,平均每五個人就有一份報紙,與先進或開民國家相較並不低,因此,中國並沒有所謂報禁的問題。政府之所以暫不開放新報登記和不增加報紙發行張數,系基於非常時期的處境暨維護報業健全發展的實際需要,由於報紙同業間競爭激烈,若干家報紙的生存已面臨考驗,以致報導言論及廣告等內容常未能顧及讀者的利益……為避免放任報紙惡性競爭所可能發生的各種弊端,仍暫不接受增加新報紙的登記。[124]

從戰時需要,到節約用紙,到避免惡性競爭,到加強輔導,種種關於報禁的理

由，當局雖不斷翻新，卻日顯無力。直到1987年10月，「新聞局長」邵玉銘在答覆「立委」吳淑珍質詢時終於宣布，根據「行政院」決定解除戒嚴的宣示，臺灣將於1988年1月1日開放報紙登記，正式解除報禁。

奔向自由

報禁政策的解除，不是一朝一夕間的突發奇想，也不是天縱英才偉大領袖的恩寵，而是累積自1970年代中期後一連串來自民間反對運動衝撞後的結果。[125]

戰後臺灣新聞事業幾十年發展的見證人王洪鈞頗有感觸地指出，臺灣新聞事業發生脫胎換骨的變化，乃是情勢大氣候使然。其中，臺灣政治民主化發展，反對黨爭取分享傳播資源，反對執政壟斷，應居首功。此外，隨著經濟發展，民眾消費能力提升，教育水準提高，視野擴大，對於資訊的需求擴大；工商企業投資傳播事業，並尋求政治權力；年輕一代社會精英、專業人才、管理人才，投身新聞傳播及相關事業者越來越多——凡此種種，都表明臺灣整體社會已發生本質改變，並且促進了與臺灣新聞事業的互動關係。當局適時宣布解除報禁，不過俗話「臨門一腳」而已。[126]

進入1970年代，受國際情勢影響，國民黨威權體制統治出現危機。蔣介石安排蔣經國正式接班。1972年6月1日，蔣經國出任「行政院長」。為改革圖存，甄補知識分子進入黨政系統，採取「有限度的民主化」和「選擇性本土化」，加速了政治上的新陳代謝，有效舒緩了政治參與壓力。70年代末期，政治反對勢力逐漸成為社會行動體系的一部分，「國家機構」對新聞傳播媒體也由「壟斷」轉變為「領導」。媒介權力結構仍然非常封閉，但媒介成為社會勢力結合點的情形略為可見，尤其是在許多重大社會事件上，黨公營報紙與民營報紙的報導已有所差異。

對國民黨威權體制而言，1980年代是一個劇變的年代，面對國際局勢變化以及黨外運動衝擊，蔣經國選擇了民主，對於黨報也提出了開放的新方針。他指示《中央日報》：「言論應儘量反映輿情，文字要犀利有力，且不必避諱對當局施政的善意批評。」[127]無論促使蔣經國改變心態的是什麼樣的私人考慮，大體可以肯定的

是，他的公開形象的轉變是在受當局嚴格控制的大眾傳播媒介的巧妙操縱下實現的。[128]

當局有意逐步鬆動政治空間，很大程度上是迫於社會反對運動突破政治禁忌的努力，但後者過於急劇的衝撞卻又超過當局可以容忍的限度。面對風起雲湧的黨外運動，威權統治者一方面試圖以政策開放進行收編，另一方面，對於難以收編的反對勢力，則施以更為嚴厲的打壓。在意識形態宰制方面，警備總部加緊了對於黨外雜誌的扣押。[129]1981年，警備總部發出「安基三號」密件，要求治安單位和媒體動員打擊黨外「陰謀分子」，黨外雜誌頻以「混淆視聽」名義遭查禁。據統計，從1979年到1985年，共有340份黨外雜誌問世，其中60%被查抄。[130]

對於當局的有限鬆動，民眾的反應不是感恩戴德，而是要求更多大的開放。事實上，當局開放的步伐根本無法趕上民眾希望的速度。於是，滿腔怒氣的民眾由批判的武器走向武器的批判，80年代因此成為臺灣社會運動的黃金時代。據統計，1983—1988年間，臺灣發生了2894起各類社會抗議事件（表9）。

表9：1983—1988年社會抗議事件的議題類型[131]

	1983	84	85	86	87	88
生計	89	89	114	116	293	407
環境	37	62	39	98	146	200
勞工	27	40	85	40	69	296
農民	3	0	3	2	24	51
特殊團體	10	2	8	9	49	53
泛政治性	6	6	18	12	34	29
反動運動	1	5	7	60	119	136
合計	173	204	274	337	734	1172

註：「生計」是公共建築的土地徵收、取締攤販等議題的自力救濟。「特殊團體」指例如錫安山、學運、原運、婦運、老兵返鄉、消費者等。「泛政治性」指無法納入反對運動的政治抗議，涉及地方派系、職業團體的利益人事糾紛。

一次次社會抗議，一波波民情爆發，民心所向，民意所歸，民主自由的潮流，

浩浩蕩蕩，挾裹著國民黨，逼迫執政者為了自己不被徹底拋棄，不得不改弦更張，回應民眾的意願。1985年10月15日，蔣經國在國民黨中央委員會全會上說：

> 時代在變，環境在變，潮流也在變。因應這些變遷，執政黨必須以新的觀念、新的作法，在民主憲政的基礎上，推動改革措施。唯有如此，才能與時代浪潮相結合，才能和民眾永遠在一起。

潮流變了，順之者昌，逆之者亡。1986年，是臺灣反對勢力急速擴張的一年。那年，韓國的全斗煥、菲律賓的馬科斯相繼下臺。為了避免相似的下場，蔣經國決定將自己的命運與民主相結合，下令有關單位研究如何回歸「民主憲政」，節制情治單位的濫權，並批準國民黨透過陶百川等人與黨外人士進行溝通。黨外人士卻先行成立民主進步黨，消息被《中國時報》和《自立晚報》報導，情勢陡然變得緊張。最後時刻，蔣經國決定讓步，只要新政黨遵守「憲法」，反對臺灣「獨立」，就可成立。1987年7月14日，作為「臺灣最後的強人」，[132]蔣經國宣布解除長達38年的戒嚴。

在此之前，1987年2月5日，「行政院長」俞國華在「院會」中宣示，將以積極態度重新考慮報紙的登記與張數問題，並在兼顧新聞自由與報業善盡社會責任的原則下，盡速訂定合適的規範與辦法，以促進報業的發展。2月27日，「新聞局」邀約學界、業界成立專案小組，研究開放報禁問題。

研究小組於3月15日開始集會，經過多番調查研討，5月15日提出了調研報告。報告建議開放報禁應遵守四項原則：維護新聞自由、確保公共利益、避免集中壟斷、促進健全發展。為了預防報禁開放後可能出現惡性競爭情形，報告還建議當局預先就各項問題妥為規劃，包括避免報業所有權集中壟斷、促進報紙張數等之合理化、防止不實新聞、保護個人名譽及隱私權、維持廣告公信力及優良品質、建立合理售價制度、規定新聞及言論刊出字體——以保護國民視力，增進民族健康等等。[133]

「新聞局」採納了研究小組的這些建議，並在全省分北、中、南三區邀集報業就各項問題進行充分協商。1987年12月1日，由「新聞局長」邵玉銘宣布開放報紙

登記。同日，臺北市報業公會、臺灣省報紙事業協會及高雄市報紙事業協會，聯合發表《邁向一個資訊健全的新時代》聯合聲明，提出「八項協議」：報紙張數規定為對開6大張，下限為對開1大張；新聞用字，不得小於6號、新6號，分類廣告字體放大15%；廣告與新聞的比例不予限制；報紙新聞與廣告分版以目前最高狀況為準，加張後不再擴增；報價視各報發行張數多少，由報業公會分別審慎研商、研定；登記立案的報紙在不同地點發行及印刷報紙，應另行申請登記證；鑑於報紙開放登記證後可能形成惡性競爭，將組成九人小組，研究加強報業自律及強化新聞評論會功能。

1988年1月1日，報禁解除。同一天，《自由日報》更名為《自由時報》。1月4日，《自立早報》由政治組召集人胡元輝前往臺北市政府，正式申請登記成為第一家新報。

從默許民進黨組黨，解除戒嚴，準許老兵回鄉探親，到開放報禁，臺灣一步步走過政治民主化之路。[134]報禁開放後兩週，1988年1月13日，蔣經國逝世。從此，臺灣社會進入一個沒有帶頭大哥、人人自主的民主時代。

---

[1]辛廣偉：《臺灣出版史》，河北教育出版社2000年版，第23頁。

[2]洪桂己：《光復以前之臺灣報業》，載李瞻主編：《中國新聞史》1979年版，第535頁。

[3]王天濱：《臺灣新聞傳播史》，亞太圖書出版社2002年，第74頁。

[4]洪桂己：《光復以前之臺灣報業》，載李瞻主編：《中國新聞史》1979年版，第536—537頁。

[5]時任《臺灣新民報》總編輯的吳三連回憶說：「日本統治當局實施出版審查制度。報紙出版前要將樣板送審，透過審查才能印刷發行。日本人隨時會把不中意的新聞和評論逕行刮除，刮除不中意部分後的鉛版就像開了一個個天窗，印出來後東一塊黑，西一塊黑。報社樂於留下這些烏黑的記號，讓讀者瞭解異族統治下言論不自由，益發激起同胞奮鬥和同仇敵愾的心。」吳三連口述、吳豐山撰記：《吳三連回憶錄》，自立晚報社1991年版，第72—73頁。

[6]洪桂己：《光復以前之臺灣報業》，載李瞻主編：《中國新聞史》1979年版，第554—563頁。

[7]陳國祥、祝萍：《臺灣報業演進四十年》，自立晚報社1988年版，第27頁。

[8]呂東熹：《政媒角力下的臺灣報業》，玉山社2010年版，第44—45頁。

[9]何義麟：《戰後臺灣報紙之保存現況與史料價值》，《臺灣史料研究》第8號，1996年版。王天濱：《臺灣新聞傳播史》，亞太圖書出版社2002年版，第134—135頁。

[10]秦孝儀主編，張瑞成編輯：《光復後臺灣之籌劃與受降接收》，近代中國出版社1990年版，第109—110頁。

[11]薛月順編：《臺灣省政府檔案史料彙編——臺灣省行政長官公署時期（一）》，第43—44頁。轉自楊秀菁：《臺灣戒嚴時期的新聞管制政策》，稻鄉出版社2005年版，第31頁。

[12]在《臺灣新報》的接收問題上，國民黨臺灣省黨部與陳儀的行政長官公署發生了衝突。國民黨中宣部原擬接收該報設備創辦臺灣《中央日報》，但長官公署不同意。陳儀任命青年黨人夏濤聲和李萬居分別為臺灣省行政長官公署宣傳委員會主任委員和《臺灣新生報》社長。中宣部大為不滿，以臺灣須辦黨報為由，強令分出《臺灣新生報》一半的印刷機器，命特派員盧冠群籌備《中華日報》，陳儀則以《中華日報》須辦在臺南為條件，予以同意。參閱沈雲龍：《事跡的追憶》，《歷史月刊》1988年4月號。

[13]《臺灣省行政長官公署公報》第1卷第1期，1945年12月5日。

[14]1946年11月宣傳委員會公佈的《臺灣新聞紙雜誌調查表》，轉自楊秀菁：《臺灣戒嚴時期的新聞管制政策》，稻鄉出版社2005年版，第39頁。

[15]李翼中：《帽簷述事》，「中央研究院」近代史研究所編：《二二八事件資料選輯（二）》，「中央研究院」近代史研究所1992年版，第404—406頁。

[16]吳濁流：《臺灣連翹》，草根出版事業有限公司1995年版，第153—154頁。

[17]1946年10月，臺灣行政長官公署頒布規定：「從本年十二月二十五日起，所有本省境內新聞雜誌附刊之日文版，應一律撤除。」

[18]就連作為行政長官公署機關報的《臺灣新生報》對當局都多有委婉批評。參閱張耀仁、楊曉憶：《二二八事件前媒體述之社會問題與媒體定位——以〈臺灣新生報〉社論為例》，中華傳播學會2008年年會論文，http://ccs.nccu.edu.tw/history_paper_content.php？P_ID=1057&P_YEAR=2008。

[19]王白淵：《告外省人諸公》，《政經報》第1卷第2期，1946年1月25日。

[20]社論：《可怕的心理破壞》，《民報》1947年2月19日。

[21]「中央研究院」近代史研究所編：《二二八事件資料選輯（二）》，「中央研究院」近代史所1992年版，第306頁。

[22]呂東熹：《政媒角力下的臺灣報業》，玉山社2010年版，第52頁。

[23]江詩菁：《宰制與反抗：中時、聯合兩大報系與黨外雜誌之文化爭奪（1975—1989）》，稻鄉出版社2007版，第93頁。

[24]褚靜濤：《魏道明與二二八事件善後》，《現代臺灣研究》2007年第5期。

[25]中央社訊：《總統播告全國同胞》，《中央日報》1949年5月17日第1版；中央社訊：《當局今日宣布全省明起實施戒嚴》，《中央日報》1949年5月19日，第4版。

[26]《臺灣省政府公報》，1947年冬字號，第60期，1947年12月11日，第938頁。

[27]陳國祥、祝萍：《臺灣報業演進四十年》，自立晚報社1988年版，第56頁。

[28]呂光、潘賢模：《中國新聞法概論》，中正書局1956年版，第50—52頁。

[29]原以娛樂新聞為主的《華報》，以二三千萬轉賣了登記證。原為工人報的《大眾日報》登記證也賣了數千萬元。臺中《臺灣日報》的轉讓費超過2億元。陳思瑩：《違反潮流的報禁》，載史為鑒編著：《禁》，四季出版事業有限公司1981年版，第42頁。

[30]彭明輝：《中文報業王國的興起——王惕吾與聯合報系》，稻鄉出版社2001年版，第88—89頁。

[31]謝漢儒：《關鍵年代的歷史見證——臺灣省參議會與我》，唐山出版社1998年版，第10頁。

[32]佛生：《新聞事業的困難》，《民報》1946年9月1日。

[33]《紙業公司生產近況》，《臺灣新生報》1947年1月31日。

[34]程宗明：《對臺灣戰後初期報業的原料控制（1945—1967）——新聞紙的壟斷生產與計劃性供應》，《臺灣社會研究季刊》第36期，1999年12月。

[35]楊秀菁：《臺灣戒嚴時期的新聞管制政策》，稻鄉出版社2005年版，第87—90頁。

[36]縮版主要是指各報將分類廣告所用字體照相縮小，原先每一版版面由上到下有20批，由右至左有110行，縮版後，由上至下可增至26—29批，由右到左增至180行，最多可增到195行，每天刊登的分類廣告由此加多70%－80%。換版是指只在某個地區版刊登對該地區有用的廣告，如以臺北市民為對象的廣告只在北部版刊登，同理，在南部有用的廣告，也只刊登在南部版。由於在4個地區版（北部版、桃竹苗版、中部版、南部版）的同一版面，分別刊登只對當地有用的廣告，廣告量由此可提高3倍。分版則是指每天發行的報紙分成A、B版，每一版占發行數一半，在該版刊登廣告的費用以全價65%折扣優待，使廣告費用收入又增加了30%。1978年9月，《中國時報》與《聯合報》將北部版分為臺北市與市郊版，形成「一報五版」。王惕吾就曾總結，新聞報紙每日印行的統一規定，是報紙發展的最大限度限制，《聯合報》在此限制下作了幾乎不可能的突破，那就是印行各地方版，增加每頁的專欄數以及廣告的換版。這使《聯合報》的三大張篇幅，奇蹟地擴充為十數張的內容。參閱王惕吾：《聯合報三十年的發展》，聯合報社1981年初版，第7頁。

[37]南民：《臺灣的新戰場——新聞與文化》，《九十年代》第206期，1987年3月，第39頁。

[38]該條規定，登記申請書需載明「發行所及印刷所之名稱及所在地」。

[39]該條規定，「出版業公司或書店另在他地設立分支機構者，或同一新聞報紙或雜誌另在他地出版發行者，仍應依照『出版法』第九條之規定辦理登記」。

[40]陳國祥、祝萍：《臺灣報業演進四十年》，自立晚報社1988年第2版，第56頁。

[41]彭明輝：《中文報業王國的興起——王惕吾與聯合報系》，稻鄉出版社2001年版，第88頁。

[42]包澹寧：《筆桿裡出民主：論新聞媒介對臺灣民主化的貢獻》，時報出版公司1995年版。

[43]楚崧秋：《我與新聞》，東大圖書公司1985年版，第104—105頁。

[44]楊秀菁：《臺灣戒嚴時期的新聞管制政策》，稻鄉出版社2005年版，第1頁。

[45]復旦大學新聞系新聞史教研室編：《簡明中國新聞史》，福建人民出版社1981年版，第361頁。

[46]耿雲志等：《西方民主在近代中國》，中國青年出版社2003年版，第448頁。

[47]田湘波：《中國國民黨黨政體制剖析（1927—1937）》，湖南人民出版社2006年版，第44頁。

[48]曹增祥：《中國戰時新聞檢查制度概論》，燕京大學學士畢業論文（1945年12月），中國人民大學圖書館藏。

[49]呂芳上：《痛定思痛：戰後中國國民黨改造的醞釀》，載《一九四九：中國的關鍵年代學術討論會論文集》，「國史館」2000年版，第571頁。

[50]高郁雅：《國民黨的新聞宣傳與戰後中國政局變動（1945—1949）》，臺灣大學2005年版，第265頁。

[51]許福明：《中國國民黨的改造》，中正書局1986年版，第66—67頁。

[52]若林正丈：《臺灣——分裂國家與民主化》，月旦出版社1994年版，第41—43頁。

[53]杭之：《邁向美麗島的民間社會》（上），唐山出版社1990年版，第101頁。

[54]林麗雲：《臺灣傳播史研究：學院內的傳播學知識生產》，巨流圖書有限公司2004年版，第129頁。

[55]周慶祥：《黨國體制下的臺灣本土報業：從文化霸權觀點解析威權體制與吳三連自立晚報（1959—1988）》，世新大學博士論文（2006年），第91—110頁。

[56]費正清等編：《劍橋中華民國史》（下），中國社會科學出版社1994年版，第188頁。

[57]王奇生認為，從1924年起，國民黨師法俄共（布）的組織形式，以之與孫中山的三民主義政策嫁接一體，將黨建在國上，實行以黨治國、一黨專政。但是，孫中山三民主義理念中的某些政治藍圖又是基於西方資產階級民主體制而設計的。這樣一來，國民黨實際上是依據兩個不能同時並立的政治架構，拼裝了一臺不倫不類的政治機器，即一方面依照分權學說，成立了五院，另一方面又依照黨治學說，設立了集權的中執會、中政會；這種兼收並蓄弊漏百出——國民黨對政權的獨占和壟斷意味著孫中山所設計的資產階級民主憲政藍圖成為泡影，三民主義體系中的民主憲政目標又使國民黨的一黨專政處於十分尷尬的境地，也時常成為體制外用來批判和攻擊其黨治的有力武器。連陳果夫也感到苦惱：「黨的宣傳為民主自由，黨的訓練為軍事化，黨的組織為學蘇聯，內部是中國的。如此東拼西湊，不成一套，如何是好？」因此，國民黨仿照俄共實行一黨專政，但在實際運作中，其組織散漫性，又更像西方議會政黨。國民黨是一個弱勢獨裁政黨，它並非不想獨裁，而是獨裁之心有餘，獨裁之力不足。參閱王奇生：《黨員、黨權與黨爭——1924—1949年中國國民黨的組織形態》，上海世紀出版集團2003年版，第360—361頁。家近亮子也認為，國民黨及其國民政府最終之所以在大陸失敗，基本原因就在於其權力滲透不夠。南京國民政府經常在「應採取的政策」與迫於政治現實而「不得不採取的政策」中間搖擺不定；面臨這樣的選擇，其內部的意見往往形成對立。參閱〔日〕家近亮子著，王士花譯：《蔣介石與南京國民政府》，社會科學文獻出版社2005年版，第29頁。

[58]李金銓：《從威權控制下解放出來——臺灣報業的政經觀察》，載朱立、陳韜文編：《傳播與社會發展》，香港中文大學新聞與傳播學系1992年版。

[59]倪偉：《「民族」想像與國家統制：1929—1949年南京政府的文藝政策及文學運動》，上海教育出版社2003年版，第36頁。

[60]陳順孝：《新聞控制與反控制——「記實避禍」的報導策略》，五南文化2003年版，第72頁。

[61]林麗雲：《臺灣傳播史研究：學院內的傳播學知識生產》，巨流圖書公司2004年版，第71頁。

[62]陳師孟等學者認為，戒嚴時期臺灣的政經社會屬於「黨國資本主義」，其經濟結構呈現四層：最外層是「自由經濟」的外套，允許市場運作與私人經濟活動，31家報紙可以自由競爭；內穿「資本主義」的內衣，報業商業競爭優劣，仍取決於資本多寡；脫去衣物後是「國家主義」身軀，黨政軍一體的利益結構，握有壓倒性的資源；內藏一顆「集權主義」的心，控制報業、控制輿論。陳師孟等著：《解構黨國資本主義》，澄社1992年版，第23—24頁。

[63]許福明：《中國國民黨的改造（1950—1952）——兼論其對中華民國政治發展的影響》，中正書局1986年版，第125頁。

[64]彭懷恩：《中華民國政治體系》，風雲論壇出版社2003年版，第55頁。

[65]國民黨收購民營報業的著名案例包括《公論報》《臺灣日報》《工人報》等。其經過情形，參閱呂東熹：《政媒角力下的臺灣報業》，玉山社2010年版，第83—90頁。

[66]周慶祥：《黨國體制下的臺灣本土報業：從文化霸權觀點解析威權體制與吳三連自立晚報（1959—1988）》，世新大學博士論文（2006年），第91—110頁。

[67]楊秀菁：《臺灣戒嚴時期的新聞管制政策》，稻鄉出版社2005年版，第131頁。

[68]喬寶泰主編：《中國國民黨黨務發展史料——中央改造委員會資料彙編（上）》，近代中國出版社2000年版，第82頁。

[69]中國國民黨中央委員會第四組：《一年來宣傳工作的檢討》，轉自江詩菁：《宰制與反抗：中時、聯合兩大報系與黨外雜誌之文化爭奪（1975—1989）》，稻鄉出版社2007年版，第53頁。

[70]李瞻：《中國新聞政策》，臺北市新聞記者公會1975年版，第63頁。

[71]王曉寒：《白色恐怖下的新聞工作者：兼談人生的甘苦》，健行文化出版公司2000年版，第57頁。

[72]黃肇珩：《記者》，立緒文化事業有限公司2000年版，第326頁。

[73]何榮幸策劃：《黑夜中尋找星星——走過戒嚴的資深記者生命史》，時報文化公司2008年版，第133頁。

[74]周慶祥：《黨國體制下的臺灣本土報業：從文化霸權觀點解析威權體制與吳三連自立晚報（1959—1988）》，世新大學博士論文（2006年），第80—82頁。

[75]續伯雄輯註：《臺灣媒體變遷見證：歐陽醇信函日記（1967—1996）》，時英出版社2000年版，第155頁。

[76]中國國民黨中央委員會第四組編：《第二次新聞工作會談實錄》，第75頁。

[77]中國國民黨中央委員會文化工作會編：《第五次新聞工作會談實錄》，第112頁。

[78]楊秀菁：《臺灣戒嚴時期的新聞管制政策》，稻鄉出版社2005年版，第192頁。

[79]倪炎元：《威權政體下的國家與媒體：南韓與臺灣經驗之比較》，《東亞季刊》第26卷第4期（1995，4）。

[80]楊志弘：《臺灣地區報社編輯部主管人口背景與管理型態之研究》，《傳播管理學刊》第2卷第1期。

[81]陳順孝：《新聞控制與反控制——「記實避禍」的報導策略》，五南文化2003年版，第105—108頁。

[82]包澹寧：《筆桿裡出民主：論新聞媒介對臺灣民主化的貢獻》，時報出版公司1995年版，第237頁。陳翠蓮認為，臺灣戒嚴時期長達38年，在戡亂戒嚴體制下，施行軍事統治，「憲法」權利受到侵害，甚至被剝奪。參閱陳翠蓮：《臺灣戒嚴時期的特務統治與白色恐怖氛圍》，載張炎憲、陳美蓉主編：《戒嚴時期白色恐怖與轉型正義論文集》，臺灣歷史學會、吳三連臺灣史料基金會2009年版。

[83]林子儀：《言論自由與新聞自由》，元照出版公司1999年版，第70頁。

[84]張仁善：《國民黨政府出版法的濫施及其負面影響》，《民國檔案》2000年第4期。

[85]江詩菁：《宰制與反抗：中時、聯合兩大報系與黨外雜誌之文化爭奪（1975—1989）》，稻鄉出版社2007年版，第47頁。

[86]《臺灣省戒嚴期間新聞雜誌圖書管制辦法》（1949年5月28日），載楊秀菁、薛化元、李福鐘主編：《戰後臺灣民主運動史料彙編（七）：新聞自由（1945—1960）》，「國史館」2002年版，第364頁。

[87]主要包括：1.觸犯或煽動他人觸犯內亂外患罪；2.觸犯或煽動他人觸犯妨害公務罪、妨害投票罪、妨害

79

秩序罪者；3觸犯或煽動他人觸犯褻瀆祭祀罪或妨害風化罪；4禁止公開訴訟事件之辯論。

[88]據陶百川回憶，以「違反發行旨趣」的罪名，作為查禁的理由，始於「內政部長」王德溥（1954—1958年）在職的時候。1958年，因違反發行旨趣予以報「部」停刊者五種；1959年，因違反發行旨趣而報「內政部」予以停刊者，計有六種。陶百川：《困勉強狷八十年》，東大圖書公司1985年版，第340頁。

[89]「臺灣省戒嚴期間新聞雜誌圖書管制辦法（修正本）」（1953年7月27日），載楊秀菁、薛化元、李福鐘主編：《戰後臺灣民主運動史料彙編（七）：新聞自由（1945—1960）》，「國史館」2002年版，第387—388頁。

[90]中國國民黨中央委員會編：《總裁重要號召及有關宣傳問題訓示集要（增編本）》，中國國民黨中央委員會1974年版，第238、248頁。

[91]周慶祥：《黨國體制下的臺灣本土報業：從文化霸權觀點解析威權體制與吳三連自立晚報（1959—1988）》，世新大學博士論文（2006年），第93頁。

[92]「戒嚴法」第11條規定：「戒嚴地域內，最高司令官有執行下列事項之權：一、得停止集會結社及遊行請願，並取締言論講學新聞雜誌圖畫告白標語暨其他出版物之認為與軍事有妨害者。上述集會結社及遊行請願，必要時並得解散之。二、得限制或禁止人民之宗教活動有礙治安者。三、對於人民罷市罷工罷課及其他罷業，得禁止及強制其回覆原狀。四、得拆閱郵信電報，必要時並得扣留或沒收之。五、得檢查出入境內之船舶車輛航空機及其他通信交通工具，必要時得停止其交通，並得遮斷其主要道路及航線。」

[93]「立法委員」康寧祥曾質詢「新聞局長」宋楚瑜，「混淆社會視聽」是什麼意思。宋推說「新聞局」從未以「混淆社會視聽」沒收出版物。李金銓：《大眾傳播理論》，三民書局2005年版，第155頁。

[94]何榮幸策劃：《黑夜中尋找星星——走過戒嚴的資深記者生命史》，時報文化公司2008年版，第150頁。

[95]葉邦宗：《報皇王惕吾》，四方書城2004年版，第193頁。

[96]若林正丈：《臺灣——分裂國家與民主化》，月旦出版社1994年版，第118—119頁。

[97]戴獨行：《白色角落》，人間出版社1998年版，第82頁。

[98]社論：《本省言論有無自由》，《民報》1946年9月14日。

[99]何榮幸策劃：《黑夜中尋找星星——走過戒嚴的資深記者生命史》，時報文化公司2008年版，第

152、425—426頁。

[100]黃富三：《臺灣地區戒嚴政治事件五〇—七〇年代文獻輯錄：美麗島事件》，臺灣省文獻會2011年版，第11頁。

[101]何榮幸策劃：《黑夜中尋找星星——走過戒嚴的資深記者生命史》，時報文化公司2008年版，第66—67頁。

[102]陳芳明：《已歸與未歸的望鄉人》，載陳芳明：《危樓夜讀》，聯合文學1996年版，第281頁。

[103]包澹寧：《筆桿裡出民主：論新聞媒介對臺灣民主化的貢獻》，時報出版公司1995年版，第229頁。

[104]沈光華：《破壞學術自由的禁書政策》，載史為鑒編著：《禁》，四季出版事業有限公司1981年版。

[105]王潤華：《重新解讀〈聯副〉的「船長事件」——臺灣戒嚴時期被判「叛亂」罪的一首現代詩》，http：//www.njucml.com/news_detail.asp？id=958。

[106]事情起因於柏楊的妻子倪明華在《中華日報》兼職翻譯漫畫《大力水手》。1968年1月3日，《中華日報》家庭版刊登的漫畫為柏楊翻譯，內容是大力水手與小孩的對話，父子合購一島，競選總統不相讓。柏楊模仿蔣介石口吻，將「follow」譯為「全國同胞們」，譯文中還有「我是國王，我是總統，我想是啥就是啥」等對白，被警備總部認為影射蔣家父子，打擊「國家領導中心」，汙辱「國家元首」。「調查局」約談，結果以柏楊曾「參加中國民主同盟，未向有關機關自首，在臺進行文化統戰」為由，判處徒刑，下獄七年。

[107]1957年3月20日深夜11點，在陽明山「革命實踐研究院」擔任職員的劉自然，在駐臺美軍上士雷諾的住宅門前，遭雷諾連開兩槍斃命。兩個月後，負責審理此案的美國軍事法庭以「殺人罪嫌證據不足」為由，宣判雷諾無罪釋放，引發了臺灣民眾大規模反美暴力衝突，史稱「劉自然事件」。為了平息美國人的不滿，蔣介石撤換了臺北衛戍司令黃珍吾、憲兵司令劉煒、臺灣省警務處處長樂幹，並將三人與林振霆一起送到綠島關閉。

[108]戴獨行：《白色角落》，人間出版社1998年版，第206頁。

[109]呂東熹：《政媒角力下的臺灣報業》，玉山社2010年版，第101—102頁。

[110]包澹寧：《筆桿裡出民主：論新聞媒介對臺灣民主化的貢獻》，時報出版公司1995年版，第240頁。

[111]韓德培：《評出版法修正草案（一）》，儲安平：《評出版法修正草案（二）》，載《觀察》第3卷

第15期。

[112]中國國民黨中央委員會編：《總裁重要號召及有關宣傳問題訓示集要（增編本）》，中國國民黨中央委員會1974年版，第238、248頁。

[113]社論：《國民黨當局還不懸崖勒馬？》，《自由中國》第18卷第12期，1958年6月16日；社論：《國民黨當局應負的責任與我們應有的努力》，《自由中國》第19卷第1期，1958年7月1日。

[114]陳國祥：《新聞自由的歷史對照》，載史為鑒編著：《禁》，四季出版事業有限公司1981年2月版。

[115]「行政院」編：《陽明山會談實錄》1961年印，第44頁。轉自楊秀菁等編註：《戰後臺灣民主運動史料彙編》第七冊《新聞自由》，「國史館」2002年版，第5頁。

[116]具體為：第一，公約內容依「出版法」「立法」精神擬訂並包涵其所有內容；第二，組織新聞評論審查委員會和新聞業務調處委員會分別審議新聞責任問題並調處新聞同業爭端；第三，新聞言論記載違反「法律」者，由審議會移送「法院」審理。

[117]林麗雲：《臺灣傳播史研究：學院內的傳播學知識生產》，巨流圖書有限公司2004年9月版，第79—80頁。

[118]林麗雲：《臺灣傳播史研究：學院內的傳播學知識生產》，巨流圖書有限公司2004年9月版，第99頁。

[119]李玉階：《歡迎老兵馬星野》，載《天聲人語》，「中華民國」宗教哲學研究社1980年版，第164頁。

[120]範鶴言：《配紙制度是否需要？》，《報學》第1卷第6期，1954年7月。

[121]成舍我：《人權保障與言論自由》，《自由中國》第12卷第6期，1955年3月16日。

[122]「立法院公報」第15會期第3期，1955年6月16日，第162頁。

[123]「立法院公報」第63會期第72期，總728期：第49頁。

[124]「立法院公報」第72會期第22期，總1611期：第64頁。

[125]黃順星：《記者的重量》，世新大學博士論文（2008年），第130頁。

[126]王洪鈞：《臺灣新聞事業進入新紀元》，載「中國新聞學會」：《90年代中國新聞傳播事業》，風雲論壇出版社1997年版，第3—4頁。

[127]楚崧秋：《我與新聞》，東大圖書公司1985年版，第173頁。

[128]包澹寧：《筆桿裡出民主：論新聞媒介對臺灣民主化的貢獻》，時報出版公司1995年版，第261—262頁。

[129]周慶祥：《黨國體制下的臺灣本土報業：從文化霸權觀點解析威權體制與吳三連自立晚報（1959—1988）》，世新大學博士論文（2006年），第106—108頁。

[130]馮建三：《異議媒體的停滯與流變之初探：從政論雜誌到地下電臺》，《臺灣社會研究季刊》第20期，1995年8月。

[131]吳介民：《政治轉型期的社會抗議——臺灣1980年代》，臺灣大學政治學研究所碩士論文（1990年），第50頁。

[132]司馬文武等：《亞洲五強人的歷史考卷》，《新新聞》創刊號，1987年3月。

[133]王洪鈞：《臺灣新聞事業發展證言》，臺北市記者公會1999年版，第65頁。

[134]邵玉銘：《開放報禁之背景、過程與影響》，載卓越新聞獎基金會主編：《關鍵力量的沉淪——回首報禁解除二十年》，巨流圖書公司2008年4月版，第4頁。

第三章　威權統治的侍從與對手

> 一生辦公家的媒體，不太可能全照自己的想法去做，然無論如何，總要守住一個讀書人的分際與骨氣——楚崧秋

> 報紙的印刷，不論好壞如何，終究是外形的軀殼，報紙真正的價值，是存在於它有沒有靈魂和特有的精神。——余紀忠

1945年12月25日，臺灣省行政長官公署接收《臺灣新報》，改名《臺灣新生報》。1946年2月20日，國民黨中宣部主辦的《中華日報》在臺南出版。同年10月，《和平日報》在臺中出版。至此，臺灣光復後半年，國民黨的黨、政、軍三報基本一統臺灣報業市場。同時間內，雖有大批遷臺的大陸報人，或創辦新報，或復刊大陸時期的報刊，但由於這些報刊一方面要接受政府的嚴格審查，另一方面要在經濟極不景氣的情況下，與黨公營報刊競爭，結果，除了少數報紙透過合併（像《聯合報》）或得到當局支持，不虞生存，其他報紙則處境艱難，勉強維持，甚至紛紛倒閉。

第一節　黨報的榮與悲

《中央日報》遷臺

1948年底，《中央日報》自南京遷至臺灣，次年3月12日正式出版。《中央日報》的新聞及言論雖然堅守執政黨的立場，但當時報社中人幾乎全部來自南京，多半接受過新聞專業教育，加上社長馬星野決心「不但辦中央，更要辦日報」，報紙仍表現出相當程度的專業精神，其聲譽與業務蒸蒸日上。[1]

《中央日報》將大陸新聞事業的傳統與風格帶到臺灣，為沉悶的臺灣報業引進了現代經營觀念，刺激了其他報業的發展。葉明勳曾總結《中央日報》對臺灣報業發展的影響：

第一、該報首先以代表中樞的姿態出現，促成了臺北各大報由全省性到全國性的形態上的大轉變；第二、由於該報高斯新輪轉機的性能優、速度高，激起了各報在印刷方面的劇烈競爭；第三、該報套紅印刷，在發行廣告方面所獲的效果，促成了報紙套色風氣的競爭；第四、該報《牛伯伯打游擊》《土包子下江南》等長篇故事漫畫的連載，引起以後臺灣報紙一窩風的連環畫熱；第五、該報遷臺以後，在編輯發行方面，如各種專業性週刊、雙週刊，及過去附贈星期雜誌、飛機送報等，也使競爭更趨激烈。[2]

在《中央日報》的促動下，《臺灣新生報》自1949年5月起進行全面改進提升。首先是強化編輯部，其採編部門幾乎網羅了前上海《申報》大部分人才，可謂「良將如雲，謀臣如雨」。其次，改善印刷工廠。此外，為了爭取新聞來源，除加強原有各縣市駐地記者外，並在日本、香港及歐美各大城市增設特約記者。言論方面，改社論委員會為主筆室，延聘國內政論專家執筆，增闢「每日專欄」，並在高雄成立分社，發行南部版。透過一系列措施，《臺灣新生報》的發行在相當長時間內保持全省第一。[3]

在當局支持和特權政策保護下，《中央日報》《中華日報》《臺灣新生報》，長期並列成為臺灣三大報，三報銷售量占全臺報紙總銷售的近90%，在發行、廣告方面都占據了大部分市場，民營報紙則在生存的邊緣掙扎。[4]

「代表蔣先生說話」

《中央日報》1928年2月在上海創刊，[5]一年後遷南京出版。創辦之初，《中央日報》實行總編輯負責制，社長由中央宣傳部部長兼。九一八事變後，為了加強國民黨宣傳力量，將《中央日報》劃出中宣部，直屬中常會，建立社長負責制，社長由蔣介石直接委任。可以說，在黨治理論和領袖獨裁製度下，蔣介石本人的意旨實際上成為國民黨新聞統制的一條途徑——雖然不是正式的途徑，卻常常凌駕在正式途徑之上。[6]同樣，臺灣威權統治期間，蔣氏父子的意旨，依然是黨公營報刊，特別是《中央日報》辦報的最高準則。

《中央日報》從遷臺出版至報禁解除，出任董事長、社長、總編輯的高級主管人員，如馬星野、蕭自誠、吳俊才、潘煥昆、曹聖芬、姚朋、黃天才、錢震、林家

琦、趙廷俊、邵德潤、薛心鎔、王端正、許志鼎等，大都出自與蔣介石、蔣經國關係密切的政治大學、革命實踐研究院、「國防」研究院等機構，有的還擔任過國民黨中央第四組或文工會的領導職務。其中，在《中央日報》主政時間較長的陶希聖、曹聖芬和楚崧秋等人，更是和兩蔣長期保持密切的私人關係。陶氏在南京曾任蔣介石侍從室第五組少將組長，曹氏曾任軍委會委員長侍從室秘書，楚氏在中央政校研究部就讀時曾任該校教育長蔣經國的秘書，到臺灣後，又成為蔣介石的侍從秘書。這些官邸出身者，既是黨國幹部，也是領袖「家臣」，[7]主、侍之間帶有超越組織紐帶的私人恩情。[8]

在獨裁統治下，領袖意志成為黨的意志，作為黨的喉舌的中央機關報，自然也是總裁的喉舌。既然《中央日報》代表著「中央政府」及蔣介石本人，[9]「代表蔣先生說話」也就成為黨報撰述者的信條和規則。[10]曹聖芬最後一次主持《中央日報》報社主筆會議時，就曾直白道出，「當初總裁派我來中央日報，當面交代：『中央日報』是代表我的報紙」。受人之託，忠人之事，曹聖芬受蔣介石之派，兩度任《中央日報》社長，後任董事長，在《中央日報》工作前後30年，始終銘記蔣介石交代的那句話，謹守不渝。[11]1977年，因刊出許信良出書廣告，《中央日報》社長楚崧秋「奉命」辭職。辭職當天，楚氏深感「冥冥中應該有所交代」，於是逕往慈湖謁陵。在蔣介石陵前引用宋朝鄭思肖的詩句——「生得貞心鐵石堅，肯將識見與時遷」，以表心志。[12]

《中央日報》遷臺後頭幾年，蔣介石政權未穩，需要向美國顯示其自由開明的一面，政治輿論環境比較開明，加上社長馬星野帶有專業報人作風，想把《中央日報》辦成一份「可以擺在客廳裡，成為家庭報紙」，言論報導因而頗有可觀。1954年，國民黨發起「文化清潔運動」，「內政部」公佈「九項禁例」，《中央日報》《臺灣新生報》《中華日報》三家黨公營報紙均拒絕撰文支持「九項禁例」，並在報業公會一致發表共同反對意見。

馬星野的辦報理念，顯然不符合蔣介石對《中央日報》的期許。1952年，馬星野辭去社長職務。此後，《中央日報》逐漸變得越來越僵死保守，成了黨內反對改革的保守派手中的大棒。1958年4月，國民黨提出第二次修訂「出版法」，藉以管

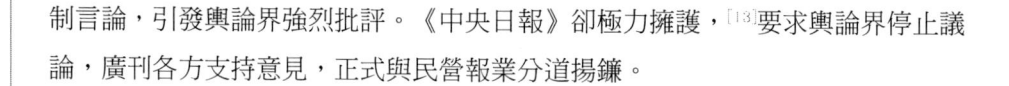

制言論，引發輿論界強烈批評。《中央日報》卻極力擁護，[13]要求輿論界停止議論，廣刊各方支持意見，正式與民營報業分道揚鑣。

「中央」vs「日報」

　　《中央日報》內容漸趨保守，趕跑了不少讀者，特別是基層民眾，連蔣經國都批評地方上買不到《中央日報》。1964年，《中央日報》社長曹聖芬到陽明山受訓，蔣介石問他為什麼最近《中央日報》的社論不太有力量？曹聖芬委婉地表示，由於情形比較複雜，《中央日報》說話顧慮比較多，在新聞上多有自我設限。[14]

　　曹聖芬的回答表明，作為侍從報業的《中央日報》，其作為空間極為有限。事實上，自從創辦以來，如何經營《中央日報》，向來有兩派意見：一派認為，《中央日報》的任務在宣揚黨的政策與作為，不在乎賠錢賺錢；另一派則以做生意標準來要求《中央日報》，賠多不如關門，主張在宣揚黨的方針政策的同時，應按照新聞規律辦事。前一派意見多出自黨內大老，後一派意見主要出自《中央日報》管理部門。[15]兩派意見的分歧，實際上是將《中央日報》辦成「先中央、後日報」，還是「先日報、後中央」的不同，也就是將《中央日報》僅僅作為宣傳機構，還是將它既作為宣傳機構又當成新聞機構的區別。報禁政策的實行，使得前一派意見成為主流意見，屬於後一派意見的馬星野等人，注定要被掃開。曹聖芬所說的《中央日報》「自我設限」乃是迫不得已。

　　雖是迫不得已，也只能有苦難言。曹聖芬不像馬星野有自己的想法，而是盡力將《中央日報》辦成領袖個人的報紙，可是這樣一來，受眾必然不滿意。《中央日報》報紙打不開局面，蔣介石將目光投向另一份黨報《中華日報》，希望後者能有所作為。

　　1964年9月，第四組主任謝然之通知楚崧秋：「總裁要你接辦《中華日報》，而且應該早日接事。」楚崧秋自然明白，黨報如果還像以往一樣，拿政策和政令填版面，讀者終將掉頭而去。作為黨員，他忠於領袖；作為報人，心中的榜樣卻是普利策。奉命執掌《中華日報》後，楚崧秋便仿照《紐約時報》和普利策的新聞理

念，為該報擬定「新聞第一，言論第一」的方針。不過，他也深知，要真正按新聞原則辦黨報，無論是黨報的傳統習氣，還是黨內的人情面子，可能都不容許。就連忠勤敦厚的總編輯也疑慮重重。楚崧秋不得不反覆向他提示：「新聞取捨，只要不背原則，不可太保守，登我們所應該當登的，去我們所不得不去的。」對於採編人員，他也不斷給予鼓勵：「大膽地寫，大膽地編。」

所謂「登我們所應該當登的，去我們所不得不去的」，顯然還是有所顧慮，而且其「該當」與「不得不」的含義模糊，難以拿捏，只會使人寧可保守地「自我設限」。楚崧秋卻主張「不可太保守」，固然表現他的個人膽略，但根本原因還在於他本人乃是蔣介石的心腹，能深切領會主人的意圖。說到底，無論是曹聖芬的「自我設限」，還是楚崧秋的「不可太保守」，無非是在不同時期不同環境下，蔣介石對於《中央日報》《中華日報》有著不同的期許，從而給予不同的作為空間，並委派不同的侍從藉以達成其旨意。

因為經營《中華日報》有所建樹，1972年10月，楚崧秋奉命出任《中央日報》社長。此時，蔣經國已逐步執掌政權，讓自己的親信出任此職，可見《中央日報》在他心中的地位，並不比在蔣介石心中的地位輕。1973年4月2日，蔣經國約見《中央日報》主要負責人，包括社長、副社長、總主筆等人，就新聞言論等方針，親自下達指示。蔣經國雖然沒有要求將《中央日報》辦成代表他個人的報紙，但反覆強調「國家的前途，與《中央日報》的前途完全一致」。他要求《中央日報》本著「孤臣孽子」的心情，不計眼前一時的利鈍，發揮「擇善而固執」的精神，除了與當局的施政配合之外，更要作積極的建議和報導。從重大政策，到一般性小事，《中央日報》可以先與有關部門聯繫，作成建議，當局隨時採取行動。當局借報紙改進政策制定與執行的效率，報紙則借當局權威增加自身的地位與影響力。

本著「孤臣孽子」的心情，為「黨國」服務，這是領袖對於《中央日報》的期望。根據蔣經國指示，結合經營《中華日報》的經驗，楚崧秋將《中央日報》的使命概括為：

> 本黨政策的前驅和後衛，而不僅是信徒；政府施政的諫士和諍友，而不僅是護使；社會大眾的良師和益伴，而不僅是工匠。

楚崧秋深深懂得，《中央日報》在爭新聞、搶鏡頭、論時政、探問題各方面，不免受到若干侷限，需要自我設限，但決不可以此作為憚於採訪、怯於論事的藉口。像馬星野一樣，楚崧秋主張報業是一種現代企業，必須面對市場競爭，回應時代新衝擊，包括科技進步、經營觀點和不同媒體的挑戰等等，審慎把握「國內」辦報環境，方能完成蔣經國交達的使命。[16]

　　擔任《中央日報》社長五年時間，楚崧秋繼續以「新聞第一，言論第一」方針，改革言論報導，取得了一定成效。1978年，楚氏轉任文工會主任委員，依然以國民黨發言人的立場自期，「做好一個守分寸、講事實的代言人、辯護人，一個政策的執行者」。任職不久，臺灣相繼發生了增額「中央民代」選舉、臺美斷交、美麗島等重大事件。面對棘手而複雜的局面，楚氏堅守「絕對不能以新聞自由為藉口而犧牲『國家安全』這個至高無上的原則」，努力「在宣揚政策與新聞言論自由之間，兼籌並顧」，其開明作風廣受好評。[17]在致信蔣經國時，他如此訴說自己的心曲：

> 平日為何要去接觸那些被視為問題的人，為何要去做些吃力不討好的事，為何要去碰若干二、三十年被認定難解的結，一言以蔽之，此時此地，受良心的驅策，為了黨國的利益，不應作鄉愿，不容只求無過。

　　進入1980年代，臺灣的經濟、社會和政治面貌發生巨變，國民黨威權統治已日漸呈現出拙於應對的僵硬之態，《中央日報》的言論報導也倍顯呆板，在受眾眼裡彷彿成了一條恐龍。1987年，楚崧秋再度受命執掌《中央日報》。多年以後，他猶清晰記得蔣經國當時命他上任的情景：「以他疲憊而微弱的聲音對我說：『你要好好去挽救這個報紙』。」此時的蔣經國已不再是強人，他的聲音疲憊而微弱，也像徵著國民黨的威權不再強大了。

　　經濟起飛，教育進步，民情大變，開放的空氣逐漸形成。報禁即將解除，擴張指日可待。作為執政黨的喉舌，《中央日報》將如何執機制變，引人關注。臨危授命的楚崧秋，心情相當沉重，苦心孤詣地提出了經營《中央日報》的三個方針：「有黨性而無官氣」，「守原則而重內容」，「求利潤而貴報格」。楚崧秋明白，經營了60年的《中央日報》是一份黨報，如果不能面對現實，順應潮流，迎頭趕

上，必然會落伍，為大眾輕忽或背棄。[18]然而，新潮流卻是要掀翻威權統治，要淹沒威權體制的。皮之不存，毛將焉附。雖然楚崧秋拼盡全力，這一次，他再也無法完成主人的囑託，依託於威權體制的《中央日報》，最終還是被時代潮流拋棄。

《中央日報》的消逝

《中央日報》1928年在上海創刊時，國民黨元老吳敬恆專門題寫《祝詞》，要求該報以孫中山思想為指導——「非總理之政制，不必自造政制；非總理之主張，不必自造主張」。[19]1928年6月9日，國民黨中央常務委員會會議透過《設置黨報條例草案》《指導黨報條例》《補助黨報條例》等條例，要求國民黨中央及各級黨部黨報，「須絕對站在本黨的立場」，「須以本黨主義及政策為最高原則」，「須完全服從所屬各級別黨部之命令」。[20]

作為黨的喉舌，黨營新聞事業宣傳本黨主義，本來無可厚非。但是，北伐成功後，國民黨由在野黨變為執政黨，各級機關黨報也由一般的政黨報刊轉而帶有官報色彩，其主義宣傳也沾染了濃重的官腔官調，甚至「官」的成分漸漸超過「報」的成分，對讀者自然缺少吸引力。《中央日報》的影響力，因此遠遠不及《大公報》《申報》等民營報刊。

為改進本黨宣傳，1931年11月，國民黨重新擬定新形勢下的宣傳方略，決定將黨營通訊社、廣播電臺等文化宣傳機構，由宣傳部劃出，成為獨立機構，直屬常務委員會，由此開啟國民黨黨營新聞事業的「經營企業化」時代。[21]

在這種背景下，《中央日報》遷出中宣部，實行社長負責制，並進行企業化改組。1932年春，新聞才子程滄波被委以重任，出任《中央日報》首任社長。程滄波曾任《時事新報》主筆，理想宏大，有志成為中國的李普曼。[22]上任之初，程滄波第一件事便是籌借款項，給三個月未領薪資的員工發放薪資。當時的輿論環境，國民黨正處於內外交逼的情勢之中，其「攘外必先安內」的政策被輿論譏諷為勇於內戰怯於外鬥。為這一政策辯護的《中央日報》也被社會輕侮。程滄波懂得，要使《中央日報》真正成為輿論領導，決不能依賴政治力量，必須先把報紙辦好。為此

他特別寫信向張季鸞請教辦法。張季鸞回信說：「辦報還是新聞第一，報紙版面應多登載一些新聞。」[23]多登載一些新聞，言外之意，就是少登載一些宣傳；也就是多一點「日報」，少一點「中央」。如何彌合「中央」與「日報」的關係，程滄波迎難而上，親自撰寫了《敬告讀者》社論，提出《中央日報》言論方針。社論說：

> 中央日報在系統上為黨的報紙，是其職守，應為黨之主義言，為黨的創建者之遺教言，故發揚黨義與闡明遺教，允稱本報使命之一。然而本報言論上與黨之關係，僅止於此。所謂僅止於此者，本報所辨揚者為整個黨與黨之主義，而非黨內之任何機關與黨內任何之個人。本報不諱為本黨主義之辯護人，而決不作黨內機關或黨內個人之辯護人。黨內機關或黨內個人之行為，苟其違反黨之主義，本報憑其職責，不僅不能為之辯護，且將儘量予以批評，不僅本報予以批評，且將喚起全國之信仰主義者予以制裁。
>
> ……
>
> 依吾人之見，黨之利益與人民之利益，若合符節。換言之，人民利益即黨之利益，為人民利益而言，即為黨之利益而言。故本報為黨之喉舌，即為人民之喉舌。[24]

程滄波的論證邏輯可謂用心良苦：既然黨的利益與人民利益相一致，那麼，黨的喉舌自然也可以成為人民喉舌。換句話說，報紙對讀者負責，也就是對當局負責。這一提法看似巧妙，卻並沒有真正解決問題。「黨的利益即人民利益」，畢竟只是一種理想狀態，現實中卻是黨的利益與人民利益會發生矛盾。對於兩者的矛盾，黨治理論主張以黨的利益取代人民利益，程滄波卻試圖以人民利益為重。這種主張與蔣介石視《中央日報》為他個人代表的理念必然衝突。程滄波此後被迫辭職，根由或在此。

抗戰勝利後，《中央日報》從重慶返遷南京，蔣介石任命馬星野為社長。總編輯李荊蓀、副總編輯兼採訪部主任陸鏗等人，均畢業於中央政治學校新聞系，是馬星野的學生。報社總主筆則由中央宣傳部副部長陶希聖兼任。對於《中央日報》的方針，陶希聖認為，報紙既是黨的機關報，當然要以站穩黨的立場為第一要務，也就是「先中央、後日報」。陸鏗等人則認為，報紙如果沒有人看，「中央」立場站得再穩也沒用，主張「先日報、後中央」。學生們的主張深得馬星野讚許，陶希聖也得罪不起，他所能做的只是在學生們和陶公之間、在黨性與新聞性之間求得一種

平衡：報紙言論完全由陶希聖負責，新聞上則放手讓學生們去做——《中央日報》因此有過一個「新聞報導幾乎沒有禁忌」的時期。

在黨報體制下，「先日報、後中央」，在特殊時期遇上特殊總編，是可能出現的，但結局只能是曇花一現。隨著威權統治在臺灣的確立，馬星野不再擔任《中央日報》社長。事隔半個世紀後，1990年，《中央日報》董事長楚崧秋曾請教陸鏗：怎樣才能辦好《中央日報》？陸鏗還是答以「先日報、後中央」的所謂「南京經驗」。[25]

世易時移。在辦報理念上，楚崧秋與馬星野或有相通之處，但是，《中央日報》卻不再可能出現半個世紀前的輝煌。想當年，馬星野創辦政治學校新聞系，親自為新聞系寫了熱情洋溢的系歌：「新聞記者責任重，立德立言更立功，微言大義春秋筆，誓為民族最前鋒。」半個世紀後，《中央日報》不僅不再是民族的最前鋒，而且已然變成時代的恐龍。邁入老年的馬星野，每天看報紙、電視以及各形各色的雜誌，文化界的種種表現，讓他感到萬分痛心：

> 我們有一些文學家藝術家，男的不做陸游，女的不做李清照，更談不到怒髮衝冠的岳武穆，擊鼓長江的梁紅玉。我們把臺北當作紙醉金迷的上海，直把杭州作汴州。我們有很多柳永型的頹廢派文學作家，柳永的人生觀是『漫把浮生，付於短斟低唱』。醇酒與美人，是南宋偏安時代文學家們的追求目的，但是柳永之流，比起我們少數的文學家藝術家，是小巫見大巫了。大家看不起舊文化、舊文學、舊戲劇、舊繪畫，而向美國的好萊塢、百老匯、花花公子、瑪麗蓮夢露靠攏。我們大報或小報的副刊，一味向刺激、男女、劍俠、妖姬的方向努力。[26]

「漫把浮生，付於短斟低唱」，黨營媒體只能無可阻擋地走向衰落，衰落到「連國民黨都不支持自己的黨報」。遇有重大事件發生，《中央日報》《臺灣新生報》等黨公營報紙的總編輯，就會用固定電話串通，商討用哪條新聞當頭條，哪條當二條，大家協調一致，以免惹事。如果記者採寫了當局還沒有發佈的獨家新聞，總編輯會讓記者放棄。曾任《中華日報》副社長的黃肇珩回憶說，每次「內閣」改組前，記者都會大猜人事變動，民營報紙常常因此大賣。可是，這種「猜謎遊戲」對黨營媒體卻是一種禁忌。有一次國民黨中常會透過重要人事案，文工會直接提供給《聯合報》和《中國時報》，本是希望兩大報不再要亂猜。第二天，兩大報一版頭條同時刊出，內容完全相同，有新聞有圖片，只差一個字，像正式公佈的人事

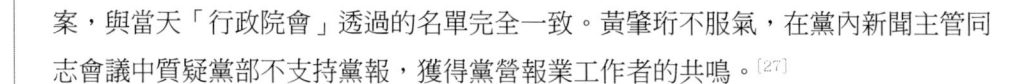

案，與當天「行政院會」透過的名單完全一致。黃肇珩不服氣，在黨內新聞主管同志會議中質疑黨部不支持黨報，獲得黨營報業工作者的共鳴。[27]

黨營媒體的這種委屈，其來有自。作為國民黨機關報和最高總裁喉舌的《中央日報》，委屈尤甚。其新聞言論尺度十分有限，不像中央社有獨家發佈中央重大消息的權力，卻有不得泄漏中央機密的義務。[28]同一消息，其他各報也許可以發表，《中央日報》卻獨獨不能發表。社論則多半出自黨報社論委員會。雖然《中央日報》的主持人大都是該委員會委員，但其領導人卻是中宣部長或黨內主管宣傳的高級官員。報社主筆在民辦報紙地位很高，被尊為論壇祭酒，但在黨營報紙中只是個御用角色，被戲稱為傳聲筒、[29]打字機。[30]黨報工作者不得不時常面對記者與黨員的角色衝突，專業理想與機關報使命之間的衝突。偶爾記者天職戰勝黨員忠誠，必然引起軒然大波。《中央日報》注定難逃「先中央、後日報」的宿命。

有心辦報，無力回天。1991年6月19日，楚崧秋依例自請退休。回顧自己一生，跟隨兩蔣，服務於國民黨的宣傳事業，楚崧秋坦承辦公家媒體不太可能全照自己的想法去做。讓他感到問心無愧的是，無論如何，總算努力守住一個讀書人的分際與骨氣。[31]

報禁開放後，黨公營報紙失去了原有的政策性保護，開始面對讀者和市場的選擇。辦報方針由過去的領袖導向變為市場導向。1988年元旦報禁解除當天起，《中央日報》增加為6大張。此後，不斷調整報紙定位與版面設置，從家庭報、文教報到質報，但始終難以擺脫過去色彩。1988年6月20日，臺灣省政府宣布，鄰里社區負責人可以自主決定是否訂閱《中央日報》，該報市場占有率從前一年的7.2%陡降至3.2%，由80年代初的50萬份掉到10萬份，再掉到只有3萬份，而且主要是機關單位訂閱。1996年6月，時任臺北市長的陳水扁下令市府各機關學校，不得訂閱《中央日報》，也不得在該報刊登廣告，又使得該報的機關讀者群嚴重流失。《中央日報》不得不裁員減負，由最多時1000多人，減至700人、400人、300人、120人，到停刊前，該報與《中華日報》兩家合併總計只有70人。高級採編人員大多跳槽，轉往其他媒體或高校。[32]在臺南農貿市場上，《中央日報》居然被以噸計賣作包裝紙用。

發行和廣告嚴重下滑,《中央日報》虧損巨大,截至2006年4月,累積已達新臺幣8.14億餘元,平均每月虧損約844萬元,令國民黨無力負擔。臺灣社會又不斷呼籲黨政軍退出媒體。在財政和輿論的雙重壓力下,2006年5月24日,國民黨中常會透過《中央日報社股份有限公司股權處分案》,停止挹注每年新臺幣9000萬元的補助經費。5月31日,《中央日報》出版最後一期,當日報紙編號為28356號。雖然頭版刊載《期待再相會》,宣稱6月1日起只是暫時停刊,但是直到9月,該報才以「網路報」的形式與受眾「再相會」。作為實體報,《中央日報》事實上已經永久停刊。[33]有學者評論說,《中央日報》是過去的時代的尾巴,現在終於被切除了。

第二節　兩大報系的崛起

侍從報業

如前所述,國民黨在臺灣的威權統治,採取了一手舞大棒、一手扔胡蘿蔔的雙面新聞統制策略。棒子砸向不聽命或拒絕被收編的媒體,對於服從與侍奉的媒體則給予扶持獎勵。威逼利誘之下,除了極少數例外,此時期絕大多數臺灣媒體都成為輔助當局或依賴當局的言論工具,也就是所謂侍從報業。根據林麗雲的經典定義,侍從報業:

> 並不是自由報業,而是受到國家威權主義的控制,並與統治者發展出「保護主與侍從」的關係……以報業作為侍從的角色而言,他們的政治邏輯是要符合官方的要求,以爭取更多的好處,他們的商業邏輯是要迎合市場的口味,以爭取利潤。在臺灣的政治變遷中,報業必須迫於現實,平衡政治與經濟邏輯,有時甚至要悖離侍從的角色。[34]

侍從報業從保護者獲得的好處是享有不少特權,包括提供較好的印刷設備,較充分的資金、紙張和資訊,稅率優惠,[35]訂報費補助,[36]刊登當局廣告,[37]給予記者「乘車優惠」,[38]對報社員工的米、油、鹽等食品進行配給等等。[39]余紀忠、王惕吾兩位報業大亨更是被延攬進入國民黨中常委。本質上,無論是50年代《中央日報》等黨公營媒體一統天下,還是60年代後期開始的兩大報業王國霸權的確立,都是臺灣報禁政策特殊環境下的產物,是侍從者獲得的豐厚報酬。

95

儘管如此，侍從報業在報禁期間，也不是被動地完全苟且於生存，完全成為當局的應聲蟲。除了政治邏輯與商業邏輯的博弈，作為報人的專業理念和中國文人論政的傳統，同樣成為影響民營報業的重要因素。在與當局和受眾的複雜互動中，報禁期間的民營報業，特別是兩大報系，不斷因時而變，伺機而動，為推動社會進步和威權體制的改變作出了創造性貢獻。

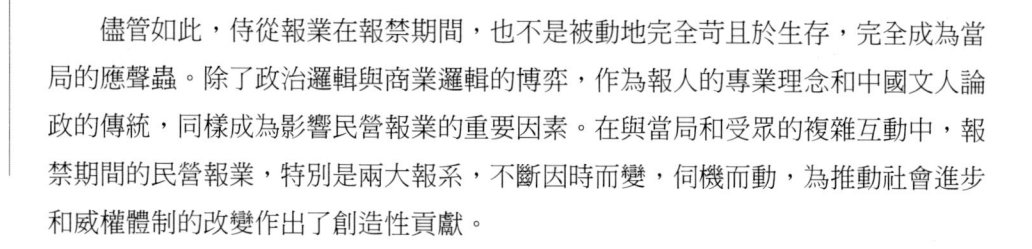

「立場明確的文教人士」

報禁解除後，臺灣報紙一年內就從31家猛增至100多家。然而，無論多少新報紙來勢兇猛，《聯合報》和《中國時報》壟斷報業市場的格局依然沒有改變，兩大報系在報禁期間確立的王國地位無法撼動。1989年，王惕吾宣稱聯合報系四大報發行量占據報業市場的52％，加上中時報系的三大報，兩大報系發行量超過臺灣報紙總發行量的80％以上。[40] 報禁時代，《聯合報》《中國時報》兩大報系號稱「兩大王國」，王惕吾被人稱為「報皇」，顯示了兩報在報禁時代的巨大影響力，是名副其實的大媒體。

報禁時代，與威權當局有良好互動，既是成為大媒體的必要條件，也是媒體生存的必要條件。威權政體掌控媒體最直接的方式，是透過掌控媒體所有權。31家報紙中，國民黨中央直接經營《中央日報》《中華日報》，臺灣省政府經營《臺灣新生報》《臺灣新聞報》，「國防部」經營《青年戰士報》（後改為《青年日報》）、《臺灣日報》等。[41] 當局以介入市場運作方式，有效影響媒體言論和報導，防止政治異議人士進入媒體，以達到宰制新聞、政治壓制的目的。所謂民營報紙，往往也與當局有良好關係。由於報紙主辦者必須為「立場明確的文教人士」，不少人出自蔣介石的護衛、秘書、學生、文宣人員，像王永濤、王惕吾、余紀忠等人（表10）。[42]

表10：報禁期間臺灣民營報業負責人背景[43]

報刊名	負責人	與國民黨的關係
聯合報	王惕吾	黃埔軍校學生，曾任官邸警衛團團長，蔣介石同鄉
中國時報	余紀忠	曾任職國民黨中宣部
大華晚報	耿修業	曾任《中央日報》總主筆、副總編輯
民族晚報	王永濤	曾任蔣介石警司團軍需處主任
更生日報	謝膺毅	曾任軍事委員會上校組長
自立晚報	李玉階	國民黨黨員，曾任「財政部」要員
英文中國日報	魏景蒙	曾任《中央日報》社長、「新聞局局長」
英文中國日報	羅學濂	曾任《中央日報》副總編輯
英文中國郵報	余夢燕	中央政治學校畢業，國民黨中央評議委員
公論報	李萬居	省議員
自立晚報	吳三連	省議員，台北市長
民眾日報	李瑞標	省市議員
台灣時報	王玉表	其兄王玉雲曾任高雄、台北市市長

兩大報系負責人，無疑是最典型的「立場明確的文教人士」。他們都出身軍職。王惕吾曾任總統府官邸警衛團團長，余紀忠擔任過政戰工作，是蔣經國的愛將。王惕吾喜稱自己是由職業軍人轉為報人，[44]他經營管理《聯合報》的許多理念，諸如重視組織、效率、強調整體力量等，確實帶有明顯的軍營風格。但是，作為軍人，最重要的品格乃是服從與忠誠。作為蔣介石的「子弟兵」，他效忠的對象無疑是蔣氏父子。[45]

像王惕吾一樣，余紀忠也有過很長的軍旅生涯。1932年，余紀忠畢業於南京中央大學。兩年後，到英國倫敦學院讀書。七七事變後，整裝回國，投入抗戰，被任命為中央軍校第七分校政治部副主任，兼任校刊《力行》月刊主編。抗戰後期，國民黨成立青年軍，他在蔣經國任主任的政治部任職。1946年，36歲的余紀忠先是奉蔣介石之命到東北負責與蘇聯接洽交接事宜，後轉任國民黨中央訓練委員會主任蔣經國的秘書。從大陸到臺灣，余紀忠和蔣經國有數十年交情。無論是關於輿論民情，還是遇有重大政策，他都是蔣經國經常諮商的對象。

國民黨退臺後，王惕吾和余紀忠棄武從文，創辦了各自的報紙。雙雙被選入專為培訓國民黨高級黨政人員而設的革命實踐研究院學習，接受蔣介石的親自訓導。

據查，在研究院期間撰寫的心得報告中，王惕吾表示：

> 余自軍校受訓及服務期間，均隨領袖左右，故受領袖偉大人格之感召特深，為人處世，無不以領袖人格為準繩。

論及創辦《民族報》的意圖，王惕吾則稱：

> 遵奉總裁訓示：吾人以復興民族為己任，竭盡所能創辦《民族報》（在臺北出版），誓以一息尚存之決心與共匪奮鬥到底，盡黨員一份子之責任，以報黨國。

有學者考證，《民族報》創辦之初，便擔負起促成下野的蔣介石到臺復行視事的使命。[46]

余紀忠的心得報告中同樣飽含了對領袖的深情：

> 自問亦為黨國幹部之一，目系耳聞，總裁之檢討自咎，聲聲入耳，芒刺在心，感動之餘，更不覺汗顏無地也。

年近40，余紀忠創辦《徵信新聞》，編輯部就設在竹棚裡，沒有檢排印刷設備。雖然只是一張四開油印報，其慘淡經營，固然是以言論報「國」，更是以言論報「黨國」。

從民營報到「民營黨報」

就像《中央日報》時時面臨「中央」與「日報」的內在衝突，王惕吾、余紀忠等人在向威權者表白忠心的同時，也不能不面對市場競爭。在威權與市場之間，王惕吾走的是「穩健務實路線」，[47]余紀忠則力求商業生存與政治生存的平衡。[48]

1950年元旦，王惕吾剛接辦《民族報》時，訂戶僅數百，發行量僅1000多份。[49]為了突破困境，王惕吾與《全民日報》的林頂立、《經濟時報》的範鶴言等人商議，集中人力物力聯合出版，獲得認同。1951年9月16日，《全民日報、民族報、經濟時報聯合版》發行，是為《聯合報》的濫觴。3位合夥人各自出資30000元，200令紙，輪流擔任董事長、發行人和社長職務，並約定「盈餘不分配」，用

於再投資。這種合夥方式，王惕吾自稱是「中國報業突破『文人辦報』形態，轉向企業化經營的一種髮軔」。[50]由於林頂立和範鶴言較少處理社務，王惕吾成為聯合版的實際負責人，也被稱作「《聯合報》精神的孕育者與維護者」。[51]

1950年秋，朝鮮戰爭爆發不久，余紀忠創辦《徵信新聞》，為四開油印報。最初的編輯部，是開封街一間小日式平房前的簡陋竹棚，冬天凍死人，夏天可以烤蕃薯。報紙內容以民生物價為主，第一天才賣了十幾份，後來因為物價報導得準，被稱為「鴨蛋報」。1961年1月1日改名《徵信新聞報》。1968年9月1日起更名為《中國時報》。

與黨公營報業相比，王惕吾、余紀忠等人主持的民營報在新聞與言論方面，更受讀者的歡迎，發行量也後來居上。1949年到1957年，當局支持的報紙的銷售量增長了58%，而私營報紙的發行量卻增加了560%。1959年9月16日，《聯合報》宣布發行量突破8萬，超越《中央日報》，成為臺灣第一大報。

民營報比黨公營報更受讀者歡迎，自然不受當局歡迎。1950年代，當局先後推動「文化清潔運動」，頒布「九項禁令」，用意明顯都在規範和控制民營報的言論報導。《聯合報》就公開呼籲，不要讓「文化清潔運動」成為別有用心者假借的利器與當局箝制議論的工具。1958年，國民黨提出修改「出版法」，黨公營報紙不敢說話，民營報紙群起反對，並醞釀發動請願，推余紀忠為首。《徵信新聞》接連發表了多篇社論，對當局做法提出強烈批評：

> 行政院秘密提請立法院修正出版法，正是扼殺新聞自由的一大步，因為此一修正案嚴厲束縛新聞自由，違反憲法基本精神，在立院又以秘密會議審議，足見其隱藏畏懼輿論的不可告人機謀。本報呼籲立委們審議本法必須謹守新聞自由原則。[52]

從3月28日，「行政院」以「密件」方式把「出版法修正草案」送達「立法院」請求審議，到最後蔣介石親自幹涉，強行秘密透過，在歷時83天的「立法」過程中，《聯合報》批評尤力，先後發表了11篇社論進行批評。[53]在社論《異哉！立委們的堅持成見》中，該報尖銳指出：

那些始終反對公開審議的立委，所以不說理而只舉手，另有他們的苦衷。因為他們明知公開審議之合法合理合情，沒有任何必須秘密審議的理由可以說出來，但同時又受了某種幕後的指示和約束，非反對公開審議不可，於是只有出諸不說理而只舉手的一途。

《從國家利益看出版法的修正》社論更是直接向蔣介石進言：

國家能否如眾人的願望蹶而復起，蔣先生正確的領導乃屬一個極重要的關鍵。但正確的領導有賴於正確的判斷，而正確的判斷又必須有真實的資料以為依據。元首資料的來源，一部分當然要靠他的僚屬，其另一部分則不能不期諸大眾的輿論。官方的報告，因自我利害，本位主義，和主觀認識每不免有所偏蔽與缺漏，甚至粉飾太平，則輿論的矯正乃為唯一獲致代表真相資料的法門，再透過我們這一位最高領導者睿敏的判斷，自就有其正確的領導產生。韓非子所謂兼聽則聰，該即指此。倘使照擬議中修正出版法的條文，執筆者怵於隨時得禍的恐懼，發行者害怕遲早有關門的一天，大家面對缺失不敢予以披露評議，則官方的報告便將成為領導者資以判斷的唯一憑依，這弊害危險是無待繁言的。何況，此時而求政局的穩定，政府必須有知機與預防的能力，如何發揮這一能耐，去壅塞以顯全貌，要為新聞界可以貢獻其心力的地方。只要新聞界隨時能知無不言言無不盡，則杜漸防微日新又新，政府才有其充分的根據與可能。這又是我們不能同意出版法修正條文以束縛聰明之另一原因。……我們所最擔心的還是，倘如這一出版修正條文不折不扣地獲得通過，大家從此怵於禍患而對眼見缺失緘口不言，而出現滿紙的頌揚好話，則鄉愿、官僚、矇蔽之風，將益無顧忌；而民情真相也將愈難上達於最高領導者，則中蝕內腐，有心人將益見其莫可如何了。

5月24日，「立法院」三委員會討論報業公會要求保護新聞自由請願案。次日，《聯合報》頭版新聞予以報導。28日，《聯合報》頭版報導了胡適反對修正「出版法」的態度。6月3日，臺灣省臨時議會透過「建議立法院慎重審議以昭公允」案，《聯合報》頭版予以報導。6月5日，「立法院」三委員會不顧報業公會的請願，開快車透過「出版法修正案」。6月6日，《聯合報》發表社論《立法院何以自立》，表示強烈抗議：

這一次對報業公會請願案的決議，既未經充分辯論，又違反議事規則付表決，更不惜擅造決議，進而舉手成城之下予以追認。其毀法亂紀，至於斯極，已非復上次決議可相提並論，此所以我們已不欲再為我們新聞界請願權利之被扼殺一事悲，而要為整個國家民主前途的晦暗前途，失聲痛哭也。

「立法院」二讀透過「出版法修正案」後，《聯合報》發表《論團結之道》。社論說：

> 出版法的風波，鬧到今天……我們所最不能瞭解的，為什麼當局一定要拿這麼一個嚴重問題來考驗大家，僅僅為了如當局表面所宣布的「取締黃色」而把民主與團結這兩個寶貴的原則來犧牲？因為我們已經看到，修正案如竟透過，事實不僅損害民主，並且同時也損害了團結。民主與進步，是海內外人民所一致熱愛的兩大理想。如果說，政府措施都能與這兩個理想相符合，則用不到任何特殊的努力，就自然而然可以達成廣大的團結。如果說，政府措施統統都與民主與進步的理想相違反，那就不僅是在製造反對，甚至是在強迫人們非反對不可，因為人們終有一天會感覺到，不能為了團結而把一切值得珍貴的東西都全部放棄。團結之道應該是非常簡單的。一切事都做得合乎天理，順乎人心，就自然會贏得普遍的支持與擁護，用不到去疏導，用不到去發動，更用不到去施行壓力。如果一切都要強而後可，則即使做到形式上的團結，那種團結也發揮不出真正的力量來。

6月20日，「出版法修正案」透過後，《聯合報》社論明確表示：「政府之抹殺一般輿論的存在自蔽聰明，勢將影響在人民心目中的評價，其遭受損害的，將不是我們幾家『私家報紙』，而是整個政府。」《徵信新聞報》的評論表達了同樣的意思：「我們痛感於損害新聞自由的成分少，而痛感於政府及立法尊嚴受損者多。」

民營報業對於修改「出版法」的強烈反對，使當局大為不滿。「行政院長」陳誠、「副院長」黃少谷均找余紀忠溝通，余紀忠始終不願讓步。國民黨中常會上，陳誠甚至說：「像余紀忠這類人，都該送到綠島去。」蔣介石約見五位國民黨籍報紙負責人時，王惕吾也宣稱病重住院。據王惕吾本人回憶，當天晚上，他就回到報社，親自主持編輯會議，對各級主管表示：「我有一天不在的話，就組織管理委員會，由總編輯當召集人，繼續我的理念，聯合報永續奮鬥。」他還發下調查表給員工，結果八成五的人支持他。[54]

反對修改「出版法」，是報禁期間民營報業與政治權力間的第一次較大的角力，結果以民營報業的失敗告終。1960年，發生了《自由中國》和雷震案，引發民營報業與威權統治之間的又一次角力。

1960年9月6日，雷震被捕第二天，《聯合報》就發表社論《我們對雷震案的看法》，率先打破新聞界的噤若寒蟬，表示「超然公正人士自有定評」。9月7日，《徵信新聞報》也發表社論，呼籲當局「應以事實來證明處理本案所懸的原則，並表示政府有保障人民依法享有自由之決心與信念」。雷震案宣判前一天，《聯合

報》又以迂迴方式引述胡適認為雷震案判決有欠公平的話，以示聲援。為此，時任「調查局局長」沈之岳曾受蔣經國之命到王惕吾家勸說，[55]並下令軍方機構禁止訂閱《聯合報》，該報因此遭遇了第一次「退報運動」。「出版法修改案」過程中，蔣介石曾對新聞界有過威脅暗示，雷震案中當局又主導了《聯合報》「退報運動」，重壓之下，民營報爭取新聞自由的鬥爭不得不有所收斂。與此同時，進入60年代，國民黨開始面臨新的危機，也不得不轉而對民營報實行更多的籠絡。威權和侍從之間的關係由此發生了微妙變化。一方面，兩家主要報紙負責人從此經常被邀請參加新聞工作會談，恭聽領袖訓示；另一方面，對於表示馴服的報業，當局也轉而給予更多的示惠。

1963年9月，蔣介石同意王惕吾訪美，聯合報系之後遇到狀況，也一次次化險為夷。1967年當局同意《聯合報》購買《公論報》，改辦財經專業報《經濟日報》。1972年，當局給予《聯合報》無息貸款，以助其度過經濟危機。1978年，又準其購買《華報》，此後改名為《民生報》。此外，《聯合報》還獲準發行《美洲世界日報》，為國民黨作海外宣傳。同樣，《中國時報》獲準購買《大眾日報》，改為以經濟事務為主體的《工商日報》。同年，蔣經國召見余紀忠，希望他到美國辦報。1982年9月1日，《美洲中國時報》創刊。

在國民黨的大棒子和胡蘿蔔的雙重政策下，《聯合報》《中國時報》謹守報導和言論邊界，以服務於威權統治的意識形態換取當局支持，逐漸取得臺灣報業的壟斷地位。當局同意兩大報將報紙張數由兩大張半增至三大張，並允許其發行十個以上的地方版，兩大報乘機進軍全臺報業市場，擠壓了其他報業的生存空間。《中國時報》《聯合報》的發行量分別於1979年、1980年突破100萬份。1987年，兩報皆自稱發行量為150萬份。兩家合計，占了當年臺灣報紙總發行量為370萬份的近80%。1986年，全島報紙廣告收入為兩億美元，兩家占了其中的70%以上。報業收入愈豐，言論膽子愈小。1979年，蔣經國親自提名余紀忠、王惕吾，雙雙進入國民黨核心中常委。

由此可見，兩大報系在1960年代後期以降，在報業競爭中迅速崛起，乃是與威權體制不斷互動的結果。在此過程中，兩報從與黨公營報業艱難競爭，到逐漸取代

黨公營報業功能，配合當局輿論導向，成為國民黨發聲的重要出口，尤其是兩位老闆進入國民黨決策核心後，兩報也逐漸由民營報業轉變為「民營黨報」，[56]甚至被稱為「黨國媒體」。[57]換句話說，所謂民營報業，也就成了當局借政治和市場雙重運作，防止政治異議人士進入言論市場，達到宰制新聞、政治壓制目的的侍從報業。

「把握時代與社會的兩重脈動」

如果說報禁政策下威權者的保護，是侍從報業得以發展壯大的主要原因，那麼，《中央日報》等黨公營報刊有理由比一般民營報業獲得更大成功。可事實上，經過60年代的發展，《聯合報》《中國時報》等民營報業後來居上，市場占有率和輿論影響力均逐漸超過黨公營報業，並取得壟斷地位。可見，當局示惠報業，只是侍從報業發展的必要條件，而兩大報業王國的異軍突起，除了王惕吾、余紀忠與兩蔣的特殊關係，其內在原因還在於兩報能把握戰後臺灣的政經脈絡與媒體環境，順應時代，作出成功應對。王惕吾總結自己的辦報與經營方式就是：把握時代與社會的兩重脈動；[58]余紀忠辦報的特質，同樣表現為對時代潮流敏銳無比的掌握力。[59]

《聯合報》創刊40週年紀念時，王惕吾回顧過去的歷程，如此總結民營報紙企業化發展的「聯合報經驗」：就內容取向而言，《聯合報》初期走社會大眾新聞路線，也就是走入社會基層，走出都市，探索社會脈動，把握民眾意向。其後，隨著社會多元化變遷，價值觀念變化，《聯合報》在內容上不斷配合與適應，而作出必要革新，特別是1983年將第3版改為現代生活版，「尤其是把握時代與社會脈動的又一次『拓邊』」。[60]

1951年《聯合報》創刊之初，臺灣平均國民所得，按當年價格計算為新臺幣1275元，其中用於購買食品消費占56%。當時報紙銷售僅限於少數較大的都市。《民族報》與《經濟時報》《全民日報》三報單獨發行均不超過1萬份，廣告收入每月都在3萬元以下。三報聯合版發行第二年，臺灣工農業生產恢復到戰前最高水平，當局開始實施第一期四年經濟建設計劃，同時實施農地改革，使耕者有其田，全省自耕農由124000餘戶增至693000戶。原本凍結於土地上的6億多新臺幣資本，

由此轉向工業建設，農民生活大為改善。國民所得年增長率，按當年幣值計算達到12.6%。60年代，陸續推行第三、第四期經建計劃。為突破「國內」市場限制，鼓勵出口導向型經濟，帶動經濟快速成長。媒體廣告量每年以21%的速度增長，其中一半流向報紙。70年代到80年代，更是臺灣新聞的擴張期。那時候有一句俗語：辦報紙跟辦印鈔廠一模一樣。[61]

與此同時，臺灣民眾適齡兒童就學率和識字率也不斷提升。1953年，臺灣適齡兒童就學率就已達90%以上。文盲人口率1950年為44%，1967年降為19.5%，1970年降為6.1%；報刊需求率也相應由1950年的340萬份，上升為1967年的880萬份，1970年更升至1020萬份。訂閱一份報紙的費用，則由1953年占總收入的10.8%，降至1971年的4.1%。[62]從1951年至1958年，《聯合報》發行量由12000多份增加到70000多份，廣告收入由145萬元增加到542萬元，報社員工由150人增至259人。到60年代末，發行量猛增至40多萬份，廣告升至7800萬，員工擴充至1000多位。1976年，發行量突破60萬份，1980年達到100萬份。[63]

雖然發行量劇增，但是，由於報禁限張政策，許多新聞不得不刪略或放棄；許多有價值的文章不能不割愛；許多各行各業的廣告被延擱，甚至刊登不出來。為了適應工商界刊登廣告的需要，各報不得不改用換版的方法以儘量容納。有時，商業廣告在週末必須換4次版，分類小廣告必須換6次版，仍不免有許多廣告受到擠壓不能及時刊出。《聯合報》為此還多方擴增報紙欄數，以求增加新聞刊登量，最後被迫採取縮小字體的方法。此外，力求新聞精寫精編，不斷改版，做到「條條精彩，版版權威」，並儘可能增闢地方版。忠孝東路時代，《聯合報》的地方版多達19版，使聯合報的篇幅由形式上的3大張，增加為實質上的10張上下。[64]

余紀忠也以自己的方式順應社會經濟發展，不斷壯大《中國時報》。他是亞洲率先推出彩色印刷報紙的人。1968年3月，余紀忠不顧眾人阻攔，大膽將辦報多年的盈餘全部用於訂購最新型的照相製版彩色輪轉機。《徵信新聞報》改為彩色印刷當天下午，老報人歐陽醇到報社道賀，但第二天只有副刊半張彩印，因為彩印成本太高，歐陽醇深感余紀忠創業精神可佩，卻也慨嘆不如將購買機器的巨資用於培植人才。[65]同年9月1日，《徵信新聞報》更名為《中國時報》。1970年代，臺灣雜誌

數量不多,平均每百戶訂不到十份雜誌。當時報紙只準出三大張,資訊承載非常有限,余紀忠決定辦一本「最大的雜誌」。他堅信,臺灣的經濟成長及教育已經累積了相當能量,民眾對休閒娛樂等訊息的需求增加,足以支撐一份娛樂性強的綜合性週刊。1978年3月5日,《時報週刊》創刊。

60年代臺灣經濟起飛無疑是兩大報系崛起的根本原因。然而,王惕吾、余紀忠兩位傑出報人能把握時代和社會脈動,在威權與市場之間求取平衡,其卓絕的報人品格與經營藝術乃是兩報稱王的決定性因素。[66]王惕吾晚年曾提出「正派報紙」的觀點。他說:

> 聯合報不是官報,而是民營報紙,這是基本的報紙立場。但是,我們不是左派,不是右派,也不是中立派,而是正派的民營報紙。正派的報紙也無所謂前進或保守。我們是正道的、正直的、正確的、正當的、正義的、正中的、正誼的報紙。[67]

余紀忠也有過類似表述:

> 個人可以隸屬不同的黨派,報紙則無黨派的歧別,報導本諸事實,評論一本是非,兩者均不涉黨派之私。

兩大報系均信奉中立客觀,固然繼承了文人辦報的傳統,但作為「民營黨報」,這些表述也不無標榜的成分。事實上,就像蔣介石會在不同時期會運用曹聖芬、楚崧秋等不同人物,在許多人看來,蔣經國對於兩大報系的運用也有異曲同工之處。兩大報系的競爭與矛盾,除了市場因素,當政者的操弄也是重要原因。早期的《聯合報》被認為擁有一定程度獨立性,1958年反對修改「出版法」便是體現。但是,1960年發生雷震/自由中國事件之後,《聯合報》逐漸採取保守立場,通常代表國民黨右翼的意見,有意向軍方和「國安」系統靠攏。與此同時,《中國時報》則採取了較為自由的立場,特別是處理「國內」政治和海峽兩岸關係的時候,代表著國民黨左翼的意見。[68]

「邊緣帶動中心,社會帶動政治」

為了順應受眾需求和市場發展,同時避免在意識形態上挑戰官方,《聯合報》

《中國時報》等民營報一直在尋找政治邏輯與商業邏輯的結合點，尋找新聞與言論的突破點。由於時政新聞較多禁忌，結果導致以往主流報刊中被置於邊緣地位的社會新聞，在報禁期間得到超乎尋常的發展，甚至成為報業競逐市場的主導產品。有的報紙幾乎自創刊開始，就肆無忌憚地在社會新聞上作最大渲染，在銷路上漸漸越過黨報。[69]

王惕吾自己也承認，走社會新聞路線，是《聯合報》所確立的一個新聞報導原則，也是該報大受歡迎的原因。不過，他同時強調，《聯合報》注重社會新聞，並不完全為了推廣銷路，而是該報走社會路線的必然做法。

王惕吾將《聯合報》走社會路線的新聞策略，比擬為美國報業史上的進步運動與扒糞新聞。他解釋說，社會存在許多問題，必須去正視它，提出來讓朝野重視，才能獲得正確合理的解決。《聯合報》報導社會新聞，是要揚善，但不能隱惡。暴露和揭發若干社會問題，是報紙應有的勇氣與責任。他深信，廣大讀者重視社會新聞，並不限於新聞本身，必然會引發大家對社會問題的重視。許多正確的進步的觀念由此得以形成和確立。他舉例說，譬如改善養女習俗，治安人員辦案時不可刑求，尊重人民隱私權等等，這些觀念都是經由社會新聞報導孕育產生的。此外，隨著社會經濟發展，教育普及，交通便利，人民生活水準提高，休閒時間增加，社會的構成也由少數士大夫階級為主體演變為廣大民眾的共同體。社會所發生的任何一件大事情，利害關切者日益增多，大家對社會事務的參與感也日益強烈。新聞事業必須有效地把握這些社會需要，適應大眾需要，「使新聞報導與民眾生活、與社會活動打成一片」，這才是《聯合報》的社會新聞路線。[70]

王惕吾從報業與社會互動的角度，對社會新聞作了與眾不同的解讀——將社會新聞與社會事務進行聯結。他將社會新聞理解為「社會需要的新聞」，並非完全為了消除一般受眾對於社會新聞的成見，替社會新聞披上一件有品位的外套，以答覆社會質疑，尤其是針對意識形態管理部門對社會新聞的指責，作必要的辯解。事實上，《聯合報》的社會新聞報導，確實在嘗試突破以往那種聳動獵奇式的報導方式，而注意挖掘新聞發生的社會背景，分析新聞背後的社會關係，探討新聞產生的社會影響，幫助讀者完整、理性地認知新聞事件。按照王惕吾理解的社會新聞理

念，凡是與大眾生活密切相關的，能引起讀者興趣的事物，只要不違背公眾利益、道德規範，無論揚善或揭惡，均為《聯合報》社會新聞報導的對象。[71]

走社會新聞路線的並非只有《聯合報》。事實上，報禁期間臺灣各報的版面上，每天都充斥了各種各樣的社會新聞。《聯合報》第三版基本是犯罪新聞。1964年，《聯合報》曾因為採訪影后林黛自殺新聞，發行量在短短一週內增加3萬份。[72] 據統計，1975年，兩大報各類新聞中，比重占前4位的，《聯合報》是社會新聞（社會事務公共資訊）、財經新聞、犯罪災禍新聞、體育新聞，《中國時報》為財經新聞、犯罪災禍新聞、社會新聞、政治新聞；到了1984年，《聯合報》變成是社會新聞、犯罪災禍、藝術影劇新聞、財經新聞，《中國時報》則是財經新聞、犯罪災禍新聞、社會新聞、科學文教。[73]

可見，社會新聞，既是報禁時期臺灣各報用以競爭的制勝法寶，也是兩大報系長期主打產品。如果遇上重大社會新聞事件，各報更是蜂擁而上，打得不可開交。堵公圳分屍案的報導就是著名的例子。

堵公圳分屍案發生在1961年2月26日，從案發次日到4月19日警備總部破案後兩日，連續52天當中，《聯合報》幾乎天天有報導，總計刊登了339則有關新聞，《徵信新聞》登了264則，《臺灣新生報》登了249則，連《中央日報》也登了232則。有關該案的新聞占各報版面的比重，日報最高為11%，晚報則占到18%。以當時全部新聞版面總量計，該案相關報導占到5%至18%強。[74] 對於此案的報導，各報不僅刊載版面多，而且紛紛派出強大的採訪人馬，在新聞爭奪中花樣百出。除了《自立晚報》較為謹慎，其他報紙均屢屢突破專業規範。記者或者喬裝刑警混入偵查指揮中心，或者在警方之前搶先「破案」，堪稱臺灣報業熱衷追逐社會新聞最「投入」的一次，也是臺灣報業渲染社會新聞的「經典之作」。[75] 警總宣布破案後，《自立晚報》曾發表社論總結報界在這次事件報導中的教訓。社論指出：

> 單純著眼於新聞的「新」、「速」，而忽略了求真求實，未顧及其深遠的影響，有時便會有違「負責的」報導的原則，無意中傷及無辜，鑄成足以內疚的錯誤。[76]

案件真相大白後，曾被各報指為犯罪嫌疑人的柳哲生將軍和家人，立即向臺北

地檢處提出訴訟,《聯合報》發行人王惕吾、社長範鶴言等三人被控犯有誹謗罪。最後經《自立晚報》和國民黨中央第四組出面協調,臺北市報業公會組織「道歉酒會」,王惕吾等人當面向當事人道歉,事件才告平息。

塯公圳案的新聞爭奪戰中,《聯合報》在採編力量和版面投入上,均拔得頭籌,王惕吾本人最後也被訴誹謗。但在王惕吾和《聯合報》看來,此案在報導方式上或有許多檢討之處,在根本點上卻沒有錯誤。因為記者對於該重要新聞的採訪是其神聖職責。該報社論說:

> 此次為了採訪分屍案新聞,記者沐風櫛雨、日以繼夜的奔馳追逐,與其說是新聞記者的多事,毋寧說這是新聞記者為了職責不得不如此。這與治安人員不眠不休的搜查人證物證而力求破案以盡職責是一樣的道理。[77]

對於如何報導社會新聞,特別是犯罪新聞,一般人都認為不必過於渲染。王惕吾對《聯合報》編輯記者的要求卻是,渲染不必,但報導必須翔實。他認為這有助於民眾對善惡、邪正、是非,獲得更清晰的辨識。在他看來,社會上發生了的事情,並不會因為掩飾不報或輕輕帶過,便可不再發生。因此,正當的方式是正視它,瞭解它的前因後果、背景與因素,才能避免類似事件發生,並且對讀者造成教育作用。讀者應該知道的真相,不單是犯罪行為本身,還要更深一層瞭解犯罪的背景,包括社會的、經濟的、教育的、家庭的種種因素。也就是說,讀者應該在社會新聞中認識社會,包括它的生機和它的症狀。對於塯公圳案的詳盡報導,目的不只是為了滿足讀者的好奇心,而且也引導著讀者去探索案發背後的社會問題。

如此看來,社會新聞,不僅僅是《聯合報》用來突破報禁政策下時政新聞受到限制的一種消極性的策略,[78]它也帶有報業積極與政經互動、推動社會進步的正面意義。因此,王惕吾賦予社會新聞以「革命」的意義。他從傳統「公報」的觀念出發,將社會新聞視為時代與社會脈動的反映,突破了一般人將報紙視為「刊載國內外大事」的狹義的媒介觀念。

王惕吾認為,所謂國內外大事,包括社會上發生的重大事情;但是,報紙對讀者的服務,至少不應該疏忽日常生活的身邊環境。他以歐美、日本的報業為例,社

會新聞往往成為報紙的頭條新聞，因為社會新聞與大眾生活關係最密切，對讀者具有最直接的影響。譬如，某個企業人物被綁票，是一條社會新聞，但對社會大眾而言，其重要性並不下於波斯灣危機。許多社會問題，如養女問題、青少年問題、犯罪問題、迷幻藥問題、偽藥問題、空氣與環境汙染問題、青果菜市場問題、食物防腐劑與過期食物問題、消費者利益保障問題、交通秩序問題、賣淫與色情問題、經濟犯罪問題等等，都是如此。

按照王惕吾「社會新聞的革命」的觀點，《聯合報》所報導的社會新聞，「不是社會現象的新聞，而是社會問題的新聞」；其報導方針，也就要突破舊上海灘一些小報刺探內幕的境界，而將社會問題、社會新聞、民眾活動提高到開放社會的境界，使讀者瞭解社會事務的前因後果，增加對善惡、邪正、是非的清晰辨識，並激發大眾的參與感，打破大眾對社會一片散沙的疏離狀態。[79]

由此，《聯合報》的社會新聞之路，也就變成為一條民生新聞之路，進而成為通向政治新聞之路。60年代以後，臺灣報紙的社會新聞報導，便開始面向大眾的教育娛樂等需求，擴大資訊服務，倡導科學、民主、法治、人權、開放、多元的新觀念，致力於促進臺灣民眾的現代化。[80]1983年8月10日，《聯合報》將原來刊登犯罪新聞的第三版改為「現代生活版」，題材轉往環保、教育、科技、人權等新方向。後來創辦《民生報》，王惕吾更是明確揭示「實踐民生主義、促進大眾福利、提高生活素質、倡導健康活動」的方針，希望《民生報》帶領讀者做現代化公民，過現代化生活。[81]

由社會走向民生，由民生走向公民，王惕吾的社會新聞果然具有「革命」的意義。可見，社會新聞一開始雖然是民營報業在報禁政策下不得已採取的一種策略，但是，當社會新聞的意涵被拓展為「社會問題的新聞」，社會新聞的報導，由講述事件到分析事件背後的政經脈絡，引導民眾認知社會現象，特別是引導民眾參與社會討論，甚至採取社會行動，此時的社會新聞已然由社會走向了政治。至此，「社會新聞的革命」——「以邊緣帶動中心，以社會帶動政治」，其意義也就完全呈現。

「社會新聞的革命」對於威權體制所可能產生的解構和衝擊作用，必然會引起當局警惕，防堵也隨之而來。事實上，早在1954年，當局推動「文化清潔運動」和「九項新聞禁例」，社會新聞便是「清」與「禁」的重點內容之一。瑠公圳案發生期間，國民黨中常會以社會、犯罪新聞為題，進行了專門討論。當年5月，第四組在中常會會議上提出的報告中，也特別批評了報紙對於犯罪新聞的報導：

> 查近年來本省報紙，基於純業務觀念，不惜誇張犯罪新聞，以迎合讀者心理，以致新聞報導，顯失平衡。瑠公圳分屍案發生後，繼之公路局及公車處舞弊案，各報競爭激烈，報導尤形混亂。流弊所及，不惟罔顧法律，累及無辜，使凡涉及案情之人，名譽信用，橫遭損害。且各報採訪不擇手段，治安當局，深遭困擾，幾致無法執行公務。且造成社會乖戾，供共匪利用為心戰之資料。[82]

此後，第四組專門提出《改善犯罪案件報導之新聞政策綱要》，要求主管機關嚴格依照「出版法」對相關新聞加強審查。同時，希望利用座談會、小組會議和個別晤談等方式，與新聞從業人員溝通觀念。新聞評議會成立後，社會新聞自然也成為「評議」的重點內容。但是，畢竟青山擋不住，社會的脈搏，時代的洪流，總以其不可遏止的力量，衝撞並淘汰掉妄圖阻攔的意圖。

從社會到政治

一般而言，社會新聞對促進一張報紙的銷路有極大貢獻，但一張報紙要想確立自己的權威和影響力，還得靠時政新聞。就這一意義言，社會新聞由社會走向政治，既是民營報業把握時代與社會雙重脈動的結果，也不無市場策略的考慮。從1950年代末開始，《聯合報》便由社會新聞為主，逐漸轉向社會新聞與政治新聞並重，最後樹立起政治新聞報導的權威性。

如果說，社會新聞路線是報禁政策下報人選擇的一條既保護報業存在，同時又發揮報業力量的路線，是一種避禍策略，[83]也是一種迂迴的進攻戰略。那麼，非社會新聞，特別是時政新聞報導，對於威權當局的刺激就更為直接，風險也更多，需要的勇氣與智慧也就更高。

早在1957年4月10日,《聯合報》社論揭「反共、民主、團結、進步」,作為該報新聞言論最高準繩時,就要求當局:「用民主憲政來爭取民心,以民主憲政實效來達成革命所懸的理想。」《聯合報》一再強調「政府固有許多可批評之處」,但是,「爭取民主不能用非民主的手段與方法」,力主維護和鞏固當局領導中心。在某種意義上,戒嚴時代《聯合報》的當局中心論,頗類似於抗戰時期《大公報》的國家中心論。兩者都將維護現當局作為其生存和立論的前提與基礎,而同時要求當局不斷求變求新,「必須在政治、經濟、外交、軍事、教育、文化各方面計日呈功」;並且向當局呼籲:「今天與其介懷於受到國內外什麼批評,不如以行動上的表現來贏取同情擁護。」[84]同樣,余紀忠主持《中國時報》,一方面,主張「爭自由與愛國家,幾乎是不可分割的兩項基本條件」,另一方面,又一再告誡同仁:「堅持新聞自由的理想抱負之外,對於整個時代趨向和國家處境,更應有明確的認知與關懷,才能對國家全民所關切的問題有周延的考慮和積極的貢獻。」總體上,還是將「國家」自由置於新聞自由之先,將政治邏輯置於商業邏輯之先,將生存置於發展之先。總之,在報禁政策下,兩大報系謹守「該爭取的必爭取,該配合的必配合,該適應的應適應」的原則;勉力而為者,乃在忠於黨國、服從當局的原則立場之下,儘量表現出適應客觀條件的彈性。[85]

進入70年代,臺灣威權統治面臨著來自內外兩方面交相作用的壓力。留美學生掀起的保釣運動對臺灣知識分子產生巨大衝擊,也開啟了他們對於戒嚴和威權統治的反思與批判,在這場被稱為臺灣的五四運動的引領下,新世代的臺灣大學生開始走出書齋和校園,深入到工廠農村,去做啟蒙工作。威權高壓下的臺灣社會開始出現初春大地般的鬆動。

在這一歷史時刻,才子詩人高信疆創辦了《中國時報》「人間」副刊。戒嚴時期,文網恢恢,主要是在政治領域。在非政治領域,報紙有較大的自主權。除了走社會新聞路線拓展市場,兩大報系還曾透過舉辦文學獎項,希望借此另立文化正典,提升自身地位。[86]高信疆在此基礎上,利用副刊題材較為安全的條件,大膽革新版面,全力嘗試改變傳統文人副刊的性質,將文藝副刊發展為文化副刊,將文人副刊提升為報人副刊,使副刊具有現代傳播的新思維,譬如新聞性、現實性、時間感和速度感等。比起「高式副刊」在版式上帶來的革命,高信疆的真正貢獻在於,

當時臺灣民間開始萌動許多呼聲，因為無法登上新聞版（正刊），他巧妙地借助副刊管道，為知識分子開闢一條言路，也為社會輿論搭建一個討論的平臺，大大增加了副刊的社會參與功能。[87]

高信疆曾先斬後奏，冒著被革職的可能，刊出李敖剛出獄後寫的《獨白下的傳統》。但是，他經營人間副刊的第一個創舉，則是開闢「海外專欄」，巧製議題，廣邀全球各地的華人學者、作家執筆，特別是在美國定居的臺灣學者，舉辦座談會、演講會，撰寫文章和評論。這些學者文章與以往副刊上的文學作品不同，大多面對臺灣社會問題，展開理性對話，兼具批判性和建設性。眾聲喧嘩中，既產生了一批意見領袖，更吸引了無數知識分子，人間副刊因此一度成為臺灣自由主義者的大本營。在戒嚴時代，高信疆以一己之力，為臺灣開展言論自由以及多元化所做出的貢獻，被公認為「紙上風雲第一人」。[88]

高信疆的人間副刊，加上瘂弦主持的聯合副刊，可以說是兩大報系繼社會新聞革命之後，開闢的另一條突破報禁的副刊革命之路。報禁前夕，兩大副刊透過專欄經營借題發揮，舉辦種種座談會、演講會，偷渡某些敏感議題，以適當縮短報紙言論與現實民意的距離，有限度地扮演起公共論壇的角色，發揮啟蒙及溝通的功能，為臺灣正在發生的社會巨變，在民眾心智上預作準備。有些欄目名稱，即能反映編者的用心，像「話題與觀念」，實際上為了啟蒙民智；「見仁見智」，則是將一個題目分成正反意見來對照，意在幫助讀者對某些社會現象作辯證思考。總之，是要讓讀者知道，時代在變，觀念和思考也應逐漸轉變。《聯合報》的黃年將這種工作視為「活化人心的使命」。[89]

最後的突破，也是最難的突破點，無疑在政治新聞。如果說副刊還可借題發揮，那麼時政新聞往往只能暗度陳倉。在名記者王健壯看來，一部戒嚴時代的新聞史，喜怒哀樂盡在曲筆中。名記者戎撫天在《聯合報》擔任政治記者時，曾以曲筆寫作著稱。他總結自己處理新聞的核心價值為：現場主義、平衡主義、存在才有力量、與人為善。存在才有力量，要存在，就不得不對某些敏感的報導或言論進行軟化或隱諱的處理。曲筆乃是一種無奈的新聞報導藝術。

曲筆之下，常常會「埋地雷」。為了讓某些敏感新聞順利透過警總和文工會的審查，記者們想方設法地玩文字遊戲，搞「偷渡」，偷渡成功則興奮不已。每一次犯禁成功，都意味著報導自由度又拓寬一點。戎撫天回憶說，他與《中國時報》的黨政記者，每天在競爭新聞之外，也形成了一種配合的默契，就是在新聞尺度上，這次他跨一點，下次我跨一點。大家不斷去試探，尋找新的界線，然後想辦法跨線。不斷試探，不斷跨越。慢慢地，新的領域就沖出來了。禁忌，就一步步打開了。在試探政治禁忌方面，兩報立場一致，也是國民黨在民主化問題上被迫讓步的重要原因。

　　1977年11月，發生中壢事件。[90]事發當晚，有關方面指示各報，一律不準報導。但是，有幾家國際通訊社駐臺北的記者冒險發出了電訊。第二天，「國外」報紙上刊登了有關新聞，形成了「外國媒體獨家，臺灣媒體獨漏」的奇特現象。《聯合報》因為沒有相關報導，居然引發一場退報運動。後來，派出所燒火了，《聯合報》說，燒火了，我不能不登，但《中央日報》到了半夜，上面還是叫不要登。有些民營報，尤其是《自立晚報》，反而在新聞處理上無所顧忌。結果是，《中央日報》不登，《中國時報》《聯合報》各登了一點，《自立晚報》登得大一點。[91]11月26日，事件發生後一星期，王惕吾頂住壓力，《聯合報》以三個整版篇幅完整報導了中壢事件。此後，在重大新聞報導上，各報不再遵守約定，紛紛觸線，以滿足讀者需求。中壢事件，因此成為臺灣報禁新聞史上的另一個分水嶺。它表明，威權當局再也無法壓制在經濟迅猛發展中業已產生的社會力量，無法制止他們參加政治活動。

　　1979年12月，發生美麗島事件。[92]事發第二天，《自立晚報》以《高雄市昨有嚴重暴戾事件　國辦集會不幸引起衝突　憲警由於奉命容忍　四十七人受輕重傷》為題，作了報導。雖然標題上做了掩飾性處理，比如「憲警由於奉命容忍　四十七人受輕重傷」，但所謂「揭露」報導，本身即是對事件的大膽傳播，已觸犯新聞戒律，卻並未遭到當局鎮壓。次年，《美麗島》案大審判時，臺灣各報均以大篇幅版面，完整報導法庭訊問及答辯過程，並忠實記錄相關被告及辯護律師的說辭，被論者視為自主性新聞場域的胎動。[93]

1970、80年代之交,是臺灣社會的關鍵時代,各報都在揣摩蔣經國的底線在哪裡。余紀忠、王惕吾兩人努力方向都一樣,但可能在方法、風格上有所差異。比較而言,余紀忠的《中國時報》更加開明一些。當時,《中國時報》記者化名在黨外雜誌寫文章,情治單位查出後,將名單交給余紀忠,對他提出警告;余紀忠通常是頂了下來,只是看情況交代記者小心點。1980年,《中國時報》專欄組主任王杏慶因報導林宅血案,治安當局要傳訊他進行調查,余紀忠認為此舉嚴重傷害新聞自由,面見蔣經國。蔣當時表示,「林案非破不可,任何線索都必須調查,沒有例外」。余紀忠力辯說:「新聞記者有忠實報導新聞的責任,而沒有為政府提供情報的義務。」在余紀忠的堅持下,事情最終有了轉機。

　　1984年10月,江南案爆發,[94]《美洲中國時報》詳細報導了案情,並刊載了陸鏗的分析文章。陸鏗認為,此案財殺、情殺的可能性都不大,有人認為此舉是影射為政府謀殺。此後,該報又由於對大陸運動員在洛杉磯奧運會上表現等的報導,被指為「為匪張目」、「掉進紅色的陷阱」,終於導致在申請匯款補助時被當局氣絕,當局要求他放棄言論權,否則封報,余紀忠選擇了後者。[95]

　　1986年9月28日,黨外人士在圓山飯店宣布組成民主進步黨。當時,臺灣政府雖已宣示開放黨禁,時程卻未敲定,此舉對當局構成挑戰。黨政部門緊急通知各報,要求對此新聞不予報導。但余紀忠考慮,此事件關係臺灣民主前途至巨,立即親自電告政黨決策人士,決定做忠實報導。第二天,《中國時報》用了九欄高的醒目標題和近千字的大塊篇幅作了報導,是全臺灣唯一詳細報導的媒體。謝長廷回憶說:「如果民進黨成立的消息被封鎖,那麼民進黨的歷史、臺灣民主化的歷史都可能會不一樣了。」第二天,《中國時報》又發表社論,明確表示:「黨禁必須要逐漸開放,而且,開放形勢業經形成,不可強加阻遏。」民進黨成立10天後,《華盛頓郵報》董事長葛瑞翰女士率團訪臺,在會見蔣經國之前,訪問了余紀忠。隨後,蔣經國在接受葛瑞翰訪談時,正式向世界宣布:臺灣將解除戒嚴。

迎接開放時代

　　對於臺灣而言,80年代,是一個經濟已然強勁、社會正在蓄力的時代,一個沉

第三章　威權統治的侍從與對手

默被逐漸打破、集體開始發聲的年代，一個醞釀大變動，並且嘗試各種可能性的年代。[96]民眾已有很強的民主共識，在走向開放的動力系統中，不同媒體扮演著不同的角色，中時、聯合、自立、黨外雜誌、黨外運動，一層一層的，層層的綿密互動，共同鬆動國民黨的威權體系。[97]

1982年，《聯合報》迎來30週年大慶。30年來，《聯合報》的發行量從不到6000份增長到突破百萬，成為臺灣第一大報。慶賀之餘，王惕吾不失時機地提出臺灣報業尚需解決三大問題，呼籲當局放寬報紙篇幅，開放報紙登記，制定「新聞法」。[98]此前兩年，在1980年的「國建會」上，《聯合報》發行人王必成、海外學人祝基瀅教授等共同提案，呼籲當局開放報禁，取消報紙限制。王必成說：

> 現在報紙限制只能發行3張12頁，無法配合國內工商業的快速發展，以及國內外知識與新聞的需要。嚴格的限制篇幅，使建設性的言論與解釋性的新聞無法暢所欲言，妨礙報紙功能的發揮。[99]

由於和蔣經國有數十年交情，余紀忠也利用不同渠道，向當局建言獻策，主張適時解除戒嚴、黨禁、報禁，改選「國會」及開放兩岸探親等。1986年6月，國民黨透過六大革新議題：解除戒嚴、開放黨禁、充實中央民意機構、地方自治法制化、改善社會治安與風氣、黨務革新。余紀忠針對上述議題進行專題研究，邀請各界學者研擬革新方案，《中國時報》以系列專欄方式刊出，廣受重視。

開放黨禁，開放報禁。開放，已成為臺灣最強的時代之聲。萬山不許一溪奔的日子就將過去，堂堂溪水出前村的情景已近在眼前。戒嚴令、威權體制，連同蔣經國本人，一起邁入黃昏的日子。1988年1月13日，報禁開放不到半個月，蔣經國去世。保護主不在了，侍從體會到的卻未必只有自由的喜悅。雖然兩大報系一路走來，為了自身利益不斷與威權者發生衝突，但是，沒有保護主，也就沒有侍從，沒有威權體制的保護，也未必會有兩大報系的輝煌。信心滿滿地迎接報禁開放的余紀忠和王惕吾，當時無論如何也想不到，報禁的黃昏，其實也意味著侍從報業的黃昏，意味著兩大報系的黃昏。

蔣經國去世後，國民黨最高層曾經發生激烈的權力爭奪，雖然在此過程中，余

115

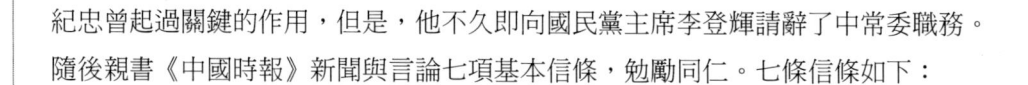

紀忠曾起過關鍵的作用，但是，他不久即向國民黨主席李登輝請辭了中常委職務。隨後親書《中國時報》新聞與言論七項基本信條，勉勵同仁。七條信條如下：

　　一、篤信三民主義

　　二、全力推動民主政治。

　　三、對政府改革腳步的遲緩，加以督責批評。對政府採取革新的作為，加以宣揚。我們支持一個進步而安定的當局也促進執政黨走向民主政黨的大道。

　　四、贊成反對黨制衡功能的正常運作，但反對行為，更反對臺獨思想。

　　五、我們的採訪，要力求公與平，不聽片面之辭，要採證求信，對「為反對而反對」的作法，要有辨別，不附從。

　　六、時代要向前看，才能跳出傳統的樊籠，打開新的境界。但國人更要珍惜國家艱難締造的不易。不要自毀立國的基礎。

　　七、蔣氏兩代，收復臺灣，建設臺灣，鞠躬盡瘁。還政於國民，必須敬之重之，不應有輕率不當之批評。

耐人尋味的是，七項信條中，第三項支持一個進步而安定的政府，第五條反對為反對而反對，第七條對蔣氏兩代必須敬之重之，等等主張，顯然是針對後威權時代臺灣報業立場多元化後的某些論調。對於蔣氏兩代，余紀忠竟與楚崧秋有著相同的情懷——「決不因他們彷彿繁榮落盡，近年遭受種種有意的貶抑與羞辱而充耳不聞」。[100]

站在解禁元年，無論是回望來時的路，還是瞻望將行的路，余紀忠和王惕吾，雖是競爭對手，更像一對戰友；與其說他們在相互競爭，不如說他們在並肩作戰。準確地說，他們就像同屬於一個主人，只不過分屬於這個主人的左右手。他們的風格、人格、報格各有特色，卻又相映成趣。在同一種體制下，他們同是一個時代的勝利者；當這種體制結束後，在另一個新時代，他們又將遭遇同樣的挑戰。王惕吾和余紀忠不可能預見到，報禁前兩大報所達到的成就，此後不僅別的報業難以超越，就連他們自己再也無法超越。他們萬萬沒有料到，報禁開放後，臺灣報業市場

並非兩大報系如風捲殘雲，鯨吞一切，而是在短暫的廝殺後，自身也終將被致命嚙傷。畢竟，夕陽無限好，只是近黃昏。

　　國民黨遷臺之初，兩報在言論立場上均強調維護「國家安定」鞏固領導中心。進入60年代後，臺灣民眾所得逐步增加，教育水準因實施九年義務教育而大幅提高，於是將報導和言論重點轉向致力於催生民主政治。蔣經國逝世之後，兩報又為維護健全「憲政體制」，為族群和諧、兩岸和平而鼓與呼。[101]在沒有新聞自由的報禁時代，兩大報系不避風險，以忠以勇，為諍臣為畏友，進逆耳良言，為臺灣的現代化和民主化立下功勞，付出過被退報和被迫停刊的代價。報禁解除後，面對新的輿論環境，兩大報系有棄有守，不願因職業利益而犯錯誤，也不願憑藉新聞言論自由而鑄錯，[102]又同樣遭遇到被退報和被迫停刊的命運。

　　新時代，自然會有新的大媒體出現。兩大報系的輝煌，終於逐漸消退。

第三節　「小媒體」的反抗

「大媒體」、「小媒體」

　　在大棒加胡蘿蔔政策下，報禁時代的臺灣報紙，發展好壞相當程度上取決於其與威權體制的親疏關係：甘為侍從、與保護主保持良好互動者獲得眾多好處，迅速發展成為所謂「大媒體」，拒絕成為侍從、堅持獨立辦報的異議媒體則時常受到當局打壓，生存維艱，難以擺脫「小媒體」的命運。因此，所謂「大」、「小」媒體，不僅指媒體規模，主要是指由於與威權當局親疏關係不同而形成的市場地位之優劣。一般而言，「大媒體」更多是威權體制的侍從，「小媒體」則更多是威權體制的對手，在公共論題上兩者不時展開較量。與規模大小相反，就對於推動臺灣民主化進程的貢獻而言，恰恰因為兩者與威權體制的關係不同，「小」媒體所起的作用反而超過了「大」媒體。[103]

　　1987年，蔣經國作出重大決定，宣布解除長達38年的戒嚴。1988年1月1日，報禁解除。同一天，《自由日報》更名為《自由時報》。1月4日，《自立早報》由

政治組召集人胡元輝前往臺北市政府，正式申請登記成為第一家新報。

《自立早報》領到報禁後第一張新報登記證，雖屬巧合，卻不無象徵意義。事實上，70、80年代臺灣各種社會和政治運動的發展，特別是黨外勢力的崛起，對於報紙而言，獲益最大的正是以《自立晚報》為代表的所謂本土報業。此時，《中央日報》《中華日報》《臺灣新生報》等黨公營報業已陷入僵化的格局中，身手施展不開，滿紙官腔黨調，萎弱無力。兩大報系的立場也轉趨保守，《自立晚報》和《民眾日報》兩家報業則借勢崛起。[104]

有學者認為，報禁期間的臺灣報業總體上是一種功能性報業，維護著一元政治及制式的社會安定。[105]《中央日報》《臺灣新生報》等黨公營報紙固然如此，它們在40、50年代占據市場優勢；60年代崛起的兩大報系，均屬黨員辦報，基本立場也都站在維護和鞏固政權。雖然在推動現代化和民主化的過程中，兩大報系，甚至黨公營媒體都曾起過一定作用，但是，相較於黨公營報紙和侍從報業受到較嚴厲控制，扮演著意識形態「國家」機器角色，同時是壓抑政治反對運動的工具之一，真正非黨政系統的媒體，才是解嚴前解構者角色的主要扮演者。[106]

《公論報》與《自立晚報》

雖然余紀忠、王惕吾，甚至楚崧秋，在闡釋各自的辦報理念時，都強調書生本色和文人論政。但是，報禁時代，臺灣報業中最能代表文人論政的，不是《聯合報》，也不是《中國時報》，而是公認為李萬居的《公論報》。卜幼夫曾評論說，《公論報》作為一張純民間的報紙，立場公正，態度嚴肅，堪稱臺灣《大公報》。[107]

《公論報》創刊於1947年10月25日。其創辦人李萬居是青年黨黨員。不過，創辦《公論報》時，李萬居已與青年黨關係逐漸疏遠，曾拒絕刊登該黨的宣言。從創刊到休刊，《公論報》總共發行17年，是臺灣50、60年代重要的新聞媒體，在《自由中國》未遭到蔣介石政權查禁之前，這一報一刊是臺灣自由言論的重鎮。

《公論報》創刊，是二二八事件後臺灣報業乃至政治生態中一件引人注目的大事。40年代末至50年代中期，是《公論報》的黃金時期。當時臺灣各報刊載的新聞，多半抄收中央社電訊，《公論報》卻有美聯社、合眾社消息，常常有獨家新聞，加上言論大膽，發行量一直僅次於黨公營的《中央日報》《臺灣新生報》，在民營報中占第一位。直到1954年，日均銷售量雖降至4550份，仍然僅次於《徵信新聞》，在民營報中排第二位。[108] 但是，由於其堅持獨立辦報，先是招致國民黨的不滿，後又拒絕國民黨收買，一直處於巨大的政治壓力和財務壓力之中。

1949年5月22日，陳誠宣布臺灣戒嚴令後的第3天，《公論報》因為刊載一篇談臺灣人口的文章，數據發生錯誤，被勒令停刊3天，創下戒嚴後處置新聞的第一件案例。此後，在1954年當局推行「文化清潔運動」、1955年頒布「新聞九項禁令」，特別是1957年在《自由中國》事件中，《公論報》均與當局發生衝突，成為當局眼中釘，[109] 逐漸面臨越來越大的壓力。對於該報的遭遇，李萬居曾在1959年初臺灣省「議會」第三屆第四次大會的質詢中，以「我的呼籲和抗議」為題，作了強烈的申訴。李萬居說：

> 《公論報》是我本人所創辦的，也是唯一臺灣人所創辦的報紙。這些年來，本報被迫害的情形，真是一言難盡。本報的副總編輯李福祥以莫須有罪名被治安機關拘禁達三個月，編輯阮景壽被禁錮一年一個月之久。總主筆倪師壇於四十六年（1957年）十一月六日被逮捕，至今仍未恢復自由。總編輯黃星照、編輯陳秀夫和記者江涵被國際部控以妨害軍機的莫須有罪名，均各被判處徒刑。在各地的業務人員和記者也常被迫害，如東勢營業主任兼記者劉枝尾，以甲級流氓的罪名，被監禁於屏東縣屬小琉球海島中，礁溪記者兼營業主任張光熾也曾被拘禁過，嘉義辦事處副主任童金龍則被處以二年半管訓，其他業務人員被壓迫恫嚇到處皆是。特務警察、黨務人員、服務站人員對於本報的業務和讀者可任意加以壓迫和干擾。若干機關和學校無理地禁止訂閱本報，真使人有人間何世之感。在日據時代還可以有限度地容許臺灣人所經營的報刊存在，臺灣已經重入祖國版圖，然而一個忠貞愛國不渝的臺灣文化工作者，其所遭遇如此，這是事理之平嗎？趁此機會，特向主席提出呼籲，並向黨政當局提出抗議。

對於李萬居的質詢，時任臺灣省政府主席的周至柔迴避不談，卻帶有威脅地表示：

> 國家正處於危難時間，如有人以標榜民主自由為護符，以遂個人私利或逞其危害國家之陰謀者，任何一個民主國家，也不能禁止輿論界對此種人的指責或法律的制裁。

周至柔的回覆，已經透露當局對李萬居的不滿，亦隱約顯示出50年代末臺灣山雨欲來風滿樓的氛圍。[110]在政治與經濟的雙重打壓下，《公論報》生存維艱，連李萬居家人的手錶和報館中的電風扇都被送到當鋪，換錢買紙，而且只能買價格低廉的紙頭紙尾，勉強印報。儘管如此，為了保持報紙的獨立，李萬居並沒有答應王惕吾聯合出報的邀請，也婉拒了曾在法國同學的美國某政要的巨額捐贈。1959年，李萬居決定增資。當局為了避免該報成為籌組中的中國民主黨的機關報，趁機讓臺北市「議員」張傳祥融資介入經營，並強行對該報進行改組。1967年，國民黨又出面協調，以105萬將《公論報》出賣給閻奉璋，之後閻奉璋又以120萬賣給王惕吾，改名《經濟日報》，完成了侍從報業對於異議報紙的兼併。[111]

《公論報》停刊後，臺灣民營報紙中獨立性格最強的兩家報紙，[112]只剩下了另一家——《自立晚報》。

《自立晚報》創刊於1947年10月10日，為臺灣第一份中文晚報。最初由顧培根創辦，為四開報紙。其發行宗旨為：「完全以國家民族利益為前提，以民眾的信心與希望，替民眾說話，忠實報導，善意批評，積極建議，抨擊壞人，歌頌好人，作為當局與民間進一步合作的橋樑。」1950年11月17日，該報副刊「萬家燈火」刊載《草山一衰翁》，被指為影射「總統」，被處以停刊，「永不復刊」。1951年9月21日，在李玉階的努力下，徵得蔣經國同意，報紙得以復刊。李玉階接手後，該報一改舊觀，成為臺灣自由言論的急先鋒，也因此分別在1952年、1953年，兩度遭到停刊處分。

1952年10月14日，《自立晚報》刊載一篇新聞，報導前「財政部長」孔祥熙將攜眷返臺。第四組主任沈昌煥以「總裁交辦追究新聞來源」為由，提出給以停刊一年的處分，但臺灣省主席吳國楨拒絕執行。經協商，《自立晚報》結果「奉準休刊七日」。

1953年10月10日，《自立晚報》又因為報導閱兵大典花絮新聞，用詞不雅，被第四組以「詆毀元首」罪名，處以停刊3個月處分。這條花絮新聞主要內容如下：

> 一個女人，突然被擠得頭暈，跑到荷花池畔，垂頭支頤其踞而坐，擬小休片刻，卻因雙腿稍

第三章　威權統治的侍從與對手

張，惹起一遊客注意，幾經窺秘，不料這人身後一個朋友閃出拍拍肩膀說：「老兄看到沒有！」

一句話，惹起了這人的雙頰緋紅，但經那閃出的人接著說下去，原來是閱兵典禮和閱兵臺上人叢密處據說有總統加雜其中。

1958年「出版法」修正風波中，蔣介石以懷柔手段，召見五家國民黨籍的民營報社長，卻獨漏李玉階，引起李的不滿，宣布脫離國民黨，從此，「無黨無派、獨立經營」成為《自立晚報》的辦報招牌。[113]但是，由於面臨政治箝制、經濟困窘，李玉階年代的《自立晚報》不可能扮演公共領域的角色，卻只能扮演威權體制之下的「噪音」，真正的無黨無派經營，是直到吳三連入主後才逐漸成行。[114]

1959年6月18日，李玉階邀請吳三連、許金德加入《自立晚報》，該報進行第三次改組，確立報紙言論最高原則：「維護國家民族利益、倡導自由民主法治精神，公正客觀、超然於黨派立場。」1965年，李玉階退出，吳三連出任發行人，葉明勳為社長，資金由臺南幫所支持。吳三連是替臺南幫與黨政軍維持良好關係的關鍵人物，在國民黨和黨外中間扮演了溝通角色，但極力排除臺南幫介入新聞編輯政策和報紙內容。

吳三連時代的《自立晚報》，新聞報導和言論雖然時常與黨外雜誌相呼應，但在根本點上與黨外雜誌不同：它認為民主運動不是造反，「辦報就不造反，造反就不辦報」；而黨外雜誌辦報與造反往往是二合一。吳三連主張體制內改革，反覆強調報紙首先要生存：「辦報紙不是放煙火，放煙火燦爛一下就沒有了。報紙必須每天存在。」吳三連的親信昊豐山，曾在該報主持20年「吳豐山專欄」，並且長期擔任《自立晚報》社長。他也認為，《自立晚報》的專欄與當時黨外雜誌文章有兩點不同：第一，不主張推翻當局；第二，不會罵人，有理有據。[115]

儘管如此，《自立晚報》關於「黨外」的報導，在各報中是最多也最大膽的，包括1979年對美麗島事件的大膽揭露。連其他報社的記者都承認，《自立晚報》在臺灣戒嚴時代和轉型時代，扮演著特殊角色，絕對是民主運動最大的推手。[116]1986年，桃園機場事件中，[117]由於當局有令，各報報導均是「暴民攻擊警察」。《自立晚報》記者幾乎全部趕到現場，組織採寫了《現場目擊》，卻稱鎮暴

121

部隊先激怒群眾，才爆發機場事件衝突。桃園機場事件確立了《自立晚報》「客觀公正」的地位，不只在報業市場上，而且影響了當年的「立委」選舉，在政治上產生了影響力。該報發行量，從原來的13萬份暴增至100多萬份。[118]

同為獨立報業，《公論報》亡於威權當局的打壓，《自立晚報》則興於反抗威權當局的黨外運動，一興一亡，象徵了異議媒體不同時代的命運遭遇。

《自由中國》

著名記者司馬文武認為，臺灣的民主發展是由所謂「黨外」，[119]如同推土機一步步往前推進所爭取來的；而新聞自由，更是50年代黨外雜誌站在第一陣線上沖決出來的。隨後，才有《自立晚報》等自由報業的跟進。[120]李金銓也認為，臺灣威權體制時期，對「國家」意識形態的挑戰主要來自邊緣的另類媒介，特別是70年代的黨外雜誌，以及90年代的有線電視。報禁期間，威權當局停止發放報紙和電視臺營運的新執照，但低估了小媒介（黨外雜誌和有線電視）的顛覆力量。這些小媒體，因為一直徘徊在生存的邊緣，當局不以為意，不料後來與方興未艾的政治運動結盟，共同生猛對抗強大的「國家機器」。[121]

報禁時代的小媒體，主要是指那些與威權體制關係緊張的媒體。小媒體中，除了《公論報》《自立晚報》等獨立報業，也包括部分政論雜誌、地下電臺，特別是所謂異議媒體——以政治反對（國民黨）之運動及政治選舉為目的所創辦的，或日後與此目的做連結的媒體，[122]以及70年代以後興起的黨外雜誌——黨外人士站在反對立場所辦的雜誌，並且曾遭當局查禁或查封的政論雜誌。[123]

從1947年的二二八事件到1980年代末民進黨成立並被合法化，臺灣的三次政治反對運動都是圍繞著政論雜誌展開的。1960年代的《自由中國》雜誌試圖組建中國民主黨，未獲成功；1970年代初，《文星》和《大學雜誌》促進了臺灣政治革新運動的興起和發展；以民進黨成立而告終的所謂黨外運動，也是以1975年創刊的《臺灣政論》為發端的一系列雜誌為基礎而發展的。

包澹寧認為，報禁期間國民黨當局之所以在一定程度上允許雜誌出現異議性聲音，是基於以下幾點考慮：1.認為雜誌威脅性較小，傷害能力較小；2.雜誌具備「安全閥」的作用，讓反對者有宣泄的出口，「國家機器」可從而預防反對的力量壯大；3.黨外雜誌也作為「樣板」，成為國民黨對外宣稱為已是「民主國家」的工具。因此，相對而言，報禁期間臺灣政論雜誌比報紙有較大生存空間，進而能發揮更大的宣傳與組織作用。[124]特別是進入80年代，黨外雜誌如雨後春筍，不只與國民黨政權爭奪文化霸權，更成為反對運動核心者與支持群眾間互動的橋樑，成為反對勢力集結，以行動實踐言論主張，擴大其影響層面，甚至是取得政治實力的根基。完全可以說，黨外雜誌既是民主運動的喉舌，也是其手足，對臺灣的民主化具有全面性的影響與貢獻。[125]因此，有關大眾媒體在推動民主及言論自由中所扮演的角色，一直是戰後臺灣政治反對者與社會運動團體的關切重點。

論者普遍認為，臺灣民主運動發軔於《自由中國》，雖然《自由中國》的主要創辦人雷震為國民黨員，但由於該刊的論述立場與國民黨處於對立，尤其是走向組織反對黨，1970年代以後的黨外雜誌，均將它視為前驅。[126]誠如余國基所說，他們這一代人，只要對政治有想法，都受到《自由中國》的影響。[127]

1949年11月20日，《自由中國》在臺北創刊。胡適親自為《自由中國》訂定了四條發行宗旨，第一條為：

> 我們要向全國國民宣傳自由與民主的真實價值，並且要督促政府（各級政府），切實改革政治經濟，努力建立自由民主的社會。

雖然主張民主自由，但創刊初期的《自由中國》，乃是以擁蔣反共為前提，本質上是一本傾向國民黨體制的政論雜誌。事實上，該刊之得以創辦，主要是因為國民黨需要一個展示的櫥窗，它不僅得到蔣介石的首肯，「教育部」的資助，還包括國民黨軍隊官兵的訂閱。[128]創刊頭幾年，《自由中國》確實更像是一塊臺灣用以標榜自己有新聞自由的招牌。

儘管如此，《自由中國》從自由民主立場出發，刊載的言論還是不斷觸及到威權統治的痛處。1951年，主筆夏道平發表《政府不可誘民入罪》一文，揭露臺灣保

安司令部為撈錢設圈套、誘民入罪的惡行，惹惱「保安司令部副司令」彭孟緝。他命令特務將雷震及雜誌社其他人員監控起來，並派人收繳市面上的雜誌。

1954年1月，《自由中國》雜誌社收到讀者余燕人、黃松風、廣長白的來信，題為《搶救教育危機》。當時，蔣經國領導的「反共救國團」在臺灣各級學校強制推行黨化教育，信中對此提出嚴重抗議，認為黨化教育干擾了正常教學秩序，學生身心健康受到很大傷害。此文引起蔣經國震怒，他指責雷震有幫助共產黨之嫌。最後，蔣介石以「不守黨紀，影響國民黨名譽」為由，開除雷震的國民黨黨籍。

雷震被開除黨籍，殷海光致信祝賀。殷海光認為，沒有了黨員的約束，雷震從此「更可本平民立場，為民主事業奮進不休」。50年代中期以後，《自由中國》的立場，果然悄悄發生了「從『反共擁蔣』掛帥到人權意識抬頭」的轉變，不僅言論上逐漸挑戰當局禁忌，並且開始與本土精英結合，籌組反對黨。[129]

1956年10月31日，蔣介石70歲生日，《自由中國》出版「祝壽專號」，共發表了16篇文章。作者有胡適、徐復觀、毛子水、夏道平、陶百川、王世杰、雷震等人。雷震撰寫了社論《壽總統蔣公》，希望蔣介石像美國華盛頓那樣，任兩期「總統」就不要再任了；並提出選拔任用人才、確定責任內閣制、實行軍隊「國家化」三點建言。社論尖銳地指出：

> 行憲垂十年，責任內閣，事實上還是徒有其名。其所以至此，一方面可能是由於一黨執政，為時過久，民主政治各方面的制衡作用，無從發揮；另一方面也可能是由於歷屆的行政首長，類都為蔣公一手提拔的後輩，就難免要多受一點蔣公個人的影響，以致對施政的得失成敗，都未能負起積極的責任來，國家成了一個由蔣公獨柱擎天的局面。

關於軍隊國家化，社論也指出，軍隊把長官個人視為軍隊效忠的對象，士兵只知有長官而不知有「國家」，只效忠個人，而不知忠於「國家」，軍中標語所寫的「主義、領袖、國家、責任、榮譽」本末倒置，具有濃厚的封建色彩，應當予以糾正。

胡適在題為「述艾森豪總統的兩個故事給蔣總統祝壽」的文章中，奉勸蔣介石學習美國總統艾森豪威爾，做一個「守法守憲」的領袖。文章說：

第三章　威權統治的侍從與對手

一國的元首要努力做到「三無」，就是要「無智、無能、無為」。「無智，故能使眾智也。無能，故能使眾能也。無為，故能使眾為也。」這是最明智的政治哲學。

「祝壽專號」出版後，立刻引起轟動，一再脫銷，先後加印了13次，印數達10萬冊。蔣氏父子看了則十分憤怒，迫不及待地展開反擊。蔣介石對他的一位親信說：

胡適要我做「三不」、「三無」的「總統」。我反覆想了，「三不」是「不革命、不負責、不反共抗俄」；「三無」是「無政府、無組織、無主義」。要真的像胡適之說的那樣，我們都去向共產黨投降算了！

蔣經國主持的反共救國團充當了反擊的先鋒。其主辦的《幼獅》月刊發表題為「揭穿『共匪』戰術，防止思想走私」的社論，向《自由中國》發難。社論攻擊說，「祝壽專號」上的文章，不是給蔣「總統」祝壽，而是共產黨思想在臺灣走私。12月24日，《中華日報》在顯要位置上發表了一篇署名「老兵」的文章《蛇口裡的玫瑰》。文章以《伊索寓言》裡的一個故事，將《自由中國》「祝壽專號」比作毒蛇口中的玫瑰，「無比的腥臭，也無比的惡毒」。社論寫道：

《伊索寓言》裡有一個故事：宙斯神結婚時，所有的動物都送了禮。有一條毒蛇用它的口含著一朵玫瑰，也爬進了禮堂。宙斯神說：「所有的禮我都收下了，但從你的口裡，我不敢收任何東西」。

這一次，總統希望國人用意見來慶祝他的誕辰，一般報紙雜誌發表了許多意見，成熟與否是另一問題，但都是善意的。唯有一個刊物——《自由中國》，發表了一篇極端無禮——而且無理——的文字，以慈禧太后來影射我們總統，以滿清即將亡國的政權來影射我們自由中國政府，從詛咒總統到詛咒我們的國家，這真是毒蛇口裡流出來的東西，無比的腥臭，也無比的惡毒。

政府現在極力維護言論自由，對這種毒液的流播，似乎不會採取什麼行動了；我們老百姓是不是可以想點辦法呢？這裡有個美國的例子。

在華盛頓總統退休的那天，費城《晨報》寫了一篇文章說：「這位萬惡之源的獨夫，今日退而與平民並處了；他再也不能憑藉權力，為非作歹了。我們應該把今天寫為美國的國慶。」這篇惡意文章發表的當天，費城群眾砸了《晨報》報館，把主筆巴哈結結實實地揍了一頓。

富蘭克林後來說到這件事時說：「在言論自由的國家，要政府來取締惡意的謾罵和不負責任的言論，總是緩不濟急的，倒是群眾激於義憤，直接了當，給這些文氓一點教訓，反能收制衡之

125

效。」我們老百姓不要忘記了自己所能發生的制衡的作用，對於這些毒蛇、黃鼠狼，必須迎頭痛擊，他們才不敢為害社會。

《中華日報》的這篇文章由社長曹聖芬親自操刀，殺氣騰騰。文章發表後，國民黨另一刊物《政論週刊》予以轉載並加以讚揚。老報人成舍我當即以「一個靠勞力吃飯的小公務員」的身分，「沒有出洋到過著名的新聞學府鍍金，沒有做過官報社長，更沒有做過侍從文學之臣」，向曹聖芬提出質疑：文章中所舉的美國報業例證所據何在？《中華日報》公然鼓吹暴動，為何沒有受到治安當局的干涉和檢察官的檢舉？[130]

1956年12月，蔣經國以「周國光」的名義下達第99號「特種指示」，組織編寫了一本小冊子——《向毒素思想總攻擊》，發放到全島各軍種各部隊。小冊子對胡適及其文章作了重點攻擊。小冊子中說：

> 長居國外的所謂知名學者，他說這種話，目的在散播和推廣個人自由主義思想，好叫人們尊崇他為自由主義者的大師，由他領導來批評現實，批評時政，批評當政者，促進所謂的政治進步，造成與自由民主的英美國家一樣。這是他不瞭解中國當前革命環境，完全近乎一種天真的妄想。同時，他還受某些失意的官僚政客的包圍利用。因此，就更故作高論，以為他們搖旗吶喊，助長聲勢。[131]

一波未平，一波又起。1957年，《自由中國》以「今日的問題」為總題目，連續八個月，組織撰寫了15篇文章，分別論述臺灣面臨的重大急迫問題，包括反攻大陸問題；軍隊「國家化」、軍隊中的黨務等問題；財政問題；經濟問題；美國經濟援助的運用和浪費問題；裁減當局機構問題；建立中央政治制度，發揮政治責任問題；地方政治問題；「立法」問題；保障新聞自由問題；青年反共救「國」團破壞教育正常運作問題；黨化教育問題；反對黨問題等。這些社論文章，篇篇擊中蔣介石及其威權統治的要害。第一篇由殷海光撰寫的《反攻大陸問題》，便讓蔣介石萬分惱火。

為了合法化其在臺灣的威權統治，國民黨官方言必稱反攻大陸，蔣介石口口聲聲「一年準備，兩年反攻，三年掃蕩，五年成功」。對於蔣氏政權的這一護身符，殷海光毫不留情地予以揭穿。文章說：

官方這幾年來在臺灣的措施卻是以「馬上就要回大陸」為基本假定。這種辦法，真是弊害叢生。第一，因為一切都是為了「馬上就要回大陸」，一般人就形成事事「暫時忍受」和「暫時遷就」的心理狀態。第二，因為被「馬上就要回大陸」的心理所誤，官方的許許多多措施都是過渡性的措施。第三，因為「馬上就要反攻大陸」，官方人士拚命辦這種訓練，那種訓練，弄得頗緊張的樣子。緊張的時間太長，大家所追求的目標尚渺不可得。但是迫於威勢，屈於利害，大家不敢形之於色，言之於口。久而久之，雙重人格就出現了：在公共場合，滿口「擁護」、「革命」、「反攻」，在私人場合就是牢騷、恨惘、悲觀、失望、徬徨。[132]

《反攻大陸問題》社論發表後，短短兩個月時間，僅僅臺灣官方各報刊刊載的批判文章就達200篇。《聯合報》《自立晚報》等報紙也發表了批評文章。此後，《自由中國》繼續發表社論，進一步指出臺灣當局負不起「反攻大陸」任務。原因在於，透過幾十年的政治鬥爭，國民黨內稍有才能的人，稍有雄心的人，都被「鬥」完了；有原創力的思想家、有眼光的政治家、有新思想的軍事家，均被排擠出局了。只剩下歡呼隊、鼓掌團、事務科長、交際幹事、文書錄事、財務帳房。

1960年3月21日，蔣介石如願以償當選為第三任「總統」。《自由中國》發表題為「蔣總統如何向歷史交代」的社論，直指其當選「違憲」。不久，臺灣舉行省「議員」暨縣、市長的選舉，當局採取「違法」助選方式，控制投開票箱全過程。《自由中國》又發表社論《這樣的地方選舉能算「公平合法」嗎》，公開提出組建反對黨。5月20日，雷震撰寫《我們為什麼迫切需要一個強有力的反對黨》一文，呼籲相信民主政治的人，「趕快集合起來，組織一個強有力的反對黨，以打破國民黨獨霸的局面」。此後，雷震聯合臺灣反蔣人士高玉樹、郭雨新、李萬居等，籌組中國民主黨。9月1日，《自由中國》出版最後一期。9月4日，當局以「包庇匪諜、煽動叛亂」罪名逮捕雷震及《自由中國》雜誌主編傅正、經理馬之驌、會計劉子英等。雷震被判處10年徒刑。

《文星》《大學雜誌》《美麗島》

《自由中國》的夭折，預示著另一場媒體反對運動的真正開始。

進入1960年代，國民黨依靠美援AID和「十九點財經改革措施」，出臺「獎勵外資條例」，出口導向型經濟崛起，造就了一批中小企業家。許多新興中產階級子

弟，在當局留學政策鼓勵下留學北美，學成返臺後，紛紛到黨政機構或大學任職，成為主導臺灣的新興勢力。1960年代後期，在保釣運動的推動下，大學校園開始出現自由化運動。[133]

1961年11月，李敖加入《文星》。《文星》創刊於1957年11月，早期重心在文學與藝術。自第25期起，編輯方針從「生活的、文學的、藝術的」轉向「思想的、生活的、藝術的」，卻始終未能找到一個最好的突破口。直到李敖加入，掀起一場長達21個月的中西文化大論戰，該刊不僅成為新一代知識分子的言論中心，也在一定程度上延續了《自由中國》的精神，成為衝擊國民黨意識形態的新堡壘。

李敖投給《文星》的第一篇文章，是《老年人與棒子》。在當時萬馬齊喑的臺灣文化界，該文如同一聲響雷，發出了年輕人驚醒後的怒吼：

你們老了，

打過了這場仗，

贏過，輸過，又丟下了這場仗。

當我們在奔跑，

你們對世界的恐懼，

不能把我們嚇倒。

李敖在文章中區分了幾種拿著不同棒子的老年人：一種人拿著莫須有的棒子，一種人拿著落了伍的棒子，一種人拿著不放手的棒子。第一種人除了麻將牌的技術外，大概什麼也交不出來，所以不必擔心；第二種人，李敖建議他們向胡適學習，永遠做白頭新人物，不要在年輕時代激進，老年時代冥頑不靈；第三種人，一面通宵打牌，一面「我老了，看你們的了」，一面庸德之行庸言之謹，一面舞著棒子杖於朝。李敖最後說：

對那些老不成器老不曉事的老爺們我不願再說什麼，對那些老著臉皮老調重彈的老奸巨猾們

我也不願再說什麼，只是對那些以老當益壯自詡，以老驥伏櫪自命的老先生們，我忍不住要告訴你們說：我們不會搶你們的棒子，我們不要鳴鼓而攻我們的聖人的棒子，我們不稀罕裡面已經腐朽外面塗層新漆的棒子。我們早已伸出了雙手，透過沉悶的空氣，眼巴巴地等待你們遞給我們一根真正嶄新的棒子！

《自由中國》停刊後，輿論界一片沉寂，《老年人與棒子》就像投下一枚砲彈，在輿論界引發巨大反響，尤其是引起了各大學師生的熱烈討論。《文星》《文壇》《新聞天地》《自由青年》《民主評論》等雜誌，隨即加入到討論的行列，展開了一場「棒子戰」。

接著，李敖又投下兩顆砲彈——《播種者胡適》《給談中西文化的人看看病》，正式接過胡適的自由火把，與胡秋原、徐復觀等人拉開了一場中西文化大論戰。在《給談中西文化的人看看病》一文中，李敖痛快淋漓地診斷出中國文化諸種病狀：義和團病、中勝於西病、古已有之病、中土流行病、不得已病、酸葡萄病、中學為體西學為用病、挾外自重病、大團圓病、超越前進病等等，不一而足；然後斬釘截鐵地表示：

「我們面對西方現代文化，就好像面對一個美人，你若想占有她，她的優點和『缺點』就得一塊兒占有」，企圖改正美人缺點，就是妄自尊大的厚顏；因此「我們一方面想要人家的胡瓜、洋蔥、鐘錶、番茄、席夢思、預備軍官制度，我們另一方面就得忍受梅毒、狐臭、酒吧、車禍、離婚、太保（不知害臊）、大腿舞和搖滾而來的瘋狂」。

在李敖的引領下，以殷海光為他們的精神領袖，臺灣一批年輕知識分子陳鼓應、夏志清、白先勇等齊聚到《文星》雜誌，一時洛陽紙貴。在李敖看來，《自由中國》是從政治上與國民黨直接衝突，挖他們的根；《文星》是用思想的方法挖國民黨的根。1965年4月，《文星》第90期遭臺灣當局查禁。同年年底，《文星》第98期刊出李敖的《我們對「國法黨限」的嚴正表示》，嚴厲指責國民黨中央委員會第四組主任謝然之壓制言論的行徑，並且批評蔣介石言行不一，未按「憲法」規定把黨部從「司法」界和軍隊中撤出。《文星》被處以「停刊1年」。1966年，第四組致函《文星》稱：「據有關方面會商結果，認為在目前情況下，《文星》雜誌不宜復刊。」《文星》由此終刊。《文星》的命運，誠如李敖所說，「它生不逢時，也不逢地，最後在高壓之下殉難小島」。

《文星》停刊，代表了自由主義在臺灣的另一次失敗。但是，自由的火種，民主的潛流，已深潛在臺灣知識分子的心中。三年後，1968年1月1日，鄧維楨創辦《大學雜誌》。《大學雜誌》的言論路線，與《文星》相似，偏重於思想與文化，不涉及時事政治問題。1970年10月，國民黨秘書長張寶樹邀請學界青年知識分子和企業界青商會人士座談，徵求對時局的批評與改革意見。會後，對《大學雜誌》進行改組，執政黨中青年精英關中、魏鏞、丘宏達，本土政治人物張俊宏、許信良，學院派自由知識分子楊國樞、胡佛、李亦園、李鴻禧等人均被納入，刊物言論開始急速升高，大幅呈現對現實政治的關切。

　　1971年1月，《大學雜誌》發表劉福增、張紹文、陳鼓應聯名發表的《給蔣經國先生的信》，呼籲政治革新。3月，當局下令逮捕李敖，對青年知識分子以示警戒。7月，《大學雜誌》發表張俊宏、許信良等人撰寫的《臺灣社會力分析》，呼籲當局不要忽視臺灣社會各階層的資源。10月，發表15人聯署的《國是諍言》，從人權、經濟、「司法」等方面，深入探討了「國體」、政體和「法統」問題，提出全面改選「中央民意代表」。文章尖銳地指出：「二十幾年來，我們始終在維持著一個龐大、衰老而且與廣泛大眾完全脫節卻以民意為名的特權集團」——幾乎觸及到了國民黨統治的底線。1972年年初，又發表19人聯署的《國是九論》，在校園引發熱烈的政治討論。時逢蔣經國即將接掌臺灣政權，當局為顯示新政氣象，邀請《大學雜誌》主要成員參加座談會，聽取知識分子的意見。蔣經國在會談中表示，青年應該多講話，多關心「國是」。5月26日，「立法院」透過蔣經國出任「行政院長」。經蔣經國主動延攬，與《大學雜誌》有關聯的關中等國民黨青年精英進入黨部及當局工作。在這種情況下，《大學雜誌》內部出現分裂，楊國樞等學院派知識分子另創《中國論壇》，張俊宏等本土政治人物，則轉向更為急切的政治運動，另創《臺灣政論》。

　　1975年8月，一本完全由本土精英創辦並主導的政治性異議雜誌《臺灣政論》創刊。康寧祥出任社長，黃信介擔任發行人，張俊宏擔任總編輯。《臺灣政論》明確宣稱，要繼承《自由中國》《大學雜誌》的衣鉢，搭建民間輿論的發言臺，批判官僚主義和腐敗，擁護並推進改革。

與《自由中國》《大學雜誌》相比，《臺灣政論》刊載的文章，已由單純的政論過渡到報導與政論兼備的性質，其立場與風格均成為此後一系列黨外政論雜誌的標竿。[134]《臺灣政論》第一次集結了70年代以前臺灣零散的反對運動力量，以政論雜誌方式配合選舉成為黨外候選人的宣傳工具，成為黨外運動的先導，也是黨外運動由以「筆」為工具走向以「口」為工具——參與選舉、開啟新戰場的起點。[135]就這一意義而言，《臺灣政論》創造了一個政論雜誌的新模式：既利用雜誌推進體制內的改革，又利用雜誌籌備政黨組織。一旦時機成熟，就可以脫掉它的媒體外衣，而成為一個羽毛豐滿的政黨。[136]美麗島事件中被捕的黃信介和施明德等人，在受審時都宣稱辦雜誌是為了發展組織，為了組建一個沒有黨名的黨。

《臺灣政論》共出版五期。第5期刊登邱垂亮的《兩種心向》一文，報導鋼琴家傅聰與一位大陸教授的談話，觸及臺海關係及臺灣前途問題，被指控「煽動他人觸犯內亂罪，情節嚴重」；加上該期雜誌推出了多篇關於選舉的報導，當局擔心黨外人士力量坐大，下令停刊。

《臺灣政論》停刊後，黨外人士又相繼創辦了《這一代》《富堡之聲》《新生代》《潮流》等雜誌，這些雜誌存續的時間都很短。1979年6月，康寧祥創辦《八十年代》。8月，黃信介創辦《美麗島》，其發刊詞寫道：

> 玉山蒼蒼，碧海茫茫，婆娑之洋，美麗之島是我們生長的家鄉。我們深愛這片土地及吸飲其乳汁長大的子民，更關懷我們未來共同的命運。同時，我們相信，決定我們未來道路和命運，不再是任何政權和這政權所豢養之文人的權利，而是我們所有人民大眾的權利！
>
> 我們即將來臨的世代，生機盎然，波瀾壯闊，比以往任何時代都來得優秀，但是，因為它的視野太過遼闊，使得傳統遺留給我們的軌道、原則、規範、理想都顯得狹隘，不敷應用。從過去，我們無法找到引導的方向，我們必須獨自尋找、創造我們未來的命運。
>
> 三十年來，國民黨以禁忌、神話隱蔽我們國家社會的許許多多問題，扼殺了我們政治的生機，阻礙了社會的進步。因此，我們認為在這個波瀾壯闊的新世代到來之前，我們必須徹底從禁忌、神話中解脫出來，深入、廣泛地反省、挖掘、思考我們國家社會的種種問題，這有賴於一個新生代政治運動的蓬勃推展。
>
> 我們認為：在歷史轉捩點的今天，推動新生代政治運動，讓民主永遠成為我們的政治制度，

是在臺灣一千八百萬人民，對中華民族所能作的最大貢獻，更是我們新生代追尋的方向。[137]

《美麗島》發行人為黃信介，許信良任社長，呂秀蓮、黃天福擔任副社長，張俊宏為總編輯，施明德為總經理，雜誌的社務委員達70名，幾乎網羅了當時所有知名黨外人士。在全島設立十多個辦事處。1979年9月8日，《美麗島》雜誌在中泰賓館舉行創刊慶祝酒會，引發中泰賓館事件。12月10日，《美麗島》雜誌與「臺灣人權委員會」在高雄聯合舉辦紀念國際人權日集會遊行，引發民眾與警方流血的大規模衝突。黃信介等人被捕入獄，並被警總軍法處以叛亂罪起訴，進行公開大審判，是為著名的美麗島事件。

美麗島事件對臺灣的政局發展產生了深遠影響。在海內外輿論的壓力下，蔣經國作出指示：

> 高雄暴力案件的發生非常不幸，這是一樁「法律」案件，對於涉嫌分子自應「依法」秉公處理，尤其對於首、從應明確區分，毋枉毋縱。在高雄的暴力案件發生後，「政府」一定「依法」處理，今後不會影響我們推動「民主法治」的既定政策及決心。「民主法治」之路，是我們一定要走的路。[138]

根據蔣經國指示，美麗島事件大審判期間，臺灣媒體首次獲準全面翔實地報導審判全過程。受審者以及他們的辯護人，在法庭上侃侃而談，充分闡述了他們的政治理念，以及對臺灣前途誠摯的關切，國民黨的威信大大降低，民主訴求正式浮出水面。「不允許臺灣島上有流血」，蔣經國對美麗島事件的從寬處理，固然展現了其政治開明的一面，不過，該事件也表明，威權當局已越來越難以高壓手段平息臺灣民眾的民主化訴求。

大江東流擋不住

美麗島事件後，臺灣黨外雜誌風生水起，蓬勃發展，而且與黨外民主運動緊密結合，對國民黨政權發起正面挑戰。黨外雜誌已然是造反雜誌。[139]面對這種挑戰，警備總部開始更加嚴密地審查和監禁，有一段時期乾脆停止了雜誌登記。《鐘鼓樓》未問世就被查封，更多的雜誌只出一兩期就被關閉。[140]1985年，是黨外政論

雜誌數量最多的一年，也是被查禁、查扣最嚴酷的一年，僅上半年就查扣了40萬冊以上。當年7月18日，爆發了臺灣有史以來第一次雜誌社集體向「行政院」請願抗議行動，參與請願的雜誌包括《前進》《蓬萊島》《生根》《臺灣年代》《民主天地》《關懷》《新潮流》《制衡》《新路線》《環球通訊社》《薪火》等。

與此同時，由於越來越多的黨外雜誌不斷湧現，競爭日趨激烈，一些黨外雜誌為了吸引讀者，在言論與行動兩方面都越來越追求聳動，藐視禁忌，甚至不顧基本事實和專業操守。在編輯內容上，並不能抓住真正的社會時弊缺失，作具體事實的和建設性的建言批評，只是針對跟他們有牽連關係的聲明進行空洞辯論，[141]給人感覺不過是一般營利性的雜誌。當時有不少報社記者編輯到黨外雜誌兼職，這些人時常面臨是黨外人士，還是媒體工作者的內心困惑，原因就在於，按照媒體工作者的要求，對於黨外新聞的報導應該客觀真實，也就是「把自己與運動稍稍分開」；而黨外人士的寫法卻是「將自己置身其中」。[142]

由此可見，黨外政治人物辦雜誌的目的主要是要替政治服務，黨外雜誌的最大貢獻也恰恰在這裡——打破禁忌，推動民主政治發展。然而，一旦其政治使命達成，言論和組黨都沒有了禁忌，黨外雜誌也就失去了原有的意義。黨外雜誌原來有一個重要功能，就是為政黨組織提供媒體外殼，民進黨成立後，這件外殼不再需要了。因此，報禁解除後，黨外雜誌很快就銷聲匿跡了。

黨外政論雜誌的滅亡，表明報禁開放後臺灣政治生態發生了根本變化。但是，黨外雜誌對於臺灣主流媒體新聞報導和言論風格的惡劣影響，並沒有隨著它們的消失而消失。報禁開放以來，臺灣媒體的政治評論日趨激熱，報導和言論方面愈加政黨化，不難看出80年代後期黨外雜誌極端黨派之見的影子。

---

[1]遷臺初期，有些地方開會，「長官訓話」之後會有「中央日報記者訓話」，可見當時中央日報的地位。王洪鈞：《臺灣新聞事業發展證言》，臺北市新聞記者公會1999年版，第33頁。

[2]葉明勳：《光復以來的臺灣報業》，《中央日報》1957年3月12日，16版。

[3]陳國祥、祝萍：《臺灣報業四十年》，自立晚報社1987年版，第42—43頁。

[4]江詩菁：《宰制與反抗：中時、聯合兩大報系與黨外雜誌之文化爭奪（1975—1989）》，稻鄉出版社2007年版，第97頁。

[5]由於汪精衛和蔣介石之爭，北伐後，國民黨曾兩度創辦《中央日報》。1927年3月22日，武漢國民政府在漢口創辦《中央日報》，社長由國民黨中央宣傳部部長顧孟余兼任，總編輯為中共黨員陳啟修。四一二事變後，該報刊載過不少反對蔣介石的文章。「寧漢合流」後，武漢《中央日報》於9月15日停刊，共出版176號。1928年2月1日，國民黨又在上海創辦《中央日報》，中宣部部長丁惟汾任社長，彭學沛任總編輯。

[6]高郁雅：《國民黨的新聞宣傳與戰後中國政局變動（1945—1949）》，臺灣大學出版委員會2005年初版，第83頁。

[7]呂芳上、黃克武訪問，王景玲紀錄：《覽盡滄桑八十年：楚崧秋先生訪問紀錄》，「中央研究院」近代史研究所2001年12月版，第8頁。

[8]曹聖芬回憶其首次拜會蔣介石時的情景：「會客廳面積不大，裡面擺放著兩組沙發，校長立在靠窗的一組沙發麵前，我行過禮後，校長示意叫我坐，我想應該立著回話。校長含笑問了我的年齡籍貫，家庭情形，便教我幫助（蕭）自誠兄努力工作。校長的目光是威嚴的，然而我這次感到的不是威嚴而是慈祥，那澄澈的眸子中流露無限的溫暖，有如冬日的陽光。」轉自唐海江：《黨報「轉型困境」的政治文化分析：以臺灣中央日報為中心》，《新聞學研究》第97期，2008年10月。

[9]馬之驌：《新聞界三老兵：曾虛白、成舍我、馬星野奮鬥歷程》，經世書局1986年版，第388頁。

[10]唐海江：《黨報「轉型困境」的政治文化分析：以臺灣中央日報為中心》，《新聞學研究》第97期，2008年10月。

[11]薛心鎔：《編輯臺上——三十年代以來的新聞工作剪影》，聯經出版社2003年版，第12頁。

[12]呂芳上、黃克武訪問，王景玲紀錄：《覽盡滄桑八十年：楚崧秋先生訪問紀錄》，「中央研究院」近代史研究所2001年12月版，第117頁。

[13]社論：《出版法的修正問題》，《中央日報》1958年4月16日。社論：《出版法補充修正袪除了兩大隱憂》，《中央日報》1958年4月18日。

[14]薛心鎔：《編輯臺上——三十年代以來的新聞工作剪影》，聯經出版社2003年版，第104頁。

[15]薛心鎔：《編輯臺上——三十年代以來的新聞工作剪影》，聯經出版社2003年版，第11頁。

[16]楚崧秋：《我與新聞》，東大圖書股份有限公司1995年8月版，第131、161—164、173頁。

[17]林森鴻：《楚崧秋開明作風為文宣立下典型》，《自立晚報》1970年6月26日第2版。

[18]楚崧秋：《我與新聞》，東大圖書股份有限公司1995年8月版，第123、145、174頁。

[19]吳敬恆：《祝詞》，上海《中央日報》1928年2月1日，第3版。

[20]蔡銘澤：《中國國民黨黨報歷史研究》，團結出版社1998年版，第53頁。

[21]榮孟源主編：《中國國民黨歷次代表大會及中央全會資料》下冊，光明日報出版社1985年版，第5—7頁。

[22]程滄波：《自序》，載《滄波文存》，傳記文學出版社1983年3月版，第1頁。

[23]程滄波：《我所認識的張季鸞先生》，載《傳記文學》第30卷第6期，收入朱傳譽主編：《張季鸞傳記資料》，天一出版社1979年版，第74頁。

[24]程滄波：《敬告讀者》，南京《中央日報》1932年5月8日。

[25]陸鏗：《陸鏗回憶與懺悔錄》，時報文化出版公司1997年版，第97—99頁。

[26]馬星野：《讀報觀影罪言》，《中央日報》，1973年3月1日。

[27]何榮幸策劃：《黑夜中尋找星星——走過戒嚴的資深記者生命史》，時報文化公司2008年1月版，第138—139、180頁。

[28]據陶希聖回憶，重慶時期，蔣介石對《中央日報》鞭策很嚴，責成其認真踏實地宣達中央政策；既要知道政情，參與機密，又不能泄漏機密。參與了機密，知道了政情，卻又不能泄漏。同一消息，其他各報也許可以發表出來，只有《中央日報》不得任意發表。怎麼辦？這使《中央日報》感覺為難，結果在出報的時間上不如《新華日報》快，而言論新聞上又不如《大公報》——《大公報》甚至超越了《中央日報》而更能代表中央，其言論新聞也往往被視為反映了蔣介石本人的政策。參閱陶希聖：《游於公卿之間的張季鸞先生》，載《傳記文學》第30卷第6期。

[29]吳魯仲：《解放前我在西昌寧遠報的經歷及其他某些活動憶記》，《石棉文史資料選輯》第3輯，1990年版。

[30]陶希聖、董顯光都曾自稱是打字機。陶希聖說，「我是打字機，我的意見沒有提出的餘地」；「我在

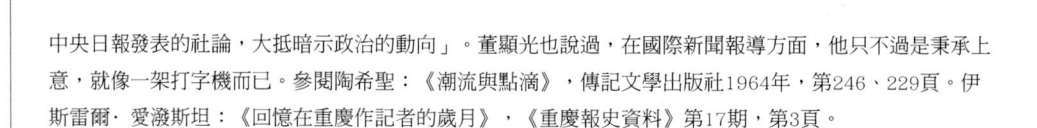

中央日報發表的社論，大抵暗示政治的動向」。董顯光也說過，在國際新聞報導方面，他只不過是秉承上意，就像一架打字機而已。參閱陶希聖：《潮流與點滴》，傳記文學出版社1964年，第246、229頁。伊斯雷爾·愛潑斯坦：《回憶在重慶作記者的歲月》，《重慶報史資料》第17期，第3頁。

[31]楚崧秋：《我與新聞》，東大圖書股份有限公司1995年8月版，第175頁。

[32]林正國：《中央日報改革的決心與作法》，《新聞鏡週刊》第86期，1990年6月25日至7月1日。

[33]「中國新聞學會」：《中華民國新聞年鑒1997—2006》，世新大學出版社2007年版，第96頁。

[34]林麗雲：《臺灣威權政體下「侍從報業」的矛盾與轉型：1949—1999》，收入張笠雲等編：《文化產業：文化生產的結構分析》，遠流出版社2000年版，第99頁。

[35]「出版法」第24條規定，報紙不必繳納發行收入之營業稅，附屬於報團的出版事業公司及其所得或其附屬作業之所得免交所得稅。

[36]臺灣省政府每年編列政宣補助費專款，補助基層村裡鄰長訂閱五家黨公營報紙——所謂「村裡鄰長報」，文工會發函當局各單位、農會、議會、學校等，要求訂閱《中央日報》，臺灣省政府所屬各單位要訂閱《新生報》，軍中必須訂閱《青年戰士報》。

[37]1952年前，由於經濟困頓，報紙在臺灣屬於奢侈品，訂閱量低，廣告業務難以推展，主要以當局公告為主，而當局廣告70%由公營報紙包辦；1952年3月，規定公告以輪流刊登於各公民營報紙為原則。

[38]1951年4月公佈《臺灣省各報社通訊記者搭乘鐵公路乘車優待辦法》，新聞工作人員票價為一般票價的四分之一。

[39]周慶祥：《黨國體制下的臺灣本土報業：從文化霸權觀點解析威權體制與吳三連自立晚報（1959—1988）》，世新大學博士論文（2006年），第86頁。

[40]施和悌：《兩大報系政治押寶——中時、聯合各押的寶》，《財訊》第95期，1990年2月，第144—148頁。

[41]周慶祥：《黨國體制下的臺灣本土報業：從文化霸權觀點解析威權體制與吳三連自立晚報（1959—1988）》，世新大學博士論文（2006年），第87頁。

[42]王麗美：《報人王惕吾：聯合報的故事》，天下文化出版公司1994年版，第16頁。

[43]江詩菁：《宰制與反抗：中時、聯合兩大報系與黨外雜誌之文化爭奪（1975—1989）》，稻鄉出版社

2007年版,第99頁。

[44]王惕吾:《我與新聞事業》,聯經出版事業公司1991年版,第1頁。

[45]彭明輝:《中文報業王國的興起:王惕吾與聯合報系》,稻鄉出版社2001年版,第17頁。

[46]習賢德:《革命實踐研究院檔案中的王惕吾與余紀忠》,載《傳記文學》第84卷第2期,2004年2期,第21—23頁。

[47]葉邦宗:《報皇王惕吾》,四方書城2004年版,第169頁。

[48]張慧英:《提筆為時代:余紀忠》,時報文化出版公司2002年4月版,第37頁。

[49]王麗美:《報人王惕吾:聯合報的故事》,天下文化出版公司1994年版,第22頁。

[50]王惕吾:《我與新聞事業》,聯經出版公司1991年版,第58頁。

[51]馬克任:《我站在聯合報的屋簷下》,載張作錦主編:《一同走過來時路》,聯經出版公司1991年版,第155頁。

[52]社論:《現代報人與現代報紙》,《中國時報》1958年9月1日。

[53]11篇社論分別為:《我們沉痛抗議 論出版法修正草案之不當》(1958/4/13)、《民主法制不容摧毀》(4/15)、《藉著以代政府筆——三論出版法修正草案》(4/16)、《施政的幾項原則》(4/18)、《立法院錯了》(5/1)、《立法院歷史榮辱的關鍵》(5/2)、《異哉!立委們的堅持己見》(5/3)、《從國家利害看出版法的修正》《立法院如何自立?》(6/6)、《論團結之道》(6/18)、《出版法修正案透過之後》(6/21)。

[54]葉邦宗:《報皇王惕吾》,四方書城2004年版,第200頁。

[55]葉邦宗:《報皇王惕吾》,四方書城2004年版,第191—193頁。

[56]江詩菁:《宰制與反抗:中時、聯合兩大報系與黨外雜誌之文化爭奪(1975—1989)》,稻鄉出版社2007年版,第121頁。

[57]金恆煒:《臺灣媒體的結構性分析——以〈聯合報〉與〈中國時報〉為例》,《當代》第138期,2006年。

[58]王惕吾：《我與新聞事業》，聯經出版公司1991年版，第57頁。

[59]張慧英：《提筆為時代：余紀忠》，時報文化出版公司2002年4月版，第37頁。

[60]王惕吾：《我與新聞事業》，聯經出版公司1991年版，第61—62頁。

[61]南方朔口述，韓福東撰稿：《臺灣報禁解除前後》，《先鋒國家歷史》第14期，2008年4月（下）。

[62]賴金波：《臺灣經濟發展對報業之影響》，政治大學新聞研究所碩士論文（1972）。

[63]於衡：《聯合報二十年》，《聯合報》社1971年11月版。

[64]王惕吾：《我與新聞事業》，聯經出版公司1991年版，第90—91頁。

[65]續伯雄輯註：《臺灣媒體變遷見證：歐陽醇信函日記（1967—1996）》，時英出版社2000年版，第44頁。

[66]王惕吾就曾表示：「怎樣才能使報紙的獨立報導與評論，符合國家社會利益的最高要求，是我經營聯合報所面臨最大的挑戰。」王惕吾：《我與新聞事業》，聯經出版公司1991年版，第19頁。

[67]王惕吾：《我與新聞事業》，聯經出版公司1991年版，第16—17頁。

[68]包澹寧：《筆桿裡出民主：論新聞媒介對臺灣民主化的貢獻》，時報出版公司1995年版，第247頁。

[69]陳國祥、祝萍：《臺灣報業演進四十年》，自立晚報社1988年6月版，第61頁。

[70]王惕吾：《我與新聞事業》，聯經出版公司1991年版，第18頁。

[71]王惕吾：《我與新聞事業》，聯經出版公司1991年版，第68頁。

[72]林思平：《通俗新聞：文化研究的觀點》，五南圖書出版有限公司2008年版，第112頁。

[73]李瞻：《中國中央日報、聯合報與中國時報三大日報內容之統計分析》，《新聞學研究》第17期；《當前中國三大日報內容之統計分析》，《新聞學研究》第36期。

[74]趙嬰：《瑠公圳案新聞報導之比較與研究》，政治大學新聞研究所碩士論文（1962年），第240—241頁。

[75]王天濱：《臺灣社會新聞發展史》，亞太圖書出版社2002年版，第30頁。

[76]社論：《增公圳分屍案的教訓》，《自立晚報》，1961年4月18日。

[77]社論：《分屍案的偵破與新聞採訪》，《聯合報》，1961年3月10日。

[78]賴光臨：《檢驗七十年代報業的發展》，載臺北市新聞記者公會編：《中華民國新聞年鑑八十年版》，臺北市新聞記者公會1991年版，第68頁。

[79]王惕吾：《我與新聞事業》，聯經出版公司1991年版，第64—70頁。

[80]1965年2月開始，《聯合報》基於「觀念的革新，重於行動的努力」，發表了《我們亟須接受的新觀念》系列社論共8篇。這些社論主張，勇於放棄舊傳統中的糟粕，才能產生新的觀念意識，蔚成新的氣象，因而必須充分吸收新科學與民主為核心的生產性、建設性文化。具體包括：主張尊重人權厲行法治；主張確立公私權益關係；主張提高公益道德，劃分群己道德；主張發展民營企業，發展大企業，讓企業發財，保護消費者利益；主張新重商主義；主張在求富中求均；鼓吹企業家的社會責任；提倡責任政治觀念；主張維護人權，尤其個人為維護本身權益不受侵犯而奮鬥；提倡工業化的勤儉觀念，工業社會的財經立法、企業所有權與管理權的分開；主張多元社會的價值觀念等。王惕吾：《我與新聞事業》，聯經出版公司1991年版，第156頁。《中國時報》同樣堅信「中國前途唯一的希望，是寄於民主自由的實踐」，不遺餘力地倡導符合民主自由的進步觀念。1982年9月，創辦《美洲中國時報》。發刊詞《自由、民主、愛國家——我們一貫的信念和努力的方向》稱：「中國時報在以往的歲月中，殫精竭慮以赴者，就是追求自由民主理想的實踐。我們踏實報導新聞，期待促成一個開放的社會；我們傳播觀念，希望導致社會的革新、國家的現代化；我們評論時政，旨在匡正缺失，趨向進步。」

[81]王惕吾：《我與新聞事業》，聯經出版公司1991年版，第103頁。

[82]楊秀菁：《臺灣戒嚴時期的新聞管制政策》，稻鄉出版社2005年版，第179頁。

[83]陳順孝：《新聞控制與反控制——「記實避禍」的報導策略》，五南文化2003年版。

[84]社論：《紀念社慶，憂心國是》，《聯合報》1960年9月16日。

[85]王惕吾：《我與新聞事業》，聯經出版公司1991年版，第20—22頁。

[86]黃順星：《記者的重量》，世新大學博士論文（2008年），第10頁。

[87]瘂弦：《高信疆與我》，載季季編：《紙上風雲高信疆》，大塊文化出版公司2009年版。

[88]江迅：《高信疆是黑夜裡的星星》，《新民週刊》2009年9月2日。

[89]何榮幸策劃：《黑暗中尋找星星——走過戒嚴的資深記者生命史》，時報文化公司2008年版，第475頁。

[90]1977年，臺灣縣市長選舉中，由於國民黨在桃園縣長選舉投票過程中做票，引起中壢市民憤怒，上千名群眾包圍中壢市警察分局，搗毀並放火燒燬警察局，史稱中壢事件。

[91]周慶祥：《黨國體制下的臺灣本土報業：從文化霸權觀點解析威權體制與吳三連自立晚報（1959—1988）》，世新大學博士論文（2006年），第81頁。

[92]事件經過，將在下節敘述。

[93]黃順星：《記者的重量》，世新大學博士論文（2008年），第8頁。

[94]1984年10月15日，華裔美籍作家劉宜良（筆名「江南」）在美國遭遇臺灣黑道分子刺殺身亡。後經調查，兇手為臺灣情報局僱用，引起美國方面震怒。為平息美方，蔣經國下令逮捕了「情報局」局長汪希苓、副局長胡儀敏、第三處副處長陳虎門等人。

[95]李金銓：《星星之火，可以燎原——臺灣報業與民主變革的崎嶇故事》，載李金銓：《超越西方霸權：傳媒與文化中國的現代性》，牛津大學出版社（香港）2005年版。

[96]陳文茜、楊渡：《運動就像劇場表演》，載楊澤主編：《狂飆八〇：記錄一個集體發聲的時代》，時報文化出版有限公司1999年版，第86頁。

[97]何榮幸策劃：《黑暗中尋找星星——走過戒嚴的資深記者生命史》，時報文化公司2008年版，第311—314頁。

[98]王惕吾：《我與新聞事業》，聯經出版公司1991年版，第34—35頁。

[99]許由：《也談開放「報禁」與增加報紙篇幅》，載史為鑒編著：《禁》，四季出版事業有限公司1981年版，第53頁。

[100]呂芳上、黃克武訪問，王景玲紀錄：《覽盡滄桑八十年：楚崧秋先生訪問紀錄》，「中央研究院」近代史研究所2001年12月版，第8頁。

[101]張慧英：《提筆為時代：余紀忠》，時報文化企業有限公司2002年版，第84—85頁。

[102]王惕吾：《我與新聞事業》，聯經出版公司1991年版，第53—54頁。

[103]黃清龍：《媒體在臺灣民主化進程中的角色變遷》，
http：//www.21ccom.net/articles/zgyj/thyj/article_201004298701.htm。

[104]陳國祥、祝萍：《臺灣報業演進四十年》，自立晚報社1988年6月版，第198頁。

[105]王洪鈞：《臺灣新聞事業發展證言》，臺北市新聞記者公會1998年版，第12—19頁。

[106]魏玫娟：《新聞傳播媒介在臺灣政治發展過程中的角色——解嚴前後新聞傳播媒介角色之分析》，中山大學政治學研究所碩士論文（1997年），第4頁。

[107]卜幼夫：《臺灣風雲人物》，轉自楊錦麟：《李萬居評傳》，人間出版社1993年版，第208頁。

[108]楊錦麟：《李萬居評傳》，人間出版社1993年版，第202頁。

[109]陳國祥、祝萍：《臺灣報業演進四十年》，自立晚報社1987年版，第78頁。

[110]楊錦麟：《李萬居評傳》，人間出版社1993年版，第247—248頁。

[111]楊錦麟：《李萬居評傳》，人間出版社1993年版，第348頁。

[112]陳國祥、祝萍：《臺灣報業演進四十年》，自立晚報社1987年版，第78頁。

[113]自立晚報報史小組：《自立晚報四十年》，自立晚報社1989年版，第41—42頁。

[114]江詩菁：《宰制與反抗：中時、聯合兩大報系與黨外雜誌之文化爭奪（1975—1989）》，稻鄉出版社2007年版，第102頁。

[115]呂東熹：《政媒角力下的臺灣報業》，玉山社2010年7月版，第206—207頁。

[116]黃順星：《記者的重量》，世新大學博士論文（2008年），第135頁。

[117]1986年民進黨成立後，由流亡美國的許信良等人，將他們在紐約成立的「臺灣民主黨建黨委員會」改名為「民主進步黨海外支部」，並宣布將於「中央民代」選舉前組團返臺。11月14日，「民進黨海外組織代表團」7名團員由美飛抵桃園機場，100餘名民進黨及黨外人士前往機場迎接。「代表團」成員下機後，由於其中4人未獲簽證，不準入境。交涉未果，7人憤而轉機離去。前來迎接的民進黨人士為此大鬧檢查大廳，與警方發生衝突，僵持達6個小時之久。11月30日，許信良擬自東京飛返臺北，民進黨聚眾數千

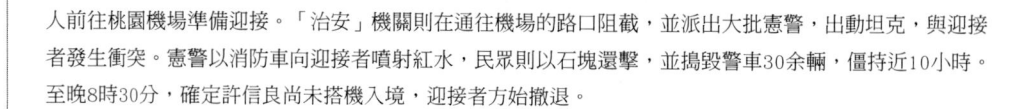

人前往桃園機場準備迎接。「治安」機關則在通往機場的路口阻截,並派出大批憲警,出動坦克,與迎接者發生衝突。憲警以消防車向迎接者噴射紅水,民眾則以石塊還擊,並搗毀警車30余輛,僵持近10小時。至晚8時30分,確定許信良尚未搭機入境,迎接者方始撤退。

[118]何榮幸策劃:《黑夜中尋找星星——走過戒嚴的資深記者生命史》,時報文化公司2008年版,第425頁。

[119]李筱峰認為,「黨外」一詞,原本只是對非國民黨籍的一個泛稱,早期無黨籍的候選人,多以「無黨無派」標榜,自從黃信介、康寧祥崛起後,「黨外」一詞開始大量使用,成為無黨籍中的政治異議分子共同使用的稱號。李筱峰:《臺灣民主運動40年》,自立晚報社1987年版,第122頁。

[120]何榮幸、洪貞玲採訪整理:《只要是執政者都會討厭媒體:專訪司馬文武談反對運動與媒體的糾葛》,《目擊者》第17期,2000年6月。

[121]李金銓:《政治經濟學的悖論:中港臺傳媒與民主變革的交光互影》,《二十一世紀》2003年6月號。

[122]馮建三:《廣電資本運動的政經分析》,唐山出版社1995年版,第121頁。

[123]江詩菁:《宰制與反抗:中時、聯合兩大報系與黨外雜誌之文化爭奪(1975—1989)》,稻鄉出版社2007年版,第5頁。

[124]包澹寧:《筆桿裡出民主:論新聞媒介對臺灣民主化的貢獻》,時報出版公司1995年版,第289頁。

[125]許瑞浩:《臺灣政論的初步分析——以「自由化」、「民主化」和「本土化」為中心》,《國史館學術集刊》第二期。

[126]韋政通:《三十多年來知識分子追求自由民主的歷程——從〈自由中國〉、〈文星〉、〈大學雜誌〉到黨外的民主運動》,載中國論壇編:《臺灣地區社會變遷與文化發展》,中國論壇1985年版。

[127]何榮幸策劃:《黑夜中尋找星星——走過戒嚴的資深記者生命史》,時報文化公司2008年版,第150頁。

[128]薛化元:《自由中國與民主憲政——1950年代臺灣思想史的一個考察》,稻鄉出版社1996年版,第6、20頁。

[129]薛化元:《從「反共擁蔣」掛帥到人權意識抬頭——自由中國與執政當局互動關係的一個歷史考察》,《法政學報》第5期,1996年1月,第43—66頁。

[130]成舍我：《中華日報鼓吹暴動》，《自由中國》1957年1月16日。

[131]汪幸福：《被氣得多次大口吐血胡適給蔣介石祝壽惹風波》，《文史精華》2004年12期。

[132]殷海光：《反攻大陸問題》，《自由中國》1957年8月1日。

[133]王杏慶：《大學雜誌與現代臺灣——1971至1973年的知識分子改革運動》，載澄社：《臺灣民主自由的曲折歷程：紀念雷震三十週年學術研討會論文集》，自立晚報社1992年版。

[134]許瑞浩：《臺灣政論的初步分析——以「自由化」、「民主化」和「本土化」為中心》，《國史館學術集刊》第2期。

[135]江詩菁：《宰制與反抗：中時、聯合兩大報系與黨外雜誌之文化爭奪（1975—1989）》，稻鄉出版社2007年版，第151頁。

[136]包澹寧：《筆桿裡出民主：論新聞媒介對臺灣民主化的貢獻》，時報出版公司1995年版，第302頁。

[137]黃信介：《發行人的話——共同來推動新生代政治運動！》，《美麗島》第1期，1979年8月。

[138]江南：《蔣經國傳》，中國友誼出版公司1993年版，第474頁。

[139]南方朔口述，韓福東撰稿：《臺灣報禁解除前後》，載《先鋒國家歷史》第14期，2008年4月（下）。

[140]彭琳淞：《黨外雜誌與臺灣民主運動》，「國史館」主辦「二十世紀臺灣民主發展學術討論會」論文，2003年9月。

[141]一鳴夫：《冷眼看百花齊放的政治刊物——「雜誌禁」開放後面面觀》，載史為鑒編著：《禁》，四季出版事業有限公司1981年2月版，第182頁。

[142]何榮幸策劃：《黑夜中尋找星星——走過戒嚴的資深記者生命史》，時報文化公司2008年版，第234頁。

第四章　巨靈的控制與無權者的權力

> 新聞自由，並不是存在於法律條文之中，甚至也不是必然存在於民主制度之中，它是存在於記者的心靈與意志之中。——黃年

報禁開放後，人們期待著臺灣報業能透過自由市場競爭，更好地擔負起社會公器角色，確保民眾知的權利，監督當局，為各階層民眾的利益發聲，為社會的多元化發展發揮更大作用。然而，獲得新聞自由的臺灣報業，雖然再也沒有限證、限張、限印、限價了，沒有文工會的指示與命令了，也沒有警總的約談與審查，更不會隨意逮捕記者和封閉報刊了，卻很快面臨資本的壓力，並且在市場導向之下，新聞品質一路向下沉淪。[1]

第一節　大者恆大　贏家通吃

財團主宰報業

報禁開放之前，有識之士曾預見到解禁可能帶來新的問題。為了防患於未然，「行政院新聞局」曾成立專案小組，到全臺報社進行充分調研。當時業界意見，南部地方報紙在廣告分版等問題上，與兩大報系等北部強勢報紙出現分歧。經過近十個月的協商，最後南北雙方勉強達成「八項協議」。協議除了規定1988年元旦開放報紙登記證，還對開禁後報紙的張數、廣告、報價、印刷地點，甚至字體大小都作了詳細規劃。[2]

報禁開放第一天，共有7家報紙、1家通訊社申請辦理手續；此後，遞交申請者絡繹不絕。兩個月內，新申請登記報紙即達33家，超過以往40年所存在的報紙數，平均每兩天增加1家。新增加的報紙中，專業性報紙增加很快，像兒童、婦女、交通、勞工、旅遊、宗教、工程、環保、健康、司法、科技等報紙都有申請，財經、貿易、股票、投資、期貨等專業報紙尤其踴躍，反映當時臺灣社會結構性及價值觀的改變。

在報紙張數方面，由於此前「八項協議」中規定各報最高不能超過6張。報禁開放當天出版的27家報紙中，有9家增為6大張，3家增為5大張，4家增為4大張，9家維持3大張，還有兩家分別出兩大張和1大張半。報價也隨增張而上調，一般訂費由過去的5元增至8元，出版6大張的報紙則調至每份10元，最便宜的為4元，最貴的英文報為12元。

版面增加，各報內容陡然豐富許多，尤其是地方新聞、民眾服務及休閒類新聞，井噴式增加。此外，字體放大，行間加寬，普遍使用照片、漫畫和彩色版面，採用塊狀拼版、新聞提要、內容索引等新排版方式，更新印刷設備，印製質量大為改善。寫作方式也開始發生變化，更加講求新聞的故事性、趣味性。種種變化，可謂是一片新氣象，令讀者感到目不暇接，美不勝收，甚至有資訊超載、無法消受之感。

解禁後臺灣報業的新變化，一些讀者原有的閱讀習慣也有些跟不上了。比如，報紙資訊增多了，讀報時間必然增加，有的讀者感覺時間浪費；長期以來，都是逐頁翻閱，從頭到尾，一版版讀完，現在報紙版面太多，難以讀完，只能根據新聞分類索，各取所需，感覺資訊浪費；最後，報費增加，有讀者又會感覺金錢浪費。[3]因此，報禁開放後，市場中立即出現了一些「意外」反應。首先，原有各報的發行量，無論是長期訂戶，還是市場零售，都出現了顯著跌落，幅度大約在10%到30%之間。其次，資訊增多增加了部分讀者閱讀興趣的同時，又使得另外一些讀者感覺無法承受太多資訊，產生閱報失敗感，從而閱讀興趣下降。而且，閱讀的失敗感容易造成讀者的逃避心理，影響公眾對公共事務的關切，與原先期待中的開放後報業將會使社會對話更加充分、更加多元化的情形，發生相反的效果。更重要的是，當意識到讀者的閱讀時間和報紙消費的費用都有限度，而用以爭奪這有限資源的資訊越來越多之時，各報除了在新聞內容和版面美化等方面提升品質之外，少數報紙為吸引眼球，開始採用聳動、誇大或離奇的議題；同時，有的報紙採編人力不足，為了填充增加的版面，加上盈利動機起作用，大量刊登品質低劣的廣告，包括成藥廣告，而且不惜給予較好較大的版面，報紙品質開始出現低劣化跡象。[4]

各種跡象表明，報禁開放後，臺灣報業的走向似已不可捉摸；興旺熱鬧的新氣

象之下,已透露出不少隱憂,最顯著的表現之一,是新報的創辦和停刊一樣頻繁,報業生態極不穩定(表10)。

表10報禁開放後臺灣報紙變化表(1988—1995年)[5]

年份	報紙家數	新增報紙	停刊報紙
1987	31		
1988	123	98	7
1989	196	139	66
1990	212	79	63
1991	238	67	46
1992	271	58	27
1993	296	51	47
1994	300	58	34
1995	376		

在不穩定的報業生態中,勢單力薄的報紙的生存空間日益侷促。市場競爭取代報禁政策成為報業的「新設限」。對新手而言,過去格於禁令,難以創辦新報,現在卻格於市場,難以為繼。[6]

據統計,1996年臺灣出版的61家報紙中,按性質分,綜合性日報有31家,綜合性晚報10家,經濟性報紙11家,休閒性報紙4家,兒童報紙3家,英文報2家。按所有權分,61家報紙分屬6家報系:聯合報系、中時報系、黨報報系、政府報系、軍報報系、自立報系。[7]其中,兩大報系因為勢力雄厚,占據有利起跑點,在報禁開放後急速擴充。

聯合報系除了新辦《聯合晚報》,又分別登記北、中、南部版,新創辦的以影視娛樂為主的《星報》,加上原有的《聯合報》《經濟日報》《民生報》,等於擁有13份報紙。《中國時報》則早在1985年,便下鄉發展地方報,並以臺北、臺中、高雄為基地成立新聞中心,改由北、中、南三地印刷,企圖向南部的《臺灣時報》《民眾日報》《中華日報》等占地方優勢的報紙發起挑戰。報禁開放後,中時報系

也在《中國時報》《工商時報》之外，新辦了《中時晚報》，同時各登記北、中、南部三種版，以9份報紙和聯合報系分庭抗禮。

無論是舊報擴張，還是創辦新報，都需要大量人才。在這方面，兩大報系以優厚待遇，一方面，留住原有人馬，另一方面，為了讓新進人員立即上場作戰，捨棄以往培育記者的方式，而改以直接向其他報社挖角的方法，造成許多地方報，包括一些全國性報紙的地方記者流向兩報。[8]

1989年2月11日，《中國時報》刊出《本報啟事》，宣布加張。第二天，《聯合報》當即跟進，同樣出版7張。此前一個月，《聯合報》在臺北報業公會上，曾提議取消「八項協議」，因為只有《中華日報》一家代表表示抗議，沒有經過表決該案就算透過了。輿論界稱，此舉意味著報紙張數已經沒有了上限，也意味著在兩大報系的攻勢下，其他報業戰況趨緊。[9]

因此，報禁開放後，臺灣報紙總數雖然暴增，但兩大報系壟斷報業市場的地位依然沒有改變。1989年，王惕吾宣布聯合報系四大報發行量占報業市場的52％，加上《中國時報》，兩大報系發行量至少占臺灣文字媒體的80％以上。[10]

在兩大王國擴張下，獨立報刊很難生存。80年代借助黨外運動盛極一時的《自立晚報》，以其大膽報導一紙風行，發行量曾一度達到100多萬份。報禁開放後，乘勢創辦《自立早報》，儼然與兩大報系鼎足而三。結果不僅沒能撼動聯合、中時兩大王國在早報的壟斷地位，並且傷及自身。在外，兩大報系不僅牢牢控制日報市場，令《自立早報》難以突圍，而且新創的《中時晚報》和《聯合晚報》憑藉強大的日報力量支持，蠶食晚報的市場。在內，為了支持《自立早報》，《自立晚報》精銳盡出，號稱「一軍」調到早報，被留在晚報的人自認「二軍」，內部士氣低落。同時，《自立早報》雖然沒能攻占聯合、中時兩大王國的多少市場，卻搶走了不少《自立晚報》的讀者。《自立晚報》的報份，一年內就掉了一半多，掉到67000份。[11]內外苦鬥之下，自立報系早、晚兩報苦苦支撐，到1994年終於轉手給財團。

第四章　巨靈的控制與無權者的權力

在兩大報系的壓力下，只有所謂財團報才有本錢一搏。[12]《自由時報》在報禁之後對報業市場的衝擊便是一例。該報由臺北三重幫出資，實力雄厚。為了打開市場，《自由時報》傚法兩大報，大搞有獎銷售。1988年，兩大報曾分別斥資2億元促銷。1992年，《自由時報》也投入1.6億元，用於促銷。一年內，《自由時報》廣告收入由1991年的2.12億元增加到1992年的3.63億元，增長了71%。1995年年底，《自由時報》推出贈閱計劃，一個月便投入2500萬元到3000萬元，廣告收入由1996年的18.5億元增長到1997年的34億元，遞增了83%。1996年，由於紙價上漲等因素，兩大報系將每份報紙售價提高到15元，《自由時報》則維持每份報紙10元。當年第一季即產生「不漲價效應」，發行量迅速突破100萬份，《中國時報》與《聯合報》的閱讀率則下降了3%至5%。此後，《自由時報》趁勢再打促銷戰，連續3年花了10億臺幣，大獎包括送黃金、奔馳車，甚至價值1億元臺幣的別墅。《中國時報》與《聯合報》被迫跟進。1999年，兩大報加入商品聯賣活動，買報紙送贈品，腳踏車、轎車、手機、音響、茶葉蛋、咖啡等等，都在贈品的範圍之內——報紙發行戰十足成為不止息的消耗戰。[13]這波價格戰後，《自由時報》宣稱臺灣已進入「三大報」時代。

中時、聯合、自由三大報團鼎足而立的態勢一旦形成，其他報紙想從這三大報挖走報份就變得非常困難。《民眾日報》與《臺灣日報》也曾不斷舉辦贈獎活動，但對報份成長幾乎沒有多大幫助，《民眾日報》的報份甚至下跌。事實上，各報的促銷競賽，重心多放在以其他商品來籠絡讀者，鮮少以優質新聞內容爭取讀者支持與信賴。當局也未能規範這種促銷競賽的市場行為，流風所及，各報竟拚力爭奪惡劣廣告，如中西成藥誇大效果、六合彩、地下錢莊、徵友徵婚征公關男女等色情廣告，就連頗負盛名的報紙也不拒絕。1994年6月，高雄《臺灣新聞報》以正式聲明、新聞、社論等方式，抨擊報業公會各會員報不遵守公會決議，擅自大量刊登六合彩和色情廣告，毅然退出高雄報業公會。與此同時，讀者對報紙的批判也層出不窮。儘管如此，為了生存，各報的惡性競爭在很長時間內仍是變本加厲，欲罷不能。

報業的黃昏

149

1990年中期，臺灣經濟開始不景氣，給競爭激烈的報業市場帶來不小的衝擊。與1989年相比，1990年臺灣報紙的主要營業收入——廣告業績均出現了衰退，而報禁開放初期由於激烈競爭而造成的結構性成本（比如兩大報系因壟斷人才挖角而帶來的高人事成本、因搶先1小時出報新蓋的印刷分廠、因擴充報系規模而新生的借貸利息等）卻居高不下，危機遂告出現。為應對危機，各報先是採取較溫和的節流方案，包括凍結人事與薪資，緊縮日常雜支，取消員工福利如住宅貸款、津貼、獎金等。此後便是減張、減薪、裁員。1990年12月1日，聯合、中時攜手達成默契，同時將日報的週一至週四版由8大張縮減為7大張，僅此每月可省下1900萬元，自立報系則宣布裁員，每月節約750萬元。[14]

1993年，臺灣透過「有線電視法」，開放廣播頻道，媒體結構發生變化，電子媒體對報業的衝擊開始加大。[15]進入新世紀後，受到臺灣經濟景氣，特別是網路、電視媒體的衝擊，報紙閱讀率大幅下降，廣告也每況愈下，加上紙張和其他原物料價格飛漲，臺灣報業漸漸進入嚴冬季節。

在閱讀率方面，報禁開放初期，新報陡增導致原有各報長期訂戶及零售皆出現顯著跌落，幅度約在10％到30％之間。[16]調查顯示，1992年，76％的臺灣民眾是報紙讀者，到了2004年卻只有不到50％的人讀報。1996年有線電視臺成立，將24小時輪播新聞方式帶入市場，吸引民眾改以收看電視新聞瞭解社會事件。到了2005年，23％的民眾覺得有線電視是不可或缺的媒體，只有不到10％的人認為報紙是生活必需品。三大報的閱讀率也隨之下滑。《中國時報》2004年為11.3％，2005年為10.6％，2006年為8.4％；《聯合報》2004年為12.6％，2005年為11.9％，2006年為9.6％；《自由時報》2004年為17.6％，2005年為16.5％，2006年為16.3％。[17]

廣告方面，1990年臺灣媒體全年廣告收入有1000億元，2006年只剩下500億元。其中，報業所占的廣告份額不斷減少。2007年，臺灣報紙廣告收入僅占到電視臺的一半。當年發行量最大的《自由時報》廣告收入僅為38億元，[18]《聯合報》《中國時報》分別只有15.35億元和12億元。到了2008年，《自由時報》降至29億元，《聯合報》《中國時報》廣告更降至14.2億元和8億元。就算經營情況被看好的《蘋果日報》，2007年廣告營收為33.25億元，2008年降為30.53億元。

第四章　巨靈的控制與無權者的權力

讀者和廣告的雙重流失，使得報業市場不斷萎縮，報紙生存日趨艱難。繼報禁開放初期新報條創條停之後，臺灣報業又進入新一輪更加慘劇的停刊期。2001年10月2日，有54年歷史的《自立晚報》宣布停刊。2002年2月20日，《勁晚報》因長期虧損16億元，宣布停刊。2005年11月1日，報禁之後新辦、發行量一度高達60萬份的《中時晚報》，因為訂報率與廣告量持續下滑，不得不停刊。2006年2月底，發行16年的《大成報》停刊。同年6月1日，有78年歷史的《中央日報》停刊，轉型為網路電子報。6月6日，《臺灣日報》因為投資方拖欠報社員工薪金長達6個月，迫不得已停刊。11月1日，隸屬於聯合報系、以影劇消息為主的《星報》停刊。12月1日，同樣隸屬於聯合報系、有28年歷史的《民生報》停刊，該報內容主要以民生、體育、娛樂消息為主，曾創下發行57萬份的紀錄。

在報業衰退的大勢之下，最後連《中國時報》也不得不拱手讓人。這家曾在臺灣報業史創下無數輝煌、長期執報界牛耳的大報，雖使出渾身招數，終究還是支撐不住。廣告收入由1998年的65.6億元猛跌至2008年的8億元，財務狀況由1987年報禁開放前稅後盈利20億元，落到2008年虧損近10億元。2008年7月，《中國時報》宣布人事精簡，試圖降低成本；9月，宣布縮版減張，每天出10大張，希望走精英報線路突圍。但是，龐大的虧損使得突圍難以為繼。兩個月後，2008年11月4日，中時集團宣布旗下《中國時報》《工商時報》《時代週刊》、「中天電視」、「中國電視公司」、「中國時報旅行社」等媒體，一併以204億元新臺幣的價格，售予旺旺集團董事長蔡衍明經營，從此中時集團改名為旺旺中時媒體集團。

壹傳媒進駐臺灣

在旺旺集團收購中時集團之前，盛傳《中國時報》將被競爭對手《蘋果日報》收購的消息。旺旺集團董事長蔡衍明自己也表示，最後關鍵時刻出手，是為了「不要看到一報（蘋果）獨大」。

雖然在《中國時報》收購過程中，「米果」（旺旺集團靠經營米果起家）擊敗了「蘋果」，《蘋果日報》在臺灣也沒有一報獨大，但是，《蘋果日報》短短幾年在臺灣報業市場上打敗三大報，成為報業老大，卻是不爭的事實。

2001年5月，以八卦和膻色腥新聞起家的香港壹傳媒集團進軍臺灣，發行《壹週刊》。兩年後，2003年5月2日，壹傳媒集團再度砸下重金，發行臺灣版《蘋果日報》。創刊當天，《蘋果日報》共出27大張112版，全彩印刷，頭版封面人物為抗非典殉職的醫務人員，其他版面內容有名流豪宅特寫，也有底層小人物訪談，有名人執筆的專欄，也有記者親歷召妓的採訪，每份報中還夾送一張鐘麗緹彩色全裸海報，售價僅為新臺幣5元，首日零售量超越了當天臺灣所有報紙零售總和。此後一個月中，該報每天平均印刷量在50萬份上下，實銷率高達85％，可賣42萬份。[19]6月1日起報紙售價調為正常的每份新臺幣10元。

《蘋果日報》引進狗仔隊採掘新聞的運作模式，引爆臺灣報業的通俗新聞熱。為了迎戰《蘋果日報》，《聯合報》《中國時報》從當年2月份開始，先後進行改版，並將售價由15元降為10元，《自由時報》則在3月19日全面彩色印刷。報禁開放後十多年內，《中國時報》《聯合報》《自由時報》三分天下，沒有任何一個挑戰者構成過威脅。《蘋果日報》第一次讓三大報業同時感到壓力。

進軍傳媒業，香港《壹週刊》創辦於1990年，五年後《蘋果日報》創辦，以「買一份報紙、送一顆蘋果」的行銷手法，和「同一職位、薪水加倍」的挖角手法，引髮香港報業的割喉戰，逼得《電視日報》《香港聯合報》《快報》等多份香港報紙相繼停刊。此後，《壹週刊》《蘋果日報》的營收，一直高居香港雜誌和報紙類第一名。

在臺灣發行《蘋果日報》，仍然採用低價行銷和高薪挖角的競爭手法。在接受「CNN」專訪時，蘋果方面表示3年內要在臺灣投下60億元臺幣。對照報禁時代的臺灣報業史，《蘋果日報》的許多策略，似乎包含了當年王惕吾在《聯合報》採取的員工福利政策、余紀忠在《中國時報》的重用人才政策，以及《自由時報》的有獎銷售政策，只不過這些策略現在同時被《蘋果日報》所採用，而且每一項策略的功效都被髮揮到極致。《蘋果日報》每天出版60個版、發行40萬份時，員工不到600人，而三大報同樣的產出，卻需要2到3倍的人力。[20]

《蘋果日報》的經營方式帶有明顯的財團報風格。但是，與一般財團報不同，

第四章　巨靈的控制與無權者的權力

《蘋果日報》財力雄厚，在金錢上對競爭對手具有致命殺傷力。

與傳統報人和主流新聞學宣稱報紙應有益於國事、新聞，應秉持客觀主義原則不同，在《蘋果日報》的選稿標準中，好新聞不一定是最重要的事件，也不一定是影響最多人的事件，而是最能吸引人的事件。只要能引人注意，只要能賣錢，就可以放在頭版。《蘋果日報》不僅頭版新聞可以娛樂化，連嚴肅的政治新聞也可以娛樂化。[21]它信奉的新聞典範是：「媒體就是商品，市場主導一切。」[22]

不過，只要透過表面的膻色腥新聞和狗仔隊式的採訪作風，深究其背後的理念，檢討其言論報導的實效，《蘋果日報》即會顯示出其複雜性。

《蘋果日報》走的所謂通俗小報的大眾化線路，從世界新聞發展史的角度看，其源頭可以追溯到歷史上的便士報、黃色新聞和扒糞新聞。學者們普遍認為，19世紀30年代美國出現的便士報（Penny Press），是報刊以聳動感官風格和人情趣味作為號召的關鍵性源頭。但是，便士報在美國報業史上卻做出過革命性貢獻，它使「新聞」戰勝了「社論」，「事實陳述」戰勝了「意見呈現」。[23]在此之前，報紙乃是優勢階級的媒體，以政治與商界精英人物為服務對象。便士報則一開始便以一般市民讀者為對象，使用普通民眾的語言，口語化，生動通俗；刊載的新聞富有人情味，故事性強，訴諸讀者的情緒和感受，因此少不了感官化的文字報導，令人恐怖甚至反胃的犯罪細節。同時，又強調社會道德教化，描述罪犯們受到社會制裁和懲罰的下場。隨著科技的進步，報刊開始普遍使用圖像插畫，19世紀末出現彩印的通俗小報，帶動了「黃色新聞」的興起。普利策的《紐約世界報》便是其中的代表。該報除了延續之前便士報生活化語言寫作、富有人情味的故事、聳動的感官訴求、市井庶民取向等，還強調報導的事物應該是「創新的、特殊的、戲劇性的、浪漫的、令人興奮的、令人好奇的、獨一無二的、奇妙的、幽默的、奇怪的、容易引發討論的」。事實上，這類新聞也大受歡迎。結果，赫斯特的《紐約日報》也如法炮製，雙方爆發「黃色新聞」大戰。

「黃色新聞」以偷窺式報導揭露政商名流、影藝明星的瑣聞軼事、風流韻史招攬讀者；同時也致力於揭發當局的貪腐醜聞，批判奴隸問題，討論其他與社會底層

黑暗面相關的爭議性話題，甚至鼓吹工會權益，支持庶民的階級立場。20世紀初，通俗新聞更發展為「扒糞新聞」，主要揭露社會底層陰暗面，被視為羅斯福新政與進步主義時期改革運動的一部分。

由此可見，如同王惕吾當年「社會新聞的革命」，歷史上的通俗小報，對於政商醜聞、名人緋聞、生活娛樂資訊的強調，並不代表它對於嚴肅時政問題的輕視。相反，與所謂嚴肅報刊不同的是，在大眾報刊的通俗新聞中，公共議題不是遙遠而抽象的項目，而是以具體的、可辨認的、生活化的、通俗故事的方式呈現。換句話說，通俗新聞以間接的方式反映或討論社會議題。通俗新聞的世界，是充滿奇觀的世界（光怪陸離），也是問題化的世界（犯罪與醜聞），可以是膻色腥的聳動炒作，也可能是譴責醜聞緋聞的道德主義批判──它譴責社會犯罪，並且因為不擇手段地報導犯罪而使自身受到譴責；而且，其口語化的淺顯報導方式與照片圖表的大量運用，相當具備民主化的功能。[24]這些理念，與王惕吾的社會新聞「不是社會現象的新聞，而是社會問題的新聞」，頗有神通之處。同樣，《蘋果日報》也是這種通俗新聞報的典型，它是緋聞娛樂與政治的矛盾集合體。

《蘋果日報》關於好新聞的定義，實際上是對於社會精英概念中關於何謂政治、何謂新聞的一種反動，它試圖建立平民通俗品位的正當性，肯定八卦新聞對於受眾的消費意義。從這一意義上說，《蘋果日報》雖然以膻色腥為包裝，但它也是一份不折不扣的政治報紙。與王惕吾的思考角度不同，但《蘋果日報》同樣看到，對於普通讀者而言，由於參與政治的機會較少，因此，與日常生活相關的通俗新聞，可能比政治新聞更為重要；一條娛樂資訊，可能比政策公告的用途更大。就像王惕吾說過的，某企業人物的被綁票，對我們這個社會大眾而言，其新聞的重要性並不下於波斯灣危機。

無論競爭對手和社會如何批評《蘋果日報》的小報作風，事實是，它以小報作風成就了大報市場。有人認為，所謂嚴肅新聞與通俗新聞之分，大報與小報之別，不過是主流媒體用以強化自身主導性與正當性的策略。事實上，兩者本來就相互滲透。《今日美國報》在美國創刊初期，主流大報也曾經批評它的膻色腥。但是，隨著該報崛起為美國發行量最大的報紙，主流大報也不得不一邊批評，一邊也紛紛加

入到通俗化的行列。同樣，在《蘋果日報》的衝擊下，香港和臺灣各大報也都不由自主地走上了圖像化、娛樂化、通俗化、八卦化。

第二節　世界變了　何以立報

精神分裂的新聞界

臺灣《蘋果日報》創刊那年，時任《新新聞》總編輯的楊照，發表一篇題為《臺灣依舊需要「文人媒體？」》的文章，顯然是針對商人辦報而發。商人辦報，市場第一，「讀者愛看什麼，我就給讀者什麼」；文人辦報，卻是要提供「社會大眾應該知道的新聞」，而不是「社會大眾想要知道的新聞」。楊照說的文人辦報，也就是知識分子辦報，就是文人論政。在報禁年代，它是許多報人的內心功法；[25]到了競爭時代，雖然仍是許多報人的志業，卻未免顯得有違市場法則。楊照自己也體會到這一點，他說：

> 「文人」有清楚的、堅持的價值判斷，他們當然可能會為自己的價值付出代價。他們很可能提供了社會大眾不想看不想聽的新聞，因而無法得到商業上的收穫。可是要辦報的文人……他們相信有機會，有可能用自己的價值說服社會、改變社會、讓社會更好。[26]

楊照主張文人辦報的用意，是提倡報紙應有所謂價值判斷。就像余紀忠一再告誡同仁的：要堅持新聞自由的理想抱負，對於整個時代趨向和「國家」處境，應有明確的認知與關懷。

報禁開放後，由於言論市場的公開，一般預期各報新聞報導能更加公正客觀，將各報本身的預存立場調整。不料事實卻是，各報堅持本身立場的傾向比開放之前更加彰顯，無論在新聞價值的判斷、新聞角度的選擇，還是新聞詮釋以及新聞評論上，都毫不掩飾。對於許多重大新聞，讀者必須閱讀兩份以上的報紙，才能拼湊出事件的理路。[27]學者評論說，報禁解除後，威權政治走向民主政治，資訊市場競爭激烈，政治黨派及利益集團都想透過傳媒吸納以民意為基礎的政治資源，因而或多或少影響了報禁開放後新聞及言論品質。其結果便是，「西方報業19世紀初期的黨派立場（partisanship）以及19世紀末發生的激情主義（sensationalism），竟同時出現

於解除報禁後之臺灣新報業」。[28]

新聞的激情化主要是由於市場競爭，報業立場的政黨化則部分地歸因於報禁後遺症。誠如一位報人所說，戒嚴雖然解除了，但戒嚴已深入新聞界的骨髓。在戒嚴時代做記者的人像摸壁鬼，沒有牆壁他就不會走路了，只能用爬的。長期作為侍從的報業，要真正恢復自主獨立並不容易。以《聯合報》為例，報禁開放後，該報創辦了《聯合晚報》，是臺灣第一份橫排的報紙，一炮打響。總編輯黃年曾對王惕吾說：

> 報紙橫排，只是形式上的「橫過來」，進一步我們要在心理和思維上，也將報紙「橫過來」——將過去政治當局和新聞媒體的「垂直的關係」，政治為主，媒體為從，政治為上，媒體為下，改變成「平行的關係」，將「主從關係」轉為「制衡關係」。[29]

可是，要真正將報業與當局的關係由垂直變為平行，並非易事。除了心理定勢在起作用，報禁開放時未規定經營權與所有權應分離，缺乏民主機制，也使得報業老闆的政治利益凌駕新聞專業，主導新聞內容。[30]同時，後威權時代，臺灣政黨裂變和社會衝突加劇，也使讀者出現立場分隔，並且以各自的政治立場評判和選擇報紙。1990年代初期，國民黨出現所謂主流派與非主流派之爭，《聯合報》站在非主流派立場上反對李登輝，《自由時報》則力挺主流派李登輝，其老闆林榮三不久也擔任國民黨中央委員。特別是隨著民進黨的公開活動並走向執政，臺灣的族群關係和兩岸關係等議題分歧突現，對各報的言論報導提出了尖銳的挑戰。1992年10月30日，《聯合報》頭版刊載中共領導人李瑞環的談話，國民黨主流派及社會運動團體表示不滿，指斥《聯合報》是「中共的傳聲筒」，發動所謂「退報救臺灣」、「我家不看《聯合報》」的退報運動。當此之時，《自由時報》卻趁機宣稱自己是「臺灣人的報紙」，以其「本土」立場招攬讀者。在特定議題上，林榮三為了表明自己的立場和主張，甚至不惜將新聞規則棄之不顧。[31]在新聞專業上，《自由時報》難以被人認同，但它在許多政治議題上偏激的表達方式，加上不惜砸重金搶占市場的剽悍作風，卻迎合了「本土市場」的需求。因此，在兩大報系都被連續的虧損和裁員困擾時，不按新聞規則出牌的《自由時報》卻保持了相對平穩的狀態，令外界不得不感嘆林榮三的「招數」和「錢袋」一樣是深不可測。

當市場也被意識形態區隔的時候，報業要想保持中立，無黨無派，無疑會面臨極大的壓力。老闆立場掛帥，也讓新聞工作者陷入職業倫理的困惑。資深記者商岳衡進入《自由時報》工作僅三個半月，無法忍受該報「淪為黨派鬥爭之工具，憑著二手傳播之小道授意，對非主流派不斷展開惡毒攻擊」，深感「臺灣政局之動盪不寧，輿論界之煽風點火不能辭其咎」，憤然辭職。[32]同樣，從《中國時報》挖角到《首都早報》、出任總編輯的戎撫天，第二年就痛苦地發現自己的新聞職業理想無法堅持，感覺在辦一份自己都不相信的報紙，因為該報在市場和政商壓力下，已完全變成一份非常鮮明的黨外報紙。[33]而報禁開放前後曾風光無限的《自立晚報》，最後也因政商勢力強勢介入經營，逐漸變成「以商領報」，成為政商介入媒體最惡劣的範例。[34]

　　由此可見，報禁解除後，政治介入新聞雖然不再採用絕對控制的硬性手法，卻結合市場機制，以商業面具做掩飾，新聞依然沒有培育出完全成熟的專業文化，反而不時使得政治立場與專業報導相互混淆。尤其在統「獨」、藍綠等意識形態議題上，許多主流報紙立場鮮明，甚至以言論立場主導編輯方針，違背了言論與報導相分離的專業要求，不僅使當事人蒙受損害，也傷害了受眾，擴大了臺灣的政治對立——造成「一個臺灣，兩個世界」，最後也損害了新聞事業本身。[35]臺灣報業由此陷入一種意識形態與市場的惡性循環而不能自拔：為了滿足特定意識形態的讀者群（如深藍或深綠），報導和言論不能不有所偏頗；當報導和言論變得偏頗時，更加被其他意識形態的讀者群所厭惡，於是只能更加依賴特定意識形態的讀者群，始終無法超越藍綠，回歸客觀中立，也就難以吸納新受眾，只能各自固守基本盤，無論如何再也不可能重現80年代百萬大報的輝煌。

　　面對臺灣報業的泛政治化，曾經走過戒嚴時代的記者感慨萬端。在他們看來，臺灣政治進入了民主自由時期，警總也廢了，國民黨文工會也無力管制言論了，但報業的「靠邊站」，卻把自己的手腳又捆綁起來。過去是國民黨控制新聞自由，現在卻是媒體自己在控制新聞自由。戒嚴時代什麼都被禁止，這是一個極端；解嚴後，什麼都被放縱，這是另一個極端。解嚴前，記者必須要有勇氣，要堅持，要有技巧；解嚴後，記者必須克制，避免過度放大與渲染。解嚴前是被壓抑導致新聞扭曲；解嚴後卻是過度渲染導致專業淪喪。著名報人王健壯打了個形象的比方，就好

像在一個交響樂團裡面，那些從小在音樂學院受正規訓練、規規矩矩學樂器的人，沒人理，被人噓；那些不照樂理樂譜胡亂敲鑼打鼓的人，反而受到觀眾的喝彩，贏得掌聲。專業淪落，是非顛倒，令許多記者有挫折和內耗空轉之感。[36]

政治上無休止的紛爭令人厭煩，社會的平民化和消費主義也使得民眾對於政治的熱情降低。當消費和娛樂成為大眾的主要需求時，最好的消費就是八卦，時政新聞和嚴肅報刊越來越難以與通俗報刊競爭。世風所及，報業的「蘋果化」也就自然而然，許多原本很重要、很嚴肅的新聞，被以娛樂化的方式加以處理，彷彿所有事情都可以一笑置之。有人總結說，解嚴以後，臺灣媒體生態的最大變化，就是「公共」不見了，通通變成八卦。後威權時代臺灣的新社會控制，不是威權控制，而是流氓控制、群眾控制、八卦控制。親民黨「立法委員」李慶安曾經感嘆，「國會議員」努力問政到心灰意冷，因為好好問政協商，媒體上一個字也不會有，建言一個字也不會出來，倒是在「國事」論壇上貼大字報、唱情歌、打架、對罵或鬧緋聞就一定上新聞。[37]

現實的紛亂和社會的結構性變化，令報業無所適從，甚至自相矛盾。民眾的政治冷漠，固然是社會變遷使然，但毋庸諱言，媒體意識形態化導致自身公信力喪失也是重要的原因。報業的窘態由此顯露無遺：既要迎合市場新聞的導向，又不甘於放棄文人辦報的使命，報人在意識形態、市場、娛樂、志業的糾結之間不斷地衝撞自己的方向。[38]

誰在收買媒體

報禁時代，報紙的言論報導空間有限，記者編輯受到的束縛固然很多，許多情況下，報業老闆也一樣身不由己，連余紀忠都曾受到警總調查。[39] 解禁之後，當局的強行控制消失了，報業老闆真正可以獨斷獨行，反而成為新聞自由的障礙。在這方面，王惕吾對於本報系兩個記者報導新聞的處理方式是一個典型例證。

1967年9月21日，《經濟日報》頭版刊載一篇報導，題為《不承認日對琉球有剩餘主權　決策人士昨告立委　我立場不變》，暴露當局無力堅持琉球主權的窘

境，引起當局震怒，迫令該報停刊4日，並撤換總編輯丁文治。層峰的指令，王惕吾無法抗拒，保不了丁文治的總編職務，但仍將他調回《聯合報》擔任副總編，繼續重用。不久，國民黨文宣大員到聯合報巡視，發現丁文治還在報社，立即要王惕吾將他掃地出門，「永不錄用」。王惕吾無奈之下，被迫解除丁的職務，但仍他將安排在自己經營的塑膠公司內當經理。

1991年3月9日，《聯合報》記者徐瑞希奉主管指示撰寫特稿《翁大銘以後戲怎麼唱》，分析某弊案主角翁大銘的政商人脈，文中提到翁大銘和時任「總統府」秘書長的蔣彥士，以及黨政大老黃少谷之子黃任中等人關係友好。審稿時，採訪主任刪去了涉及蔣彥士的內容，因為蔣和王惕吾關係密切。稿件見報後，王惕吾斥責記者：「為什麼要把黃少谷的名字也提出來？」並要求刊登道歉啟事，繼而下令開除負責報導的記者，引起報社內部震動。副社長以下多位主管到王惕吾家求情，無功而返。各報記者義憤填膺，200多人聯署聲援徐瑞希，王惕吾更加惱怒，嚴詞警告：聯合報系若有人參加聯署聲援，一律開除。

以上兩件發生在不同年代的事件，固然反映了王惕吾個人的好惡作風，更反映瞭解禁前後臺灣報業老闆權力的變化。[40]當報業老闆成為新聞自由的新障礙時，臺灣新聞工作者爭取自由的主要目標，也就由此前的免於當局干涉的外部新聞自由，轉為免於老闆干涉的內部新聞自由。1994年發生的「搶救自立」事件，便是其標誌。

1994年6月，因為經營陷入困境，自立報系股權移轉。由於擔心新聞採編獨立權因股權轉手而改變，自立報系員工發起抵制具有財團背景的新資方行動，並尋求外界奧援。7月15日，《自立晚報》和《中時晚報》分別刊出三批和全版廣告，內容是由「中央研究院」院士李鎮源、政治大學新聞系副教授馮建三、《自立晚報》資深記者陳銘城等人具名，呼籲「搶救自立」，希望新的經營者尊重自立報系的編採風格，不破壞媒體自主性。8月13日，《自立晚報》頭版頭條刊出《自立報系將被賣掉》的消息。消息稱，該報多位主筆在自立報系賣給陳政忠之後，將不再為自立報系撰寫社論。此後，《自立早報》《自立晚報》記者發起聯署，要求與資方簽訂「編輯室公約」。這是臺灣新聞史上第一次媒體員工抗議經營權轉移，並由此催

生臺灣第一個自主性新聞工作者專業組織——臺灣新聞記者協會。[41]

　　自立報系的「編輯室公約」以及之後的「九〇一為新聞自主而走」事件均表明，報禁開放後臺灣媒體爭取新聞自由的對像已由報禁時代的管制者——當局，轉向競爭時代的媒體所有人、相關利益集團及廣告商。前者爭取的是外部新聞自由，後者爭取的是內部新聞自由。正如報禁開放前夕學者所預測的，將來新聞自由奮鬥的目標不是別的，而是一個碩大無朋的「官僚商業勾結體（Bureaucratic-commercial complex）」，「編輯室公約」正是臺灣媒體人針對「官僚商業勾結體」提出的捍衛內部新聞自由的新方案。

　　「編輯室公約」的訴求頗為耐人尋味。它提出：「任何資本家都可以辦報，只是必須對報業行規與價值有所遵從。」事實上，它準確地表達了報禁開放後臺灣報業所面臨的根本困境：只有財團有實力參與報業市場競爭，而財團辦報以市場為導向，利潤至上，老闆決定報導言論方針，必然傷害新聞的專業規範和價值。換句話說，報禁解除後，臺灣報業在新聞形式、新聞文化方面的諸般眩目變化，追根究底，無不是報業產權變化導致的結果。或者說，比起表面的集團化、娛樂化等外在變化，「官僚商業勾結體」才是報禁解除後臺灣報業生態最為根本的不同。

　　因為可以憑金錢手段掐住報業的經濟命脈，當局和財團再也不需要像從前那樣用白色恐怖或黑道手段壓制新聞工作者的揭弊報導，只需要直接用金錢購買新聞和版面就可以了。為了生存，臺灣媒體已不得不走上了「賣新聞賺錢」的不歸路。無論是報紙的新聞版面，還是電臺電視臺的新聞時段、新聞節目，統統可以喊價拍賣。各種政商廣告，由此透過置入式行銷變成各式「新聞」。「深度報導」成了「商品類型」，「主播專訪」成了「產品規格」，「SNG新聞連線」背後實際是金錢連線。報社成立「企劃組」負責「業編合作」，電視臺成立「專案組」負責「新聞專案」，統統都是為了「業配」。

　　於是，受眾們難以置信的情形出現了：選舉期間，各政黨候選人的頻頻曝光，原來是「政黨專案」；有的SNG連線，原來是某天王級政治人物以100萬元購得。一條講述孩子營養的新聞，其中的受訪醫生居然是線人，就在他以專家身分指導孩子

需要某種營養素之後的一個星期，含有該營養素的奶粉廣告便堂而皇之地登場。同樣，新聞報導說，70多歲的流浪者和主婦騎自行車逛市場，背後代言的卻是健康藥品和自行車產品。就連各種各樣的博覽會、展覽會，甚至當局部門主辦的某些大型活動，像「交通部觀光局」的「臺灣自行車節」等等，有關新聞報導也都是花費數百萬採購案的結果。表面上是即時新聞，是新聞專訪，其實是「假報導，真文宣」。無怪乎近年來，臺灣廣告總額不斷下降，當局的廣告卻逆勢成長，僅2009年就比2008年增加了20%。置入式營銷幾乎滲透到每條新聞生產的每個環節，無遠弗界。據傳播學者陳炳宏調查，臺灣有60%的記者，承認做過付費的「新聞專案」，40%的電視記者，承認每週製播「業配新聞」11則以上。《聯合報》業務主管透露，該報每月約1億元的廣告收入中，30%屬於業配。《中國時報》也不諱言，記者從事業配新聞可以抽成5%。[42]

媒體從事業配新聞，無疑是飲鴆止渴。它不僅無法根本解決媒體的生存危機，反而造成金權階級利用新聞操控輿論。在置入式行銷的大潮之下，媒體的專業標準和獨立精神發生潰堤，民眾對於媒體的信任與期待也隨之蕩然無存。獨立媒體人孫窮理說，就像工廠競爭造成環境汙染、升學競爭傷害教育初衷，「業配新聞」同樣是典型的「欠缺調節下的過度競爭導致外部公共利益耗竭」的悲劇。[43]

與巨魔共舞

新聞業配化，言論立場的泛意識形態化，種種症狀表明，解禁後的臺灣報業，不僅沒有擺脫當局權力的糾纏，而且又遭遇到財團力量的新威脅。因此，就解禁後臺灣報業面對的真正問題而言，市場導向頂多只是個表象，它的背後，還有當局的黑手，還有財團的黑手，尤其是當局與財團的相互援手，也就是所謂「官僚商業勾結體」。報禁開放後，曾經宰制報業獨立的威權體制——政治巨魔——看似已被打倒，報業主要面對的已是財團的控制——資本巨魔，事實上，政治巨魔脫下威權的鐵甲，又穿上了金錢的外套，重新伸出了控制的魔掌。換句話說，資本對於臺灣報業的控制，已不僅僅來自於財團，它同時也來自於當局。政治與資本的相互借用，使臺灣報業的獨立之路，在報禁解除後變得更為艱難。

某種意義上，報禁開放後臺灣報業生態的這一深刻變化，在世界新聞發展史上都具有特殊性。回顧17世紀以來的世界新聞發展史不難發現，限制或妨礙新聞獨立的力量，長期以來都以政府為主，進入1920、30年代後，資本的力量開始顯現，並逐漸成為更危險的敵人。相應地，新聞史上爭取新聞自由的過程，也先後表現為新聞界反抗當局強權和資本力量干涉新聞事業的過程。同時遭遇政府和資本兩大敵人，解禁之後的臺灣是第一次。

世界變了，何以立報？與世界報業史相類似，現代新聞事業在中國出現以來，舊中國國人辦報所面對的主要敵人，也一直是政府、政黨乃至軍閥力量。少數廁身於上海等城市的租界地，或背靠西方帝國主義勢力的商業報刊，比較可以無所顧忌地賺錢，眾多依附於各種政黨或政府力量的報刊，則不得不勉力從事宣傳；除此之外，其他真正想以報業作為志業或追求報業持續發展者，都不得不面對隨時可能降臨的、來自各種政治勢力的金錢收買或暴力幹涉。因此，報刊在建構並推動中國現代性成長的過程中，其自身也始終在艱難地尋找突圍的方向。中國新聞自由史的發展歷程，也就伴隨著新聞界既追求經濟獨立，又不放棄政治言說，同時追求政治獨立，又不陷於以贏利為目的的努力過程，這一獨特歷程特別集中地體現於獨立報的命運之中。

獨立報，也稱為嚴肅報，或優質報，李金銓稱之為專業報刊。[44]獨立報，秉持新聞專業理念，以優質報導和公正言論服務受眾，生存與發展有賴發行和廣告收入，同時又心繫民富國強，也就是所謂文人論政。張季鸞最早提出，文人論政，「可以說中國落後，但也可以說是特長」。[45]落後也罷，特長也罷，表徵都在於同一點：報刊要為民族國家服務。自孔子以來，中國歷代士人，志業所在，不出得君行道與明道救世二途，不能在朝執政，便是在野論政。用儲安平的話說，「我們平日的職業，就是議論政事」。[46]過問國事，既是權利，也是義務。文人而不論政，文人何為？就像美國報業，如果不進行輿論監督，憲法第一修正何以要保護新聞自由？因此，在論政這一點上，獨立報類似於政黨報刊；只是與政黨報刊仰賴津貼不同，它在經營上又與商業報刊一樣，靠市場發行與廣告維持。

獨立報刊，在中國出現於1920年代，是對於此前政黨報與商業報的揚棄。曾虛

第四章　巨靈的控制與無權者的權力

白稱之為「政論報與商業報的合流」。[47]其代表與標誌性報紙，便是1926年成立的新記《大公報》。[48]臺灣在報禁時代，文人論政同樣被許多臺灣報人用作抗衡威權的內心法則；尤其是余紀忠，更是被公認為帶有文人色彩。

報禁開放後，當市場導向和資本控制開始影響報業的品質時，楊照等人又試圖祭出文人辦報的旗幟。無獨有偶，面對報禁開放後的報業亂象，身為戰後臺灣新聞事業發展的見證人，王洪鈞也從獨立報人的角度作出獨特的觀察。王洪鈞認為，1991年馬星野、成舍我兩位老報人的辭世，象徵著中國報業史上士人報業時代的結束。從此，「具有強烈使命感之資深報人」，將為「以現代經營為取向之年輕一代報業精英」所取代，未來臺灣的新報業，應該是結合兩代人的特色，「以專業精神及現代企業經營之智慧向基層扎根」。[49]專業精神加上企業式經營，王洪鈞的理想，似乎又回到了曾虛白時代的「政論報與商業報的合流」。

解禁後的臺灣報業，其情形與20世紀上半葉中國的報業情形，自然不可同日而語。不過，歷史的確有著驚人的相似之處。令人驚奇的是，報禁開放後臺灣報業所遭遇的主要問題，歷史上的確有人如先知般地預見過。這個人正是王洪鈞特別看重的成舍我。

在中國新聞史上，無論經歷、事功或理念，成舍我都是一個相當重要而又極其複雜的人物。就經歷而言，成舍我一生，在空間上橫跨兩岸三地，在時間上縱貫幾乎整個20世紀，親歷晚清革命、五四新文化運動、國共內戰、民族抗戰、世界冷戰等等歷史大局的動遷，不同時期，相與往來或彼此爭鬥者，各有不同，其遭遇與奮鬥可謂百年來中國報人一個具體而微的縮影。

事功方面，成舍我一生創設之廣、經營之善、影響之大，更是超乎同儕，精力與能力均令人望塵莫及。方漢奇曾為之總結道，他是近現代中國試圖建立報業集團（托拉斯）的第一人，是身體力行參與新聞活動最長久的人；他曾建立或協助成立的新聞事業機構最多，包括報紙、期刊、通訊社、廣播電臺、新聞學校等總數超過20家的新聞相關事業單位；創下中國現代新聞史上報刊發行量的最大記錄；他是世界上年紀最大仍然創辦報紙的人，91歲時創辦了《臺灣立報》。

至於理念，成舍我因為受教育和人際交往的影響，[50]從很早就開始接觸過自由主義、共產主義、無政府主義等多種理論思潮，在現實衝撞和個人甄別的相互激盪下，予取予捨，而淬煉成自己獨特的思想。其思想最為獨特之處在於，早在報禁開放前半個世紀，他就曾經思考過報業如何與政治巨魔、資本巨魔兩大敵人——也就是「官僚商業勾結體」的前身——相對抗的問題。

　　1930年，成舍我受李石曾資助，出遊歐美，考察報業，經過一年的參觀學習、交流思考，不僅使他對世界報業的最新發展有了近距離的觀感，而且由此對中國報業現狀有了新評判，對中國報業的未來有了新的想像。那次歐美之行，對成舍我有三點刺激：第一，他看清了資本主義和獨裁政治兩個時代巨魔，已成為世界新聞自由的兩大敵人；[51]第二，他看準了未來報紙的必然趨勢——商業化與資本化，[52]以及這一趨勢必將導致對報業的傷害——唯利是圖、資本壟斷、新聞「黃」化；[53]第三，他看懂了中國新聞事業不能不順應商業化與資本化的潮流，卻又必須避免資本主義對於新聞業的控制。為此，成舍我創造性地提出了一套維護報業獨立的個性化方案：「資本與言論分開，報紙與大眾合一。」難能可貴的是，由於成舍我洞察到報業市場化是整個經濟制度的問題，因此，他所提出的方案也直指報紙所有權。他的具體設計為：

> （報紙）可私人經營，但其資本，惟以在報館任有工作者為限，自社長以至工人，均為主權者，均有分擔報館責任分享報館利益之權，非工作員不得坐分紅利，換言之，即不勞而獲之大資本家，概在屏除之列。

　　在所有權上禁止非報社員工投資，固然可以避免大資本家對報社的控制，但成舍我並沒有因此就將報社的管理權，特別是言論權交與報社員工自身。與限制資本家參與所有權同時，他專門設計了一個監督機關，負責指導報社的言論報導方針：

> 關於報館主張及言論，應另有一監督機關，所有報館對政治，社會的批評，概應受此機關指導。總編輯之進退，亦應由此機關決定。此機關之人選，應由社會民眾團體推選。而每一報之讀者，亦得有權推代表參加每一報館之此種機關。

　　由於監督機關的成員由社會民眾團體推選，每個讀者也都有權推舉代表參加，實際上是將言論權向民眾開放。成舍我設想，有了民眾的監督，總編個人操縱輿論

或報社本身違背公共利益的言行，自然可以避免。記者不再是高高在上的無冕之王，而是受到民眾、讀者指導下一個踏實的服務者，報紙也由報館主人的喉舌，轉變為民眾的立場。

以上兩點設想，讓所有權與編輯權分開，正是「搶救自立」運動中「編輯室公約」的目標。

在此基礎上，成舍我提出了獨特的新聞教育理念——「德智兼修、手頭並用」和小型報的辦報方針，並在北平世界新聞專科學校上海《立報》獲得成功。可惜，從七七盧溝橋事變、八一三淞滬抗戰、太平洋戰爭爆發，到湘豫桂之戰，成舍我的報紙、學校相繼悉數被毀。抗戰勝利前後不久，成舍我躊躇滿志地在重慶和北平先後恢復了《世界日報》，但國共內戰的烏雲又讓「成舍我方案」再度擱淺，而且一擱就是四十年。

上世紀50年代初，成舍我從香港遷居臺灣後，曾決心恢復《世界日報》出版。在老友陶希聖等人的幫助下，一度出現過成功的幻象。但在報禁政策下，此志終不得遂。身處戒嚴體制和報禁環境中，沒有真正獨立報業的發展空間，辦報也不再是光明正大的事，而所謂民營報業，難免成為威權者的侍從。成舍我乃斷絕辦報念頭，毅然放棄一些報紙脫手可接的機會，打定「報禁不開，決不辦報」的決心，將全副精力用於創辦世新學校，為社會作育新聞人才，為未來新聞大業栽培棟樑。

成舍我果然迎來了報禁開放。1988年7月12日，以91歲高齡創辦了《臺灣立報》。這是成氏眾多故友門生和臺灣新聞界久已期待的事件，也是他本人晚年最大心願的實現。《臺灣立報》創刊，固然創造了世界新聞史上年齡最大者辦報的奇蹟，但成舍我更期待著此舉能再展其一生的報業理念，重續個人新聞事業的輝煌傳奇，並開創報禁解除後臺灣報業新天地。

人才現成，資金充足，抱負不凡，獨具眼光，經營有方，尤其是他在業界領袖群倫的地位，以及歷史上《立報》曾經創造的輝煌，都使讀者有太多理由對成舍我的新報產生無窮想像和極高期待。對於解禁後臺灣可能出現的報業環境，成舍我自

己的預期也相當樂觀。有人擔心報紙會泛濫，秩序大亂，他認為是杞人憂天。成舍我期待著存優汰劣的競爭時代來臨，做好了「不惜賠三五億」的心理準備，同時堅信「報辦得好，大家愛看，人人買得起、看得懂，怎麼會賠錢」。公正的報導、豐富的內容，仍是立報之本；言論過分偏激的報紙，將遭讀者唾棄而無法生存。無論在什麼時代，「代表人民，說出人民想說的話」的辦報原則都不會變。在報紙形態上，他仍然偏愛小型報；風格上追求通俗易懂，生動活潑；內容優先於廣告。

這些理念和手法，是成舍我一輩子辦報的心得，也是屢試不爽的策略。遺憾的是，施之於《臺灣立報》，並沒有為他帶來預期的成功。《臺灣立報》自創刊至1991年成舍我逝世，在日趨激烈的臺灣報業競爭中，卻未能脫穎而出，而且特色模糊，甚至被視為一張小型《中央日報》。報禁解除後，臺灣傳媒業的亂象為他始料未及，民眾對傳媒的不滿不再是杞人憂天；而那些言論偏激的報紙，也似乎大行其道。成舍我編輯《臺灣立報》的方針，終於引發人們的懷疑，連女兒成嘉玲也不諱言「家父是半世紀前的人」。

「半世紀前的人」，暗示著成舍我的認知與時代有了偏差。在報業日趨大眾化、娛樂化的時代，通俗與可讀已不再是當年上海《立報》獨有的法寶，早已成為所有媒體的追求；傳媒財團化發展，帶動報紙急速擴張，版面越來越多，資訊越來越迅捷乃至訊息爆炸，每份報紙都充滿了豐富的內容；尤為根本的是，報禁解除後，「人民」不再只是籠而統之地作為政府對立面的那個集合體，而是已然出現利益差別的不同社群集團。在財團主導市場和報業泛政治化的新形勢下，公正的報導、小巧的形式，已失去曾有的效力，「偏激」的言論和「低俗」的新聞反而更受到市場的青睞。

壯志未酬身先死，在20世紀前半葉的中國新聞史上屢創佳績的成舍我，在報禁解除後的臺灣卻黯然失色。一生以追求新聞自由為志業的獨立報人，在新聞不自由的時代尚可成就一番事業，在新聞自由制度安排業已達成之後，反而顯得力有未逮。成舍我晚年創辦《臺灣立報》的困境，從根本上說，是獨立報人在報禁解除後必然的遭遇。

第三節　獨立媒體　另類突圍

為弱勢發聲

　　世界變了，何以立報？公正的報導，豐富的內容，還能贏得讀者嗎？在官僚與資本結合體的干涉下，報業還能保持獨立嗎？在資訊商品化和泛政治化的趨勢下，媒體還有希望嗎？「所有的新聞都是適合刊登的新聞」、「不弄髒早餐餐巾」的新聞理想，如何能夠成為現實？成舍我、馬星野等一代獨立報人逝世後，留給臺灣報業許多巨大的問號。

　　報禁開放後，臺灣報業給人的印像是有自由沒品質。翻開報紙，讀者觸目所及，社會新聞充斥了黃色與暴力；財經新聞中，業主和產品的軟廣告輪番上場；娛樂新聞，成為記者性幻象的寄託；至於政治新聞，則是以偏見作立場，將謾罵當批評，老闆的意識形態，政商的人脈關係，予取予舍，蔚為奇觀。至於所謂資深的評論，名嘴的分析，更是如同脫口秀演員，口水與隱私齊飛，而真相與公議卻越來越遠。報禁開放僅僅三年，報業便被社會大眾譏諷為「製造業」、「修理業」、「屠宰業」。[54]種種怪誕亂象，不僅令臺灣民眾無比厭惡，連一些國際組織的觀察也彼此矛盾。一方面，從2006年起，「無國界記者組織」（Reporters Without Borders）連年將臺灣列為亞洲新聞自由第一名；另一方面，知名公關公司艾德曼（Edelman）的調查又顯示，臺灣媒體只獲得1%的公眾信任，不僅列全亞洲之末，甚至不如網路媒體。《洛杉磯時報》的一篇文章評論說，臺灣媒體已從昔日威權時代的哈巴狗，變成競爭時代的瘋狗，失去了處理真相的能力。[55]

　　越不理想的環境，越需要有理想的人投入改革。「野百合學運」之後，臺灣知識分子開始反省社會改革的走向，紛紛從政治議題回歸對社區和民眾的關懷。1995年，中山大學學生陳豐偉利用新興網路，創辦了臺灣第一份對大眾發行的電子報——《南方電子報》。該報的宗旨是：「做自己的媒體，唱自己的歌」，同時也擔負起了抵制主流媒體商業化的使命——「讓商業邏輯下失去戰場的理想在網路發聲」。《南方電子報》的人文關懷與社運路線，為臺灣民眾提供了一個新的資訊通

道，它不同於主流大報的膻色腥和政治八卦；而且在某種意義上，它也為報禁解除後的臺灣找到了一個實現文人辦報理想的平臺。該報以對美濃反水庫等社會運動中的出色報導，贏得了「社運團體的中央通訊社」的稱號。[56]

《南方電子報》平臺的成功，鼓舞了在「官僚商業勾結體」的束縛下掙扎的非主流媒體。1997年，《臺灣立報》教育組組長孫窮理創辦「苦勞網」，以深度報導社運新聞為己任，迅速成為臺灣社會運動新聞最及時、最可靠與最翔實的發佈平臺。同年年底，輔仁大學新聞學教師陳順孝帶領學生創辦了「生命力新聞」，以「為弱勢者發聲，為奉獻者立傳」為宗旨，從公益新聞走向公共新聞，最後發展為公民新聞，採寫了許多感人泣下的獨家新聞，不僅吸引了大批主流媒體的跟進報導，有的被拍成專題節目，有的甚至入選小學《道德》教科書。2000年，臺灣環境資訊中心秘書長陳瑞賓辭職創辦了環境資訊電子報，耕耘臺灣的環境新聞，彌補了主流報業在該領域的報導，同樣成為環保團體的「中央社」。

1998年，成舍我逝世七年後，接掌《臺灣立報》的女兒成露茜，果斷因應時潮變化，將該報調整為一份以教育為主軸的報紙。成露茜撰寫的改版宣言稱：

> 立報，這份隸屬世新大學的日報，資本不及友報雄厚，人力不如友報眾多。但麻雀雖小，仍可振翅高飛。我們冀望聯合一切關懷臺灣、關懷世界，因而必須關懷教育的各屆人士，共同營造一份以教育為主軸的報紙，在教師、學生、家長之間搭起一座迎向新世紀的橋樑。在這個空間趕時髦，讓種種不同的聲音互相充分地對話，每個人找到自己可以著力的位置。立報從今天開始，要做一條導火線——「引爆多元對話」、和廣大讀者「共營新新教育」。[57]

事實上，成露茜對《臺灣立報》的改版，豈止是引爆教育的多元對話。對於解禁後的臺灣報業而言，《臺灣立報》和其他資本、人力不如大報的小報一起，正在引爆一場關於「世界變了，何以立報」的多元對話。這一對話嘗試著突破「官僚商業勾結體」對於資訊市場的壟斷，在主流媒體的商業化和泛政治化之外，創建一種為弱勢群體發聲、讓無力者有力的真正作為社會公器的媒體。

在這一報業理念下，《臺灣立報》首創了許多試驗性新版面，像「銀髮族版」、「性別版」、「原民版」、「社大版」、「南洋版」等。成露茜認為，銀髮族不應該只是含飴弄孫，過著一種退休、緩慢、不事生產的日子。銀髮族退休後，

雖不再為生計忙碌,卻也可以有生產力,可以投入社會從事公共事務。新兩性版面出來時,被有的人批評為報紙在鼓勵同性戀。成露茜的回答是:因為同性戀沒有機會說話,而他們有許多話想說,《臺灣立報》應該讓他們說話。豈止是同性戀,臺灣社會還有多少弱勢群體,像艾滋病患者、智障者、少數民族、移民、外籍勞工等等,因為處在社會結構的底層,其不幸的遭遇和應有的利益,往往被社會中上層所漠視,主流媒體也極少關注,僅有的報導,還常常充滿了偏見。[58]隨著外籍新娘和外勞的增加,來自東南亞國家的人群越來越多,這些人「無法上網、不諳中文」,臺灣社會聽不到他們的聲音。針對這一群體,《臺灣立報》專門發行了《四方報》,讓他們「說出自己的心事、閱讀別人的心事」。該報首先發行越文版,大獲成功,又相繼發行了泰文、馬來文,共五種版本。

《臺灣立報》的非主流實踐,無疑是對解禁後臺灣主流媒體的一種挑戰。就像成露茜在創辦《破報》時所說,《破報》就是什麼都要破,這個名字就是一種宣示,對傳統的一個顛覆。

> 破報顛覆的就是新聞專業,顛覆新聞專業的價值觀與規範,它的內容有一種質疑,透過它的呈現,來對社會主流價值做一個完全的反抗。

如果說,林榮三辦報賣的是立場,那麼,對《破報》來說,「我並不是要賣東西給你,你也不是買東西的人,沒有誰要討好誰,不滿意可以來辯論,不然就不要看」。既然顛覆了報紙是商品的觀念,以贏利作為判斷報紙成敗的標準也隨之消失。成露茜這樣理解「報紙的成功」:

> 什麼是成功?是指外面的人怎麼看嗎?比如辦報紙,是賺錢才叫成功嗎?若是如此,《立報》不賺錢,《破報》也不賺錢,這就是不成功嗎?但我覺得這些報紙對某些人發揮了影響力,這樣就好了。[59]

可以說,報禁開放後,當臺灣報業在激烈的市場競爭中不得不利潤至上,深深陷入到置入式行銷而不能自拔時,以《臺灣立報》《南方電子報》為代表的小媒體,艱難然而是無所畏懼地走出了市場導向的泥淖。這些新興小媒體在市場上也許不能算成功,卻重新讓讀者看到了臺灣媒體新的希望。因為不懼怕經濟失敗,它們反而在捍衛媒體的獨立公正、以報業推動臺灣社會進步、重新為媒體贏得大眾信任

等方面，獲得了成功。以一般的成功標準看，它們並不成功，因此很另類；但是，就媒體的公正和獨立而言，它們或許更加純正。就像《南方電子報》、苦勞網在社運新聞報導方面的權威性，已超過主流大報，《臺灣立報》在教育新聞、少數族裔和弱勢群體報導方面，也已贏得社會的尊重。[60]

走向公民新聞

為弱勢者發聲，為奉獻者立傳；讓無力者有力，讓有力者有愛。越來越多的另類媒體的出現，不僅讓讀者重新看到了臺灣媒體的希望，甚至看到了臺灣社會的新希望。一位讀者這樣描述閱讀「生命力新聞」的感受：

> 打開媒體，電視也好，報紙也好，多的是資訊垃圾。……我們看到的是狹窄的眼界和有限的色調。政治版只有藍色和綠色，社會版主要是黑色、紅色、黃色，影劇版主要是黃色、肉色、金色。在這樣的媒體世界長大，不近視、不色盲，也很難。

> 打開《生命力新聞》網站，如同在一個空氣潮濕的房間內，推開一扇窗，讓我們呼吸到新鮮的空氣，讓我們意識到屋外的遼闊。[61]

與主流媒體熱衷於金錢、肉體、醜聞、黑幕、紛爭、衝突的報導不同，獨立媒體更多地展示臺灣民眾的奮鬥、創意和美好德性。就像在成露茜眼中，銀髮族一樣有生產力；在陳順孝眼中，普通人的生命中充滿了美與創造的活力。有沒有未來留給臺灣媒體的過去？懷著同樣的期待和信心，越來越多的新聞人離開主流媒體，轉而貼近土地與人民。

2007年3月27日，投身新聞工作13年的資深記者關魚，決心用希望振奮自己，以行動呵護臺灣，以一己之力創辦了一份電子報，報名就叫做《臺灣好生活電子報》。她的理想是：「把希望種在臺灣土地上，以促成臺灣生活變得更好。」《臺灣好生活電子報》創刊宣言寫道：

> 什麼是《臺灣好生活電子報》？

> 簡單說，就是份「立志讓臺灣生活變得更好」的電子報。

第四章　巨靈的控制與無權者的權力

為什麼想創立《臺灣好生活電子報》？

因為我們始終相信，臺灣值得一個更好的未來。

你，我，他，活在臺灣的人們，只要懂得努力，都值得擁有，也終會擁有，一個更好的未來。

近幾年臺灣各界被不夠理想、逐漸惡質化的傳統主流媒體破壞，已經夠深夠久了，打開電視新聞，翻開主要報紙，口水爭論，八卦緋聞，殺人強暴，災難眼淚，占去絕大部分的篇幅。媒體傳播原是社會教育最廣泛也最重要的一環，但我們每天從媒體得到了什麼教育？媒體一天到晚告訴我們臺灣的人事物有多壞多壞，但臺灣真的有那麼壞嗎？

當然不！臺灣擁有多元秀麗的生態山水，各角落熱情和善的老百姓，更是外國人眼中美食美景天堂。正因為我們的故鄉臺灣，是地球最大的陸地和最大的海洋相互擁抱而誕生的島嶼，所以許多臺灣人民正在努力學習，用最大的包容來對待全球人民。

然而，我們卻遺憾且悲憤地看到，身負社會教育重責大任的傳統新聞媒體，打著「新聞自由」的大旗，以「捍衛人民知的權利」之名，行「侵害各種人權」之實。熱誠記者本著良心努力撰寫的建設性新聞，還來不及見報或播出，就受到高層編輯的既定商業口味箝制，被種種煽色腥、話題性的新聞排擠到垃圾桶裡；攝影記者被迫要儘量迫攝裸體和屍體，無論那些照片或畫面遭編輯選擇刊播後，會否害人自殺或讓受害者家屬傷心欲絕。

不用掛名的「媒體高層」，既能「按照己意，修改記者原告所做的報導」，更擁有指揮旗下記者群「為特定人物或事件，做配合和系列採訪」之權，遭廣大閱聽人唾棄的不良電視新聞處理，便有不少源自「豈有此理」的指揮。又因各家媒體老闆的政治信仰，讓不少政治報導流於隨政客起舞，更讓原本是該是眾人之事的民主政治，淪為製造對立、鬥爭內耗的工具。

主流媒體大幅失去討論、形塑良善公共政策的功能，讓臺灣開放總統直選後，一直陷在「只有選民，幾乎沒有公民」的窘境。我們深信，臺灣是能夠達到「用自由當邊界、以包容為領土，凡有生命皆是子民，實行自然主義、信奉平等」境界的家園。在那之前，需要有致力於公共報導、能給臺灣更多正面力量的強大媒體，扮演促進不同族群理性溝通、海內外同胞同心互助的角色。

透過臺灣好生活電子報的誕生與茁壯，我們誠摯希望能耕耘出「福田一方邀天下善士」的嶄新媒體平臺，突破傳統媒體製造紛爭對立、屢次侵害人權的不良結構，讓所有關心臺灣發展的人們，能仔細傾聽臺灣土地與海洋法的聲音，傾聽環境真正的需求，以平心靜氣、互相尊重的態度，在各人崗位上付出愛護臺灣的行動。

《臺灣好生活電子報》創刊號，頭條新聞為《震災奪命，奪不去互助的溫暖人心》，報導的是有關九二一地震的新聞。當時距九二一地震發生已近8年，新聞的時效性在哪裡？連編輯部內部都發出了疑問。但關魚堅持認為，臺灣社會有一些逐漸喪失卻無比重要的基本價值，應該在創刊號中表現出來。地震和臺風是臺灣人民必須學會克服與共處的天災，她希望透過報導中一個村長的故事引發大家思考：行政體制末端如何發揮基層力量、鄰里互助關係如何建立？她相信，保護青山綠水，營造一個可以安身立命的環境，不只是政府的責任，而是每個住在臺灣這塊土地上的人都該盡的義務。同時，她也希望打破主流媒體只在九二一地震週年時才做紀念報導的模式。

　　從那時起，《臺灣好生活電子報》一直致力於播種臺灣的希望，以哪怕是小蝦米對抗大鯨魚也要對得起良心和故鄉的信念，高舉起微弱的燭光，積極投入到保留樂生療養院、反對高學費、反「中科」救漁農、反血汗工廠等事件的報導中。在《臺灣好生活電子報》三週年的時候，關魚深情寫道：「因為我父母願意把孩子捐給社會，我才能把自己捐給臺灣好生活報。」[62]

　　比起在主流媒體內的常規化作業，獨立媒體的經營顯然要困難得多。但是，臺灣的大媒體趨於大崩壞，主流媒體越來越難以暢所欲言，許多新聞人意識到，要突破政黨和商業媒體為私利製造紛爭對立，真正促進族群溝通對話，理性討論公共政策，唯有依靠獨立媒體的多元發展。[63]基於對媒體自救和當局調控的失望，越來越多的記者步關魚的後塵，轉向獨立媒體和公民新聞的艱難實踐。

　　2005年3月1日出版的《時報週刊》以《菲傭仙人跳，專挑名人下手》為標題，報導菲律賓籍女傭常以「性騷擾/性侵害」為手段，以轉換僱主或取得賠償，對菲律賓女傭有汙名化之嫌。菲律賓團結組織、南洋臺灣姐妹會等移民團體立即赴時報大樓抗議。《時報週刊》最後也全文刊登相關抗議書，以示道歉。近年來，臺灣勞工、移工、身心障礙、環保、少數民族等各種民間組織共同成立了「公民參與媒體改造聯盟」，以監督媒體的不公正報導。[64]

　　2003年年底，在社會各界的長期呼籲下，臺灣「立法院」終於透過「廣電相關

法案修正案」，政黨和當局不得再持有無線廣播電視的股份。2004年5月，由媒體改造學社發起，臺灣媒體觀察教育基金會、苦勞網等機構聯合發起公民聯署，呼籲進行媒體改革。聯署倡議書對臺灣公民呼籲說：

> 當前臺灣的媒體環境和表現，已經到達谷底。這幾年來，一次一次的重大社會災難事件中，我們看到電視新聞毫不人道，剝削受害者的報導。我們更從一次一次對於公眾實在是無關緊要的新聞中，看到電視頻道大量浪費著電視資源和公眾的寶貴時間。臺灣的電視臺關心的只是收視率百分點，可以為他們帶來多少廣告收入，而不是這些內容影響了我們社會多少年。當他們荷包滿滿之際，我們卻得一直忍受水準低落的電視節目，擔心自己的小孩該看什麼電視，而且根本無法藉著收看電視讓我們成為有思考力、有發言權、有國際觀的公民。

> 過去十多年來，我們觀眾承受了臺灣媒體（尤其是電視）過度私人化、財團化和商業化的結果。我們不能再忍受，我們要站出來，因為這是我們應有的權利。……我們認為，節制媒體的商業性格，加強媒體的公共服務特性，是最有效也最急迫的辦法，而其中一項立即可行的手段，就是強化我們的公共媒體制度。

2006年1月3日，臺灣「立法院」院會三讀透過「無線電視事業公股處理條例」。該條例第14條第3項明定：「政府機關（構）應將持有公共化無線電視事業之股份，附負擔捐贈財團法人公共電視文化事業基金會」，走出「黨政軍退出三臺」和成立公共廣電集團的關鍵一步。2007年4月30日，公共電視基金會開設了一個公民新聞的平臺——PeoPo影音公民新聞平臺，在這裡鼓勵每個人都有權利發出自己的聲音。PeoPo擁有多元化的新聞議題，每一個人或社團都可以透過這個平臺報導自己關注的議題。該新聞平臺目前有大約2300名公民記者。這些人來自臺灣各地的各行各業，像彩券商sadapeopo，以一臺二手DV，記錄臺南善化地區的牛墟、屠宰場及老街，不到一年裡累積到200則報導。2008年，他以對臺風所作的追蹤報導榮獲PeoPo公民新聞獎。蘭陽技術學院五專部學生楊曜任，16歲就加入PeoPo，成為該站最年輕、最活躍的公民記者。2008年，他榮獲了「國家青年公共參與獎」的公民新聞獎、第二屆PeoPo公民新聞獎和第三屆TVBS大學新聞獎三項大獎。「每個人都有贏回自己的權力，去說自己的話語，去命名這個世界」。巴西著名解放教育家Paulo Freire強調人與人之間平等的對話關係，正是公民新聞理念的生動寫照。

獨立媒體和公民新聞的實踐，一方面，極大地突破了當局和財團控制主流媒體的局面，為公民提供了實現媒體禁用權的新空間；另一方面，也極大地改變了臺灣

媒體資訊的品質。在許多重大社會問題報導和社會議題建構上，公民新聞正扮演著越來越重要的作用。[65]2008年9月1日，曾任《聯合報》主筆的資深記者林意伶，賣掉房子獨資創辦了《臺灣醒報》，融合了文字、影音、廣播、網路、手機等不同媒體，倡導「極簡閱讀，深度報導」；期待以此喚「醒」臺灣媒體，將報導方向由執政黨或反對黨的言論轉到民眾身上。2009年，在《聯合報》工作了20多年的朱淑娟，以一篇《當媒體不再報導真相》的告白告別了主流媒體，辭職成為一名獨立記者，與《臺灣立報》記者胡慕情一樣，以部落格形式撰寫環境報導。胡慕情認為，「如果一棵樹倒下而沒被報導，那它就不算倒下」；朱淑娟同樣相信吳爾夫所說的，「一切不曾發生，直到它被描述」。兩個人同時深耕環境報導，胡慕情的部落格——「我們甚至失去了黃昏」，不僅成為「環保署」官員每天都要監看的媒體，並且獲得2009年華文部落格年度大獎。而朱淑娟的部落格——「環境報導」，則在一年後，憑著《中科三期 環評與司法的論戰》《中科四期 風暴從這裡開始》等報導，一舉獲得曾虛白先生公共服務報導獎、卓越新聞獎等三項大獎。「環境資訊中心」更成為臺灣最重要的環保資訊媒體，2009年榮獲了卓越新聞獎的「社會公器獎」。

2011年，《中國時報》為了專題報導「民國100當代風華——把臺灣推向世界的十二位精彩人物」，採訪著名舞蹈家林懷民。林懷民對前來採訪的記者說：

> 我不是臺灣之光，臺灣之光是那些將街道掃得很乾淨的清道伕，是那些為了聯考在學校和父母之間，仍一心想把書教好的老師，是那些為了捍衛家鄉反對六輕的麥寮人，是那些為了環境反對國光石化的彰化人及站出來的年輕人。[66]

也許同樣可以說，臺灣的媒體之光，不是那些收視率最高的電視臺，也不是那些發行量最大的報紙，恰恰是這些另類小媒體。報禁開放後，大媒體日益趨於大崩壞，這些以社群、小區、社運等為對象的公民新聞、草根媒體、獨立記者，卻煥發出一派勃勃生機，產生了不小的另類影響力。這些媒體貼近大地，貼近民眾，以堅韌的力量，不斷克服許多困難。經營上的困難固然是一個重要方面，但社會的捐助，總能支撐它們渡過難關。更大的考驗還在於，如何在當局、政黨、資本之間維持自身的獨立性，建立自主性，並維持開放性，建立內部民主以及向外部公開訊息的機制等等。[67]

第四章　巨靈的控制與無權者的權力

無論如何，獨立媒體畢竟在主流媒體之外，為臺灣民眾提供了一個新的對話空間；為臺灣報業延續了獨立精神。這種精神，是臺灣媒體的希望，也是臺灣社會的希望。就像詩人所吟唱的：

漆黑的隧道終會鑿穿，

千仞的高崗必被爬上。

當百花凋謝的日子，

我將歸來開放！[68]

---

[1]何榮幸策劃：《黑夜中尋找星星——走過戒嚴的資深記者生命史》，時報文化公司2008年版，第169—170頁。

[2]王天濱：《臺灣新聞傳播史》，亞太圖書出版社2002年版，第394—396頁。

[3]消息：《報紙改為六大張立委認為沒意義》，《大華晚報》，1988年3月1日。

[4]王洪鈞：《臺灣新聞事業發展證言》，臺北記者公會1998年版，第337—341頁。

[5]根據王洪鈞的《臺灣新聞事業進入新紀元》和荊溪人的《報業》編成。兩篇文章均載「中國新聞學會」：《90年代中國新聞傳播事業》，風雲論壇出版社1997年3月版。

[6]林正國：《中央日報改革的決心與作法》，《新聞鏡週刊》第86期，1990年6月25日至7月1日。

[7]荊溪人：《報業》，載「中國新聞學會」：《90年代中國新聞傳播事業》，風雲論壇出版社1997年3月版，第37頁。

[8]湯海鴻：《報禁解除後報業的競爭形勢》，載臺北市新聞記者公會編：《中華民國新聞年鑑（80年版）》，臺北市新聞記者公會1991年版，第77頁。

[9]高舜天：《兩報突破六張　他報戰況吃緊》，《新聞鏡週刊》18期，1989年2月27日至3月5日。

[10]施和悌：《兩大報系政治大押寶——中時、聯合各押的寶》，《財訊》1990年第2期。

175

[11]何榮幸策劃：《黑夜中尋找星星——走過戒嚴的資深記者生命史》，時報文化公司2008年版，第431頁。

[12]呂杰華：《報業發展與經濟變遷——論報禁解除十週年臺灣報業生態及發展趨勢》，《民意研究季刊》1998年4月號。

[13]張宏源：《解構媒體環境變遷與報業發展趨勢》，亞太圖書出版社1999年版，第133頁。

[14]皇甫河旺主編：《報禁開放以來新聞事業的省思與發展研討會實錄》，輔仁大學大眾傳播學系暨研究所1991年3月版，第109—111頁。

[15]彭明輝：《中文報業王國的興起——王惕吾與聯合報系》，稻鄉出版社2001年版，第12頁。

[16]王洪鈞：《臺灣新聞事業發展證言》，臺北市新聞記者公會1998年版，第337—341頁。

[17]林麗雲：《報業，夕陽業，為什麼？》，http://ban-lift20.blogspot.com/2007/11/blog-post_23.html。

[18]李晨宇：《2009年臺灣省報業發展綜述》，載中國政法大學傳媒與文化產業研究中心編：《2010中國報業年鑑》，中華工商聯合出版社2010年版，第261頁。

[19]韋思曼：《蘋果日報能紅多久？》，《動腦雜誌》第326期，2003年6月。

[20]謝慧鈴：《蘋果日報在臺灣發行紀實——「狗仔大亨」黎智英挑戰傳統辦報理念》，《新聞記者》2004年第2期。

[21]梁麗娟：《蘋果掉下來：香港報業「蘋果化」現象研究》，香港次文化堂有限公司2006年版，第72—73頁。

[22]俞旭、黃煜：《市場強勢典範與傳媒的倫理道德——香港個案之研究》，《新聞學研究》第55期。

[23]舒德森著，何穎怡譯：《探索新聞：美國報業社會史》，遠流出版公司1993年版，第17頁。

[24]林思平：《通俗新聞：文化研究的觀點》，五南圖書出版有限公司2008年版，第32頁。

[25]何榮幸策劃：《黑夜中尋找星星——走過戒嚴的資深記者生命史》，時報文化公司2008年版，第417頁。

[26]楊照：《臺灣依舊需要「文人媒體」》，載楊照：《問題年代》，2003年7月INK印刻出版，第4頁。

第四章　巨靈的控制與無權者的權力

[27]楊孝嶸：《報社經營策略的觀察》，載臺北市新聞記者公會編：《中華民國新聞年鑒八十年版》，臺北市新聞記者公會1991年版，第85頁。

[28]王洪鈞：《臺灣新聞事業發展證言》，臺北市新聞記者公會1998年版，第72頁。

[29]何榮幸策劃：《黑夜中尋找星星——走過戒嚴的資深記者生命史》，時報文化公司2008年版，第352、479頁。

[30]習賢德：《聯合報企業文化的形成與傳承（1963—2005）》，秀威資訊科技公司2006年版，第351頁。

[31]《自由時報》老闆林榮三將報業當成個人的政治工具，將個人意志加諸報紙，是報社實際上的「總編輯」、「總主筆」和「總經理」，完全掌握了報紙的走向。林麗雲：《變遷與挑戰：解嚴後的臺灣報業》，《新聞學研究》第95期。

[32]忻圃丁：《對報業理念南轅北轍商岳衡辭離自由時報》，《新聞鏡週刊》第106期，1990年11月12日至11月18日。

[33]何榮幸策劃：《黑夜中尋找星星——走過戒嚴的資深記者生命史》，時報文化公司2008年版，第324頁。

[34]呂東熹：《自立晚報的崛起與消失——談臺灣報業的轉型正義》，收入張炎憲、曾秋美、陳朝海等編：《戰後臺灣媒體與轉型正義論文集》，吳三連臺灣史料基金會2008年版，第2頁。

[35]荊溪人：《報業》，載「中國新聞學會」：《90年代中國新聞傳播事業》，風雲論壇出版社1997年3月版，第39—40頁。

[36]何榮幸策劃：《黑夜中尋找星星——走過戒嚴的資深記者生命史》，時報文化公司2008年版，第168、217、236、413頁。

[37]楊瑪利：《弱智媒體大家一起來誤國？》，《天下雜誌》第251期，2002年4月。

[38]蘇蘅、牛隆光、黃美燕、趙曉南：《臺灣報紙轉型的問題與挑戰——提供讀者更好的選擇？》，《新聞學研究》第64期，2000年7月，第1—32頁。

[39]何榮幸策劃：《黑夜中尋找星星——走過戒嚴的資深記者生命史》，時報文化公司2008年版，第67頁。

[40]陳順孝：《新聞控制與反控制——「記實避禍」的報導策略》，五南文化2003年版，第161—162頁。

[41]塗建豐：《編輯室公約運動》，《新聞學研究》第52期。

[42]林照真：《誰在收買媒體》，《天下雜誌》第316期，2005年2月。

[43]孫窮理：《大媒體的大崩壞和獨立媒體的大考驗》，http：//www.coolloud.org.tw/node/56861？

[44]李金銓將中國報刊分為政黨報刊、專業報刊和商業報刊三種。李金銓：《近代中國的文人論政》，載李金銓編：《民國知識分子與報刊》，政治大學出版社2009年版，第18—19頁。

[45]《本社同人的聲明——關於米蘇里贈獎及今天的慶祝會》，重慶《大公報》1941年5月15日。

[46]儲安平：《政府利刃指向〈觀察〉》，《觀察》第4卷第20號。

[47]曾虛白主編：《中國新聞史》，臺灣政治大學新聞研究所，1966年4月初版，第13頁。

[48]吳廷俊認為，新記《大公報》標誌著「文人論政」達到了一個新水平，不僅使「文人論政」理論化，而且使「文人論政」在實施時具體化。吳廷俊：《新記〈大公報〉史稿》，武漢出版社2002年5月版，第14—16頁。陳紀　認為，《大公報》雖然是吳鼎昌、胡政之與張季鸞三位共同創辦的新聞事業，但張季鸞更充分地代表著《大公報》，《大公報》也孕育著張季鸞的精神。因此，張季鸞與《大公報》為一而二、二而一的「報」與「人」。陳紀　：《報人張季鸞》，黎明文化事業公司（臺北）1967年版，第4頁。

[49]王洪鈞：《臺灣新聞事業發展證言》，臺北市新聞記者公會1999年版，第72—73頁。

[50]成舍我的人際關係，不同時期相與往來者，除了新聞同業，像早期的邵飄萍、龔德柏、管翼賢，後來的程滄波、　卜少夫、陳訓　、陶百川、阮毅成、劉百閔、李荊蓀等，也有不少政界或跨界的社會重要人士，包括北洋政府的孫寶琦、吳景濂、彭允彝、賀德鄰，共產黨的陳獨秀、李大釗等，至於國民黨內不同派系的人士，像李石曾、蔡元培、葉楚伧、吳稚暉、陳立夫、陳誠、黃少谷、王雲五、端木愷、徐復觀等人，特別是早年的無政府主義者和晚年在臺北的「九老會」成員等，更是其一生思想和資源的重要人脈所在。

[51]成舍我明確指出，「現在全世界報紙，普遍的，被壓迫屈服於許多時代巨魔——資本主義和獨裁政治——的淫威下……這是全世界報業走進新時代的嚴重障礙，也就是全世界人們爭自由光明的成敗關鍵」。成舍我：《我們的兩個目的》，《世界日報》，1933年12月14日第13版「新聞學週刊」。

[52]成舍我認為，「假使中國報紙仍許私營，則必然趨勢：將來中國新聞事業，將無法阻止發展為一種大規模的企業化，換言之，及資本化」。成舍我：《新聞記者法的缺點及其補救（下）》，《新聞戰線》三

第四章　巨靈的控制與無權者的權力

卷七八合刊，1944年1月16日國立中央大學。

[53]成舍我反覆指出，「在現今資本制度，和『報紙商業化』的口號下，『報』只是資本家的專利品，別人是無從染指的！……資本薄弱，不但創辦新報不能成功，即維持已有的報，結果，亦必歸於失敗，或被大資本者吞併而後已。這是資本制度下必然的結果」。（《中國報紙之將來》1931年在北平燕京大學新聞學系第二次新聞周演講）「報紙在刀與支票之兩大勢力下，事實上，早已無處可以覓得所謂真正之輿論」。（《羅斯福歡迎報紙指責政府-報學瑣談之六》，《世界日報》1934年1月11日第13版「新聞學週刊」）。「自報紙『黃』化以來，一部分英美報紙，更藉『言論出版自由』的護符，為資本家『招財進寶』的工具，敗壞風化，唯利是圖，這是英美言論出版自由制度下一種最不幸的現象」。（《報紙必如何始「真」能代表「民意」》，載「中國新聞學會」年刊1943年1卷3號）

[54]楊孝濚：《報社經營策略的觀察》，載臺北市新聞記者公會編：《中華民國新聞年鑑八十年版》，臺北市新聞記者公會1991年版，第85頁。

[55]黃清龍：《媒體在臺灣民主化進程中的角色變遷》，http：//www.21ccom.net/articles/zgyj/thyj/article_201004298701.html。

[56]《長期選刊社會人文論述的南方電子報》，載「中國新聞學會」：《中華民國新聞年鑑（1997—2006）》，世新大學出版社2007年版，第123頁。

[57]成露茜：《引爆多元對話，共營新新教育》，《臺灣閱報》1998年3月1日。

[58]苦勞網報導：《讓媒體改革成為公民運動　使臺灣不再有媒體受害者》，2006年9月2日，http：//www.coolloud.org.tw/node/33170。

[59]林秀姿：《燦爛時光：Lucie的人生探索》，天下雜誌出版公司2011年版，第219頁。

[60]以該報記者胡慕情為例。出色的環境報導，使得當局有關方面每天上午例行性剪報時，原來都是按照先聯合、中時這些大報，然後才剪小報，但自從胡慕情跑環境新聞之後，剪報的順序被改變了，她的報導經常被當作剪報的頭條，「環保署長」時常還得親自與她筆戰。同為獨立記者，曾獲得「曾虛白公共服務報導獎」、「卓越新聞獎」的朱淑娟評論說：「慕情讓立報從小報變大報。」事實上，現如今，在臺灣「環保署」心目中，環境資訊報、苦勞網、臺灣立報，這三個小媒體，已憂為三大「頭號敵人」。報導：《獨立記者的驕傲，朱淑娟寫紀錄》，http：//www.pcdvd.com.tw/showthread.php？t=913213。

[61]林靜伶序：《在資訊的洪流裡發生生命的悸動》，載陳順孝：《打造公民媒體》，輔仁大學2007年版。

[62]關魚：《扭轉新聞：從菜鳥記者到臺灣好生活報總編》，《臺灣好生活電子報》社2010年版。

179

[63]羅世宏：《自由報業誰買單？新聞與民主的再思考》，《新聞學研究》第95期，2008年4月。

[64]管中祥：《非專業媒改團體的媒體改革策略與行動意義——以「公民參與媒體改造聯盟」為例》，中華傳播學會2008年年會論文。

[65]孫曼蘋：《公民新聞2.0：臺灣公民新聞與「新農業文化再造」形塑之初探》，《傳播與社會學刊》，（總）第9期（2009）。

[66]何榮幸序：《「臺灣之光」就在你我身邊》，載何榮幸等：《我的小革命：永續生活》，八旗文化2011年4月版。

[67]孫窮理：《大媒體的大崩壞和獨立媒體的大考驗》，http：//www.coolloud.org.tw/node/56861。

[68]李敖：《我將歸來開放》，中國友誼出版公司1990年版，第1頁。

參考書目

包澹寧：《筆桿裡出民主：論新聞媒介對臺灣民主化的貢獻》，時報出版公司1995年版。

蔡銘澤：《中國國民黨黨報歷史研究》，團結出版社1998年版。

陳芳明：《臺灣抗日進動史上的兩份重要左翼刊物——〈臺灣大眾時報〉與〈新臺灣大眾時報〉》，《臺灣史料研究》第2號。

陳國祥、祝萍：《臺灣報業演進四十年》，自立晚報社1988年版。

陳順孝：《新聞控制與反控制——「記實避禍」的報導策略》，五南文化2003年版。

陳秀鳳：《中國主要報紙政治衝突事件報導初探——中央日報、中國時報、聯合報為例》，輔仁大學大眾傳播研究所碩士論文（1989）。

陳雪雲：《中國新聞媒體建構社會現實之研究——以社會運動報導為例》，政治大學新聞研究所博士論文（1991）。

陳仰浩：《立法院報禁大辯論評議》，《民主人》，1983年4月1日，第6期。

陳映真：《針鋒相對逆流而上——報禁解除後臺灣媒體生態剖析》，《目擊者月刊》，1998年第6期，臺灣新聞記者協會。

澄社：《臺灣民主自由的曲折歷程：紀念雷震三十週年學術研討會論文集》，自立晚報社1992年版。

楚崧秋：《我與新聞》，東大圖書公司，1985年版。

戴獨行：《白色角落》，人間出版社1998年版。

馮建三：《大媒體：媒體與社會運動》，元尊出版社1998年版。

高郁雅：《國民黨的新聞宣傳與戰後中國政局變動（1945—1949）》，臺灣大學2005年版。

郭良文、陶芳芳：《臺灣報禁政策對發行與送報之影響：一個時空辯證觀點的思考》，《新聞學研究》第50期。

杭之：《邁向美麗島的民間社會》（上），唐山出版社1990年版。

何榮幸：《媒體突圍》，商周出版2006年版。

何榮幸策劃：《黑夜中尋找星星——走過戒嚴的資深記者生命史》，時報文化公司2008年版。

何義麟：《戰後臺灣報紙之保存現況與史料價值》，《臺灣史料研究》第8號。

胡元輝：《堅持———一個媒體人的真摯省思》，未來書城2003年版。

皇甫河旺主編：《報禁開放以來新聞事業的省思與發展研討會實錄》，輔仁大學大眾傳播學系暨研究所1991年版。

黃順星：《記者的重量》，世新大學博士論文（2008）。

黃肇珩：《記者》，立緒文化事業有限公司2000年版。

江詩菁：《宰制與反抗：中時、聯合兩大報系與黨外雜誌之文化爭奪（1975—1989）》，稻鄉出版社2007年版。

李金銓：《臺灣的廣播電視藍圖》，澄社1993年版。

李金銓：《超越西方霸權：傳媒與文化中國的現代性》，牛津大學出版社（香港）2005年版。

李瞻：《中國新聞政策》，臺北市新聞記者公會1975年版。

梁麗娟：《蘋果掉下來：香港報業「蘋果化」現象研究》，香港次文化堂有限公司2006年版。

林富美：《臺灣政經系絡中的報業發展——以聯合報為例》，政治大學新聞研究所博士論文（1998）。

林麗雲：《臺灣傳播史研究：學院內的傳播學知識生產》，巨流圖書有限公司2004年版。

林淇瀁：《意識形態媒介與權力：自由中國與五零年代臺灣政治變遷之研究》，政治大學新聞研究所博士論文。

林思平：《通俗新聞：文化研究的觀點》，五南圖書出版有限公司2008年版。

林子儀：《言論自由與新聞自由》，臺北元照出版公司1999年版。

陸鏗：《陸鏗回憶與懺悔錄》，時報文化出版公司1997年版。

呂東熹：《政媒角力下的臺灣報業》，玉山社2010年版。

呂芳上、黃克武訪問，王景玲紀錄：《覽盡滄桑八十年：楚崧秋先生訪問紀錄》，「中央研究院」近代史研究所2001年版。

呂杰華：《報業發展與經濟變遷——論報禁解除十週年臺灣報業生態及發展趨勢》，《民意研究季刊》204期。

呂婉如：《公論報與戰後初期臺灣民主憲政之發展（1947—1961）》，師範大學歷史所碩士論文（2001）。

馬之驌：《新聞界三老兵：曾虛白、成舍我、馬星野奮鬥歷程》，經世書局1986年版。

倪炎元：《再現的政治：臺灣報紙媒體對「他者」建構的論述分析》，韋伯文化2003年版。

彭懷恩：《臺灣政治變遷40年》，自立晚報社1979年版。

彭懷恩主編：《九十年代臺灣媒介發展與批判》，世界新聞傳播學院1997年版。

彭明輝：《中文報業王國的興起——王惕吾與聯合報系》，稻鄉出版社2001年版。

戚毅：《中央日報處理重大政治事件內容取向之研究》，中國文化大學新聞研究所碩士論文（2003）。

喬寶泰主編：《中國國民黨黨務發展史料——中央改造委員會資料彙編》（上），近代中國出版社2000年版。

秦孝儀主編，張瑞成編輯：《光復後臺灣之籌劃與受降接收》，近代中國出版社1990年版。

邱國禎：《黑暗時代裡的新聞記者》，民眾日報社1998年版。

若林正丈：《臺灣——分裂國家與民主化》，月旦出版社1994年版。

史為鑒編著：《禁》，四季出版事業有限公司1981年版。

蘇蘅：《競爭時代的報紙：理論與實務》，時英出版社2002年版。

臺北市新聞記者公會：《中華民國新聞年鑒50年版》，1961年版。

臺北市新聞記者公會：《中華民國新聞年鑒60年版》，1971年版。

臺北市新聞記者公會：《中華民國新聞年鑒70年版》，1981年版。

臺北市新聞記者公會：《中華民國新聞年鑒80年版》，1991年版。

唐志宏主編：《成舍我先生文集——港臺篇1951—1991》，世新大學出版中心。

陶百川：《困勉強狷八十年》，東大圖書公司1985年版。

陶芳芳：《從政治控制到市場機制：臺灣報業發行之變遷》，政治大學新聞研究所碩士論文（1999）。

王洪鈞：《臺灣新聞事業發展證言》，臺北市記者公會1999年版。

王麗美：《報人王惕吾：聯合報的故事》，天下文化出版公司1994年版。

王凌霄：《中國國民黨新聞政策之研究（1928—1945）》，國民黨黨史會1996年版。

王惕吾：《聯合報三十年的發展》，聯合報社1981年版。

王惕吾：《我與新聞事業》，聯經出版公司1991年版。

王天濱：《臺灣社會新聞發展史》，亞太圖書出版社2002年版。

王天濱：《臺灣新聞傳播史》，亞太圖書出版社2002年版。

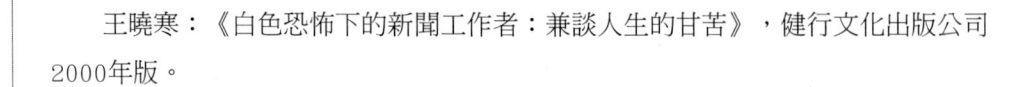

王曉寒：《白色恐怖下的新聞工作者：兼談人生的甘苦》，健行文化出版公司2000年版。

吳春貴主編：《臺灣時報十年》，臺灣時報編輯委員會1981年版。

吳純嘉：《人民導報研究（1946—1947）——兼論其反映出的戰後初期臺灣政治、經濟與社會文化變遷》，「中央」大學歷史研究所碩士論文（1999）。

吳三連口述，吳豐山撰記：《吳三連回憶錄》，自立晚報社1991年版。

吳哲朗：《黨外的新聞——臺灣日報辛酸史》，長橋出版社1978年版。

蕭阿勤：《國民黨政權的文化與道德論述（1934—1991）——知識社會學的分析》，臺灣大學社會學研究所碩士論文（1991）。

謝漢儒：《關鍵年代的歷史見證——臺灣省參議會與我》，唐山出版社1998年版。

徐嘉宏：《臺灣民主化下國家與媒體關係的變遷之研究》，中山大學政治學研究所碩士論文（2002）。

許福明：《中國國民黨的改造（1950—1952）——兼論其對中華民國政治發展的影響》，中正書局1986年版。

續伯雄輯註：《臺灣媒體變遷見證：歐陽醇信函日記（1967—1996）》，時英出版社2000年版。

薛化元：《自由中國與民主憲政——1950年代臺灣思想史的一個考察》，稻鄉出版社1996年版。

薛心鎔：《編輯臺上：三十年以來新聞工作剪影》，聯經出版社2003年版。

楊錦麟：《李萬居評傳》，人間出版社1993年版。

楊肅民：《限證政策下的中國報業問題研究》，政治大學新聞研究所碩士論文（1984）。

楊秀菁等編註：《戰後臺灣民主運動史料彙編》第七、八冊《新聞自由》，「國史館」2002年版。

楊秀菁：《臺灣戒嚴時期的新聞管制政策》，稻鄉出版社2005年版。

楊澤主編：《狂飆八〇：記錄一個集體發聲的時代》，時報文化出版有限公司1999年版。

楊志弘：《臺灣地區報社總編輯職業角色之研究》，政治大學新聞研究所博士論文（1992）。

葉邦宗：《報皇王惕吾》，四方書城2004年版。

於衡：《聯合報二十年》，臺灣《聯合報》社1971年版。

袁公瑜：《國民黨文工會職能轉變之研究》，佛光大學政治學研究所碩士論文（2002）。

曾進歷：《報業從業人員組織承諾研究——以聯合報為研究對象》，銘傳大學傳播管理研究所碩士論文（1999）。

曾虛白主編：《中國新聞史》，三民書局1984年版。

張慧英：《提筆為時代：余紀忠》，時報文化出版公司2002年版。

張炎憲：《戰後臺灣媒體與轉型正義論文集》，吳三連臺灣史料基金會2008年版。

張作錦主編：《一同走過來時路》，聯經出版公司1991年版。

趙嬰：《瑠公圳案新聞報導之比較與研究》，政治大學新聞研究所碩士論文（1962）。

「中國新聞學會」：《90年代中國新聞傳播事業》，風雲論壇出版社1997年版。

「中國新聞學會」：《中華民國新聞年鑒1997—2006》，世新大學出版社2007年版。

「中央研究院」近代史研究所編：《二二八事件資料選輯（二）》，臺北：「中央研究院」近代史研究所1992年版。

周慶祥：《黨國體制下的臺灣本土報業：從文化霸權觀點解析威權體制與吳三連自立晚報（1959—1988）》，世新大學博士論文（2006）？

卓越新聞獎基金會主編：《關鍵力量的沉淪——回首報禁解除二十年》，巨流圖書公司2008年版。

自立晚報報史小組：《自立晚報四十年》，自立晚報社1989年版。

参考書目

國家圖書館出版品預行編目(CIP)資料

臺灣報業史話 / 曾立新 著. -- 第一版.
-- 臺北市 : 崧燁文化, 2019.01

　面 ; 　公分

ISBN 978-957-681-756-4(平裝)

1.新聞史 2.報業 3.臺灣

899.33　　　　10702336

書　名：臺灣報業史話
作　者：曾立新 著
發行人：黃振庭
出版者：崧燁文化事業有限公司
發行者：崧燁文化事業有限公司
E-mail：sonbookservice@gmail.com
粉絲頁　　　　　　網　址：
地　址：台北市中正區重慶南路一段六十一號八樓 815 室
8F.-815, No.61, Sec. 1, Chongqing S. Rd., Zhongzheng Dist., Taipei City 100, Taiwan (R.O.C.)
電　話：(02)2370-3310　傳　真：(02) 2370-3210
總經銷：紅螞蟻圖書有限公司
地　址：台北市內湖區舊宗路二段 121 巷 19 號
電　話：02-2795-3656　傳真：02-2795-4100　網址：
印　刷：京峯彩色印刷有限公司（京峰數位）

　　本書版權為九州出版社所有授權崧博出版事業股份有限公司獨家發行電子書繁體字版。若有其他相關權利及授權需求請與本公司聯繫。

定價：350 元

發行日期：2019 年 01 月第一版

◎ 本書以POD印製發行